普通高等教育实验实训规划教材

电力技术类

电工测试与
实验基础

主　编　李巧娟　王玲桃
编　写　王国枝　张建宏
主　审　李崇贺

中国电力出版社
http://jc.cepp.com.cn

内 容 提 要

本书为普通高等教育实验实训规划教材（电力技术类）。

全书共分为 5 章，主要内容包括常用电工仪表、电工测量基本知识、电量与电参数的测量、电工实验、电路的仿真实验。

本书可作为高职高专院校电力技术类、自动化类和电子信息等类专业的实验实训教材，也可作为中等职业院校相关用书，同时可供工程技术人员参考。

图书在版编目（CIP）数据

电工测试与实验基础/李巧娟，王玲桃主编. —北京：中国电力出版社，2009

普通高等教育实验实训规划教材. 电力技术类

ISBN 978 - 7 - 5083 - 8333 - 0

Ⅰ. 电… Ⅱ.①李…②王… Ⅲ. 电气测量－高等学校－教材 Ⅳ. TM93

中国版本图书馆 CIP 数据核字（2008）第 214369 号

中国电力出版社出版、发行

（北京三里河路 6 号 100044 http://jc.cepp.com.cn）

北京密云红光印刷厂印刷

各地新华书店经售

＊

2009 年 2 月第一版 2009 年 2 月北京第一次印刷

787 毫米×1092 毫米 16 开本 13.5 印张 326 千字

定价 21.60 元

敬 告 读 者

前　言

　　提高学生的基本操作技能是高职高专院校教育的重要内容之一。电工测试技术是电力技术、自动化和电子信息等类专业学生所必需具备的知识，是增强学生实践能力、实现工学结合培养模式的重要环节。本书是根据教育部最新制定的高职高专电工技术基础课程教学基本要求，汲取了近年来相关高职高专院校实践教学的改革经验后，由多年从事电工测试基础教学、实践和教材建设的教师编写而成。

　　本书从工程实际出发，以电工测试技术为主，首先介绍了电工测试中常用电工仪表的基本原理和使用方法，然后介绍了电工测量的基本知识以及一些常用电量与电参数的测量方法，最后由浅入深地设计了一系列基础型、设计型及综合性实验，以供教学选用，并基于Multisim7.0软件开发了六个电路仿真实验。此外，在附录中还介绍了示波器、信号发生器、稳压源等仪器的使用。

　　本书以电工测试原理、方法为主线，注重学生基本测试知识的掌握和基本实验技能的训练。通过本课程的学习及实验，力求使学生掌握电工测试的基本技术和基本操作技能，培养学生理论联系实际、严谨求实、团结协作的精神，锻炼学生分析问题、解决问题的能力，激发学生对工程问题的探索和创造性。

　　本书共有五章，第一章及第四章实验十九、二十、二十一由李巧娟编写，第二、五章由王玲桃编写，第三章及第四章实验二十二、二十三、二十四由王国枝编写，第四章实验一至实验十八及附录由张建宏编写。全书由李巧娟统稿，山西大学工程学院李崇贺教授审阅，并提出了许多建设性意见，在此表示衷心的感谢。同时也感谢山西大学工程学院苏小林教授、李彩峰高级实验师给予的支持和帮助。

　　由于编者的水平有限，书中难免存在不妥或错误之处，殷切期望广大读者批评指正。

编　者

2008 年 10 月

目　　录

第一章 常用电工仪表

在电能的生产、传输、分配和使用等各个环节中，都需要通过电工仪表对系统的运行状态（如电能质量、负荷情况等）加以监测，从而保证系统安全而又经济地运行，所以人们常把电工仪表和测量称作电力工业的眼睛和脉搏。电工仪表和测量技术是从事电气工作的技术人员必须掌握的一门学科。本章主要介绍电工仪表的基本知识及几种常用电工仪表。

第一节 常用电工仪表的基本知识

进行电量或磁量测量所需的仪器仪表，统称电工仪表。

一、电工仪表的种类

电工仪表仪器种类繁多，但归纳起来，按其结构、原理和用途大致可分为下面几类。

1. 指示仪表

指示仪表也称为直接作用模拟指示电测量仪表。这种仪表的特点是先将被测量转换为可动部分的角位移，然后通过可动部分的指示器在标度尺上直接指示出被测量的值。例如常见的交直流电压表、电流表等都属于这种仪表。指示仪表又可分为以下几种类型。

（1）按仪表工作原理，可分为磁电系、电磁系、电动系、感应系、静电系、热电系、整流系及电子系等。

（2）按用途，可分为电流表、电压表、功率表、电能表、功率因数表、频率表、相位表、欧姆表、绝缘电阻表及万用表等。

（3）按被测电流的种类，可分为直流表、交流表及交直流两用表等。

（4）按使用方式，可分为安装式、便携式等。

除上述分类方法外，还可以按仪表防御外界电场或磁场的性能、使用条件、准确度等级及工作位置等方法分类。

2. 比较仪器

比较仪器的特点是在测量过程中，通过被测量与标准量的比较来确定被测量的大小。它包括各类交直流电桥、交直流补偿式测量仪器等。比较类仪器测量结果的准确度比较高，但操作过程复杂，测量速度较慢。

3. 数字仪表

数字仪表也是一种直读式仪表，它的特点是将被测量转换成数字量，再以数字方式显示出测量结果。数字仪表准确度高，读数方便，操作简单，测量速度快，易于实现自动化。

4. 智能仪表

智能仪表主要是指内部装有微处理器或微型计算机的仪表。这种仪表利用微处理器的控制和计算功能，可实现远程控制、记忆、自动校正、自诊断故障、数据处理和分析运算等功能，例如数字式存储示波器就属于智能仪表。

5. 记录仪表

记录仪表用来记录被测量随时间的变化情况，如示波器、X-Y记录仪等。

6. 扩大量程装置和转换器

扩大量程装置有分流器、附加电阻、电流互感器和电压互感器等。转换器是用来实现不同电量之间的转换，或将非电量转换为电量的装置。

二、指示仪表的组成和基本原理

1. 组成

指示仪表通常都是由测量线路和测量机构两部分构成，其组成框图如图1-1所示。

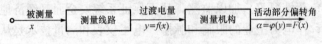

图1-1　电测量指示仪表的组成框图

测量线路的作用是把被测量 x 转换为测量机构可以接受的过渡量 y。如电压表的附加电阻、电流表的分流电阻都是测量线路。测量机构（表头）是仪表的核心部件，各种系列仪表的测量机构都是由固定部分及活动部分组成，其作用是将接受到的过渡量 y 转换为活动部分的角位移即偏转角 α。由于测量电路中的 x 和 y 以及测量机构中的 y 和 α 能够严格保持一定的函数关系，所以根据偏转角的大小，就可确定被测量的数值。

2. 测量机构的工作原理

为使测量机构的活动部分能按接受到的被测量的大小偏转到某一相应的稳定位置，指示仪表的测量机构工作时都具有三种力矩，即转动力矩、反作用力矩和阻尼力矩。

（1）转动力矩。在被测量的作用下，使活动部分产生角位移的力矩称为转动力矩，用 M 表示。该力矩可以由电磁力、电动力、电场力或其他力来产生。产生转动力矩的方式原理不同，就构成磁电系、电磁系、电动系和感应系等不同系列的指示仪表。但不论哪种系列的仪表，其转动力矩 M 的大小都与被测量成一定比例关系。

（2）反作用力矩。在转动力矩的作用下，测量机构的活动部分发生偏转，如果没有反作用力矩与之平衡，则不论被测量有多大，活动部分都要偏转到极限位置，就像一杆秤不挂秤砣的秤，不论被测量有多大，秤杆总是向上翘起，这样只能反映出有无被测量，而不能测出被测量的大小。为了使仪表能测出被测量的数值，活动部分偏转角的大小应与被测量大小有确定的关系。为此，需要一个总是和转动力矩方向相反、大小随活动部分的偏转角大小变化的力矩，这个力矩称为反作用力矩，用 M_α 表示。

在一般仪表中，反作用力矩通常由游丝（即螺旋弹簧）产生；在灵敏度较高的仪表中，反作用力矩由张丝或吊丝产生。此时，反作用力矩 M_α 与活动部分的偏转角成正比，即

$$M_\alpha = D\alpha \tag{1-1}$$

式中　α——偏转角；

　　　D——常数，取决于游丝、吊丝或张丝的材料与尺寸。

在转动力矩的作用下，活动部分开始偏转，使游丝扭紧，因而反作用力矩随之增加，当转动力矩和反作用力矩相等时，活动部分将处于平衡状态，偏转角达到一稳定数值。这时有

$$M = M_\alpha$$

则有

$$\alpha = \frac{M}{D} \tag{1-2}$$

可见，由于转动力矩 M 与被测量值成一定的比例关系，因而偏转角 α 与被测量值也成

一定比例，所以偏转角的大小可表示被测量值的大小。

除了用游丝、张丝及吊丝产生反作用力矩外，也可用电磁力产生反作用力矩，例如比率型仪表。

（3）阻尼力矩。从理论上来讲，当转动力矩与反作用力矩相等时，仪表指针应静止在某一平衡位置，但由于活动部分具有惯性，它不能立刻停止下来，而是要围绕这个平衡位置左右摆动，需要经过较长时间才能稳定在平衡位置，因此不能尽快读数。为了缩短摆动时间，必须使活动部分在运动过程中受到一个与运动方向相反的力矩，这个力矩称为阻尼力矩。阻尼力矩的作用是使活动部分能迅速地在平衡位置稳定下来。

阻尼力矩由阻尼器来产生，常用的阻尼器有空气式和电磁感应式两种，如图1-2所示。空气阻尼器是利用一个与转轴相连的薄片在封闭的扇形阻尼盒内运动时，薄片因受到空气的阻力而产生阻尼力矩，如图1-2（a）所示；电磁感应阻尼器是利用一个与转轴相连的铝片在永久磁铁气隙中运动时，铝片中产生的涡流与磁场作用而产生阻尼力矩，如图1-2（b）所示。图1-2（c）也是电磁感应式阻尼器，它是利用铝框架在强磁场中运动产生阻尼力矩。

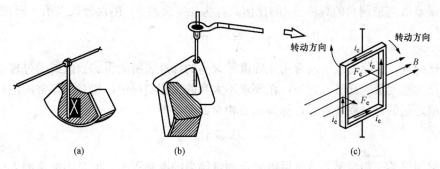

图1-2　阻尼器示意图
（a）空气式；（b）、（c）电磁感应式

应当注意，阻尼力矩是一种动态力矩，它只在活动部分运动时才产生，其方向总是和活动部分的运动方向相反，大小与活动部分的运动速度成正比。当活动部分静止时，阻尼力矩为零，因而阻尼力矩的存在对仪表的指示值没有任何影响。

除以上三种力矩外，用轴承支持活动部分的仪表，不可避免地会存在因摩擦而产生的摩擦力矩。摩擦力矩会在不同程度上阻碍活动部分的运动，使活动部分停在偏离真实平衡位置的地方，致使仪表指示产生误差。

三、仪表的误差与准确度

1. 仪表的误差

用任何仪表进行测量，仪表的指示值与被测量的真实值之间总有差异，这个差异称为仪表的误差。根据误差产生的原因，仪表误差可分为两大类。

（1）基本误差。基本误差是指仪表在规定的工作条件下，即在规定的温度、湿度、放置方式、没有外电场和磁场干扰等条件下，由于仪表本身结构和工艺等方面不够完善而产生的误差。如由于仪表活动部分存在摩擦、零件装配不当以及标度尺刻度不准等所引起的误差都属于基本误差，这种误差是仪表本身所固有的。

（2）附加误差。附加误差是指因偏离规定的工作条件使用仪表所造成的误差。如温度过高、波形非正弦以及外界电磁场等影响所引起的误差都属于附加误差。因此，仪表偏离规定的工作条件所形成的总误差中，除了基本误差之外，还包含有附加误差。

2. 误差的表示方法

(1) 绝对误差 Δ。仪表的指示值 A_x 与被测量的真值 A_0 之间的差值，称为绝对误差 Δ，即

$$\Delta = A_x - A_0 \tag{1-3}$$

由式 (1-3) 可以看出，Δ 是有大小、正负、单位的数值。其大小和符号表示了测量值偏离真值的程度和方向。

由于被测量的真值 A_0 很难确定，所以在实际测量中，通常把准确度等级高的标准表所测得的数值或通过理论计算得出的数值作为真值。

(2) 相对误差。当测量不同量时，用绝对误差有时很难准确判断测量结果的准确程度。例如用一个电压表测量 200V 电压，绝对误差为 +1V，而用另一个电压表测量 20V 电压，绝对误差为 +0.5V。前者的绝对误差大于后者，但前者的误差只占被测量的 0.5%，而后者的误差占被测量的 2.5%，因而，后者误差对测量结果的影响大于前者。所以在工程上常采用相对误差来表示测量结果的准确程度。

绝对误差 Δ 与被测量的真值 A_0 的比值，称为相对误差 γ，用百分数表示，即

$$\gamma = \frac{\Delta}{A_0} \times 100\% \tag{1-4}$$

与前述同理，实际测量中通常用准确度等级高的标准表所测得的数值或通过理论计算得出的数值作为被测量的真值。另外，在要求不太高的工程测量中，相对误差常用绝对误差与仪表指示值之比的百分数来表示，称为示值相对误差，即

$$\gamma = \frac{\Delta}{A_x} \times 100\% \tag{1-5}$$

(3) 引用误差。相对误差虽然可以表示测量结果的准确程度，但是不能全面表征仪表本身的准确度。同一只仪表，在测量不同的被测量 A_x 时，其绝对误差 Δ 变化不大，但由式 (1-5) 可看出，随被测量 A_x 不同，相对误差变化较大，也就是说仪表在全量限范围内各点的相对误差是不相同的。例如，一只测量范围为 0~250V 的电压表，在测量 200V 电压时，绝对误差为 1V，该处的相对误差为 0.5%；用同一只电压表测量 10V 电压时，绝对误差为 0.9V，该处的相对误差为 9%，可见被测量变化时，相对误差也改变。因此相对误差不能反映仪表的准确程度，为此采用引用误差来确定仪表的准确程度。

绝对误差与规定的基准值比值的百分数，称为引用误差，用 γ_m 表示。不同类型标度尺的指示仪表，其基准值不同。对于大量使用的单向标度尺仪表，基准值为量程，引用误差为绝对误差 Δ 与仪表上量限 A_m 比值的百分数，即

$$\gamma_m = \frac{\Delta}{A_m} \times 100\% \tag{1-6}$$

对于其他类型的标度尺仪表，如双向标度尺仪表、无零位标度尺仪表及标度尺上量限为无穷大（如万用表欧姆挡）仪表等，其基准值各不相同，引用误差的计算可参考有关规定进行。

3. 仪表的准确度

仪表的准确度是表征其指示值对真值接近程度的量。

(1) 指示仪表的准确度。对于指示仪表，工程上规定用最大引用误差来表示仪表的准确度，即当仪表在规定的条件下工作时，在整个刻度范围内出现的最大绝对误差 Δ_m 与仪表上量限 A_m 比值的百分数，称为仪表的准确度，即

$$\gamma_m = \frac{\Delta_m}{A_m} \times 100\% = \pm K\% \qquad (1-7)$$

式中　K——仪表的准确度等级（指数）。

显然，仪表的准确度表明了基本误差的最大允许范围。例如准确度为 0.1 级的仪表，其基本误差极限（即允许的最大引用误差）为 ±0.1%。仪表的准确度等级越高，则其基本误差越小。仪表的准确度等级符号通常都标注在仪表的盘面上。

我国对不同的电表，规定了不同的准确度等级（详见国家标准 GB/T 7676—1998），如电流表和电压表准确度等级分为 0.05、0.1、0.2、0.3、0.5、1、1.5、2、2.5、3、5 十一级；有功功率表分为 0.05、0.1、0.2、0.3、0.5、1、1.5、2、2.5、3、5 十一级；相位表和功率因数表分为 0.1、0.2、0.3、0.5、1、1.5、2、2.5、3、5 十级。通常 0.05、0.1、0.2 级仪表作为标准表使用，用以鉴定准确度较低的仪表；0.5、1、1.5 级仪表主要用于实验室；准确度更低的仪表主要用于现场。

【例 1-1】　已知某电流表量程为 100A，且该表在全量程范围内的最大绝对误差为 0.72A，则该表的准确度为多少？

解　由式（1-7）可知，有

$$\gamma_m = \frac{\Delta_m}{A_m} \times 100\% = \frac{0.72}{100} \times 100\% = 0.72\%$$

因准确度等级是以最大引用误差来表示，且电流表等级按国家标准分为 11 级，而该表的最大引用误差大于 0.5 级而小于 1.0 级，因此该表的准确度等级应为 1.0 级。

由仪表的准确度等级，可以算出测量结果可能出现的最大绝对误差与相对误差。例如该仪表的准确度等级为 K，则由式（1-7）可知，仪表在规定工作条件下测量时，测量结果中可能出现的最大绝对误差为

$$\Delta_m = \pm K\% \cdot A_m \qquad (1-8)$$

最大相对误差为

$$\gamma_m = \frac{\Delta_m}{A_x} \times 100\% = \pm K\% \frac{A_m}{A_x} \qquad (1-9)$$

【例 1-2】　若被测电压实际值为 12V，现有 150V、0.5 级和 15V、2.5 级两种电压表各一只，试问两表可能出现的最大误差分别为多大？应选择哪一只电压表？

解　用 150V、0.5 级电压表测量时，其可能出现的最大绝对误差与相对误差分别为

$$\Delta_{m1} = \pm K\% \times A_{m1} = \pm 0.5\% \times 150 = \pm 0.75(V)$$

$$\gamma_{m1} = \frac{\Delta_{m1}}{A_x} \times 100\% = \pm K\% \frac{A_{m1}}{A_x} = \pm 0.5\% \times \frac{150}{12} = \pm 6.25\%$$

用 15V、2.5 级电压表测量时，其可能出现的最大绝对误差与相对误差分别为

$$\Delta_{m2} = \pm K\% \times A_{m2} = \pm 2.5\% \times 15 = \pm 0.375(V)$$

$$\gamma_{m1} = \frac{\Delta_{m2}}{A_x} \times 100\% = \pm K\% \frac{A_{m2}}{A_x} = \pm 2.5\% \times \frac{15}{12} = \pm 3.125\%$$

因此应选择 15V、2.5 级电压表。

从上述例子可以看出，仪表的准确度并不等于测量的准确度；测量结果的绝对误差与所选择仪表的准确度等级 K 及量程 A_m 均有关；而相对误差除与仪表的准确度等级 K 有关外，还与量程 A_m 和被测量 A_x 的比值有关，A_m/A_x 的比值越大，误差越大。因此，选择仪表时

不能单纯追求准确度级别高的仪表，还应根据测量的要求合理选择仪表的量程，尽可能使仪表指示值在标度尺分度的 2/3 以上范围。

(2) 数字仪表的准确度。数字仪表的准确度常用绝对误差来表示，通常有下列两种表示方法：

第一种表示方法为

$$\Delta = \pm a\% U_x \pm n \text{ 个字}$$

第二种表示方法为

$$\Delta = \pm a\% U_x \pm b\% U_m$$

式中　Δ——绝对误差；

　　U_x——测量值；

　　U_m——仪表满度（量程）值。

　　a——误差相对项系数；

　　b——误差固定项系数；

　　n 个字——由于数字化处理引起的误差反映在末位数字上的变化量。

如 SK-6221 型数字万用表直流 2V 挡的准确度为（$\pm 0.8\% U_x \pm 0.2\% U_m$），则测 0.1V 电压时的绝对误差为（$\pm 0.8\% \times 0.1 \pm 0.2\% \times 2V$），即绝对误差为 $\pm 0.004\ 8V$。

由上述两种绝对误差的表达式可以得知，用数字仪表测量时，测量结果的相对误差与被测量及仪表的量程均有关，只有适当选择数字仪表的量程才能保证测量结果的准确性。

四、电工仪表的标记

1. 电工仪表的标记

电工仪表的表盘上有许多表示其基本技术特性的标志符号。根据国家标准规定，每一仪表必须有表示测量对象的单位、准确度等级、工作电流种类、相数、测量机构的类别、使用条件组别、工作位置、绝缘强度实验电压的大小、仪表型号及额定值等标志符号。电工仪表表面常见标记符号如表 1-1 所示（详见国家标准 GB/T 7676.1—1998）。

表 1-1　　　　　　　　　　　电工仪表表面常见标记符号

分类	名　称	符　号	分类	名　称	符　号
工作原理	磁电系仪表		工作原理	电动系比率表	
	磁电系比率表			铁磁电动系仪表	
	电磁系仪表			铁磁电动系比率表	
	电磁系比率表			感应系仪表	
	电动系仪表			感应系比率表	

续表

分类	名　称	符　号	分类	名　称	符　号
电流种类	直流	—	外界条件	Ⅲ级防外磁场及电场	Ⅲ　Ⅲ
	交流	~		Ⅳ级防外磁场及电场	Ⅳ　Ⅳ
	直流/交流	≂	等级指数	等级指数（例如1.5）基准值为量程	1.5
	三相交流	3~		等级指数（例如1.5）基准值为标度尺长	1.5
工作位置	标度盘垂直使用	⊥		等级指数（例如1.5）基准值为指示值	1.5
	标度盘水平使用	⊏⊐			
	标度盘相对水平面倾斜（例60°）使用	∠60°	端钮	正端钮	+
外界条件	不进行绝缘强度实验	☆0		负端钮	—
	绝缘强度实验电压为2kV	☆2		公共端钮	*
	Ⅰ级防外磁场（例如磁电系）	▢		电屏蔽	◌
	Ⅰ级防外电场（例如静电系）	⊤		零位（量程）调节器	↻
	Ⅱ级防外磁场及电场	Ⅱ　Ⅱ		一般接地	⏚
				保护接地	⏚

2. 电工仪表的型号

电工仪表的型号可以反映出仪表的用途及原理。我国对安装式仪表与便携式仪表有不同的编制规定。

（1）安装式仪表的型号组成。

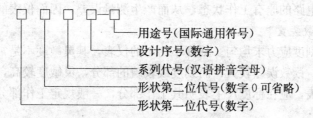

形状第一位代号：按仪表面板形状最大尺寸编制。

形状第二位代号：按仪表外壳形状尺寸编制。

系列代号：按仪表工作原理编制。例如 C 表示磁电系；T 表示电磁系；D 表示电动系；

G 表示感应系；L 表示整流系；Q 表示静电系等。

用途号：按仪表测量的电量编制。例如电压表为 V，电流表为 A，功率表为 W 等。

例如 42C3-A 型电流表，其中："42" 为形状代号，可由产品目录查得其尺寸和安装开孔尺寸；"C" 表示是磁电系仪表；"3" 为设计序号；"A" 表示用于电流测量。

（2）便携式仪表的型号组成。由于便携式仪表不存在安装问题，所以将安装式仪表型号中的形状代号省略，即是它的产品型号。例如 T62-V 型电压表，"T" 表示是电磁系仪表，"62" 是设计序号，"V" 表示是电压表。

此外，一些其他类型仪表的型号，还采用在系列代号前加一个汉语拼音字母表示的类别号。例如电桥用 Q、数字表用 P 等。

五、指示仪表的主要技术要求

为保证测量结果的准确可靠，对仪表主要有以下几个方面的技术要求。

1. 有足够的准确度

当仪表在规定的工作条件下使用时，要求基本误差不超过仪表盘面所标注的准确度等级；当仪表不在规定使用条件下工作时，各影响量（如温度、湿度、外磁场等）变化所产生的附加误差，应符合国家标准中的有关规定。

2. 有合适的灵敏度

在指示类仪表中，灵敏度 S 是指仪表可动部分偏转角的变化量 $\Delta\alpha$ 与被测量的变化量 $\Delta\chi$ 之比，即

$$S = \frac{\Delta\alpha}{\Delta\chi}$$

如果刻度是均匀的，则 $S = \frac{\alpha}{\chi}$，即仪表的灵敏度是单位被测量所引起的指针偏转角（分格数）。

仪表的灵敏度取决于仪表的结构和线路。通常将灵敏度的倒数称为仪表常数 C，即

$$C = \frac{1}{S}$$

灵敏度是电工仪表的重要技术特性之一。灵敏度越高，通入单位被测量所引起的偏转角就越大，也就是说灵敏度越高的仪表，满偏电流越小，即量限越小。但灵敏度越高的仪表制造成本越高，且读数困难（阻尼时间长），所以仪表应有适当的灵敏度。

3. 仪表的功耗要小

当电测量指示仪表接入被测电路时，总要消耗一定的能量，这不但会引起仪表内部发热，而且影响被测电路的原有工作状态，从而产生测量误差，因而仪表的功率损耗要小。

4. 有良好的读数装置

仪表标度尺的刻度应力求均匀。刻度不均匀的仪表，其灵敏度不是常数。刻度线较密的部分，灵敏度较低，读数误差较大；而刻度线较疏的部分，灵敏度较高，读数误差较小。对刻度线不均匀的仪表，应在标度尺上表明其工作部分，一般规定工作部分的长度不应小于标度尺全长的 85%。

5. 升降变差要小，即重复性要好

由于游丝（或张丝）受力变形后不能立即恢复原始状态，更主要的是由于仪表轴尖与轴承间的摩擦力所产生的摩擦力矩会阻碍活动部分的运动。因此，即使在外界条件不变的情况下，

用仪表测量同一量值，指针由零卜升的指示值与由上限下降的指示值也会不同，这两个指示值之间的差值就称为仪表的升降变差。一般要求升降变差不应超过仪表基本误差的绝对值。

6. 其他

要求仪表受外界的影响（温度、电磁场）要小，过载能力要强，阻尼要好，具有一定的绝缘性能、使用方便和结构牢固等。有关规定可以从产品标准文件或有关规程中查得。

第二节　常用指示仪表的测量机构

一、磁电系测量机构

1. 磁电系测量机构的结构

磁电系测量机构的结构如图 1-3 所示。固定部分由永久磁铁 1、极掌 2 和固定在支架上的圆柱形铁心 3 构成。圆柱形铁心放在两极掌之间，并与两极掌间形成均匀的辐射状磁场。

活动部分由绕在铝框架上的活动线圈 4、线圈两端的两个转轴 5、平衡锤 6、指针 7 及游丝 8 组成。整个活动部分支撑在轴承上，线圈位于环形气隙之中。当活动部分发生转动时，游丝变形产生与转动方向相反的反作用力矩。另外，游丝还具有把电流导入活动线圈的作用。

磁电系测量机构没有专门的阻尼器，阻尼力矩由绕制线圈的铝框架产生，其原理如图 1-4 所示。当铝框架在磁场中运动时，闭合的铝框架因切割磁力线而产生感应电流 i_e，这个电流与永久磁铁的磁场相互作用产生电磁阻尼力矩 M_e，显然阻尼力矩的方向与铝框架运动方向相反，因此能使指针较快地停在平衡位置。当活动线圈静止不动后，铝框架不再切割磁力线，感应电流为零，阻尼力矩也为零，因此阻尼力矩对测量结果没有影响。为减小活动部分的质量，灵敏度高的仪表通常活动线圈中无铝框架，这时可在活动线圈上绕几匝短路线圈作为阻尼器。

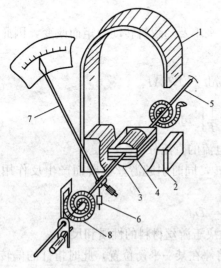

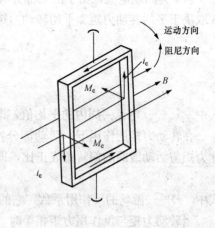

图 1-3　磁电系测量机构的结构示意图　　　　图 1-4　铝框的阻尼作用原理图
1—永久磁铁；2—极掌；3—圆柱形铁心；4—活动线圈；
5—转轴；6—平衡锤；7—指针；8—游丝

磁电系测量机构的磁路系统有多种结构形式，图 1 - 3 所示结构中永久磁铁放在活动线圈之外，称为外磁式。除此以外，还有内磁式及内外磁式，如图 1 - 5 所示。内磁式结构的永久磁铁放在活动线圈的内部，内外磁式结构是在活动线圈的内部与外部都有永久磁铁。内磁式仪表的主要优点是结构紧凑，受外磁场的影响较小；内外磁式仪表的结构更紧凑，磁场更强，仪表的灵敏度更高，受外磁场的影响更小。

2. 磁电系测量机构的工作原理

对于磁电系测量机构，极掌与铁心之间气隙中的磁场呈均匀辐射状分布，如图 1 - 6 所示。设气隙的磁感应强度为 B，线圈与磁场方向垂直的边长为 l、宽度为 b、面积为 A、匝数为 N，当通过动圈的电流为 i 时，线圈与磁场方向垂直的每边导线受到的电磁力 $F = NBil$。作用在线圈上的瞬时转动力矩为

$$m = 2F \times \frac{b}{2} = NBlbi = NBAi$$

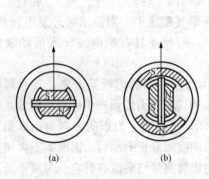

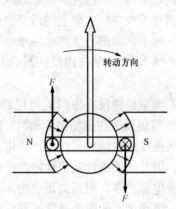

图 1 - 5　磁电系测量机构示意图　　　　　图 1 - 6　产生转动力矩的原理图
(a) 内磁式；(b) 内外磁式

若 i 为周期电流，由于活动部分有惯性，来不及随瞬时转动力矩而改变，因此其偏转位置取决于平均转动力矩。平均转动力矩为

$$M_{av} = \frac{1}{T}\int_0^T m dt = NBAI_{av} \tag{1 - 10}$$

$$I_{av} = \frac{1}{T}\int_0^T i dt$$

式中　I_{av}——电流一周内的平均值，即周期电流的直流分量。

在转动力矩的作用下，活动部分发生偏转，同时引起游丝扭转而产生反作用力矩 M_α，此力矩与活动线圈的偏转角成正比，即

$$M_\alpha = D\alpha$$

式中　D——游丝的反作用系数，它的大小取决于游丝材料的性质和尺寸。

当转动力矩与反作用力矩相等时，指针将停在某一平衡位置，此时指针的偏转角为

$$\alpha = \frac{NBA}{D}I_{av} = SI_{av} \tag{1 - 11}$$

$$S = \frac{NBA}{D}$$

式中 S——磁电系测量机构的灵敏度，对于确定的仪表，它是一个常数。

由式（1-11）可知，活动部分的偏转角 α 与通入线圈电流的平均值 I_{av} 成正比。因此偏转角 α 可反映出被测电流的大小。

3. 磁电系测量机构的技术特性

（1）准确度高。由于磁电系测量机构采用永久磁铁，磁场很强，受摩擦及外磁场的影响较小，所以磁电系仪表准确度很高，可以达 0.1～0.05 级。

（2）灵敏度高。由于仪表内部磁场很强，只需要很小的电流就可产生足够大的转动力矩，所以磁电系仪表灵敏度很高。

（3）仪表内部消耗的功率小。由于通过测量机构的电流很小，所以仪表内部消耗的功率小。

（4）刻度均匀。由式（1-11）可知，偏转角 α 与通入线圈电流的平均值成正比，所以标度尺的刻度均匀，便于准确读数。

（5）用于直流测量。由式（1-11）可知，磁电系仪表反映的是被测量一周内的平均值，因此若通入的是恒定电流，则 α 与恒定电流成正比；若通入的是正弦交流，因其一周内的平均值为零，因而指针不偏转。因此磁电系仪表只能用于测量直流电量，而不能直接测量正弦交流电量。如果要用于测量正弦交流电量，则需配上整流器。另外从结构来看，因为磁场的极性是恒定的，所以指针的偏转方向取决于线圈电流的方向。若线圈电流的方向与规定方向相反，则指针反向偏转，脱离标度尺，所以测量直流电量时必须注意极性，应使电流从仪表"+"端通入。

（6）过载能力小。由于被测电流通过游丝导入线圈，过大的电流容易引起游丝发热使弹性发生变化从而产生不允许的误差，甚至可能因为过热而烧毁游丝。另外，活动线圈的导线很细，也不允许通过过大的电流。

二、电磁系测量机构

（一）电磁系测量机构的结构

电磁系测量机构的固定部分主要由线圈组成，而活动部分主要由可动铁片组成。根据固定线圈与可动铁片之间作用关系的不同，电磁系测量机构可分为吸引型、排斥型及排斥—吸引三种。

1. 吸引型测量结构

吸引型测量机构的结构如图 1-7 所示。它的固定部分由固定线圈 1 组成。活动部分由偏心地装在转轴上的可动铁片 2、指针 3、阻尼片 4 及游丝 5 等组成。固定线圈和可动铁片组成了一个电磁系统。固定线圈的形状是扁平的，中间有一条窄缝，可动铁片可以转入此窄缝内。当线圈中有电流通过时，线圈附近就产生磁场，使可动铁片磁化［见图 1-8（a）］，结果线圈与可动铁片之间产生吸引力，从而产生转动力矩，引起指针偏转。当线圈中的电流方向改变时，线圈所产生的磁场的极性和被磁化的铁片的极性同时随着改变［见图 1-8（b）］，它们之间的作用力方向仍保持不变，也就是说，指针的偏转方向不会随电流的方向而改变。因此这种电磁系仪表可以用于交流电路中。

吸引型测量机构由于结构上的原因，不能达到较高的准确度，一般多用于安装式仪表或 0.5 级以下的便携式仪表中。

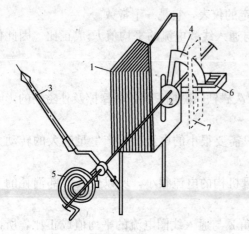

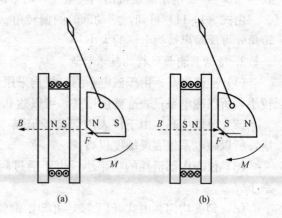

图1-7　吸引型测量机构的结构示意图
1—固定线圈；2—可动铁片；3—指针；4—阻尼片；
5—游丝；6—永久磁铁；7—磁屏

图1-8　吸引型测量机构工作原理图
（a）线圈中通有电流时铁片磁化情况；
（b）线圈中电流方向改变后铁片磁化情况

2. 排斥型测量机构

排斥型测量机构的结构如图1-9所示。它的固定部分由固定线圈1和固定在线圈内壁的固定铁片2组成。活动部分由固定在转轴上的可动铁片4、游丝5、指针6及阻尼片7等组成。当线圈中通有电流时，电流所产生的磁场使固定铁片和可动铁片同时被磁化，并且两个铁片同一侧的磁化极性相同［见图1-10（a）］，从而产生排斥力，使指针偏转。当线圈中的电流方向发生改变时，它所建立的磁场方向随之改变，两个被磁化铁片的极性也同时随着改变［见图1-10（b）］，但两个铁片仍然相互排斥，因此转动力矩的方向依然保持不变，即指针的偏转方向不会改变。所以这种排斥型测量机构也可用于交流电路中。

排斥型测量结构的标度尺较为均匀，并能对频率误差有较好补偿，因此可以制成0.2级或0.1级的高准确度仪表。目前，国内外高准确度的电磁系仪表一般都采用排斥型测量结构。

3. 排斥—吸引型测量结构

排斥—吸引型测量机构的结构如图1-11所示。它的固定线圈也是圆形的，它与排斥型测量结构的主要区别是固定于线圈内壁上的固定铁片及与转轴相连的可动铁片均有两个。两组铁片分别位于轴心相对两侧。当线圈中有电流通过时，两组铁片同时被磁化。铁片A与B、A'与B'之间因极性相同而相互排斥；而铁片A与B'、A'与B之间因极性相异而相互吸引。随着可动部分的转动，排斥力逐渐减弱而吸引力逐渐增强。在这种结构中，转动力矩是由排斥力和吸引力共同作用而产生的，转动力矩较大，因而可制成广角度指示仪表，但由于铁心结构增多，磁滞误差较大，所以其准确度不高，一般多用于安装式仪表中。

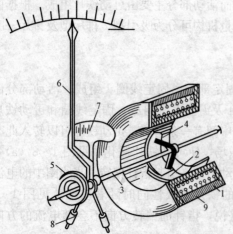

图1-9　排斥型测量机构的结构示意图
1—固定线圈；2—固定铁片；3—转轴；
4—可动铁片；5—游丝；6—指针；
7—阻尼片；8—平衡锤；9—磁屏蔽

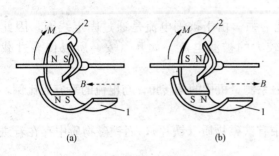

图 1-10 排斥型测量机构工作原理图

(a) 线圈中通有电流时两铁片磁化情况；

(b) 线圈中电流方向改变后两铁片磁化情况

1—固定铁片；2—可动铁片

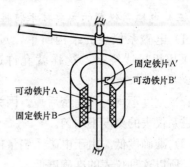

图 1-11 排斥—吸引型测量机构的
结构示意图

(二) 电磁系测量机构的工作原理

由上述三种结构可以看出，不论哪种结构形式的电磁系测量机构，都是由通入线圈的电流产生磁场，使处于该磁场中的铁片被磁化，从而产生转动力矩的。因而它们的工作原理相同。下面分直流、交流两种情况予以讨论。

(1) 固定线圈通过直流的情况。设线圈的自感系数为 L，当线圈中通入直流 I 时，由电工理论可知，线圈中的磁场能量为

$$W = \frac{1}{2}LI^2$$

因此，若活动部分的偏转角为 α，则线圈对铁心的作用力所产生的转动力矩为

$$M = \frac{\mathrm{d}W}{\mathrm{d}\alpha} = \frac{1}{2}I^2\frac{\mathrm{d}L}{\mathrm{d}\alpha} \tag{1-12}$$

式 (1-12) 表明，在直流作用下，测量机构所受到的转动力矩与电流 I 的平方成比例。

(2) 固定线圈通过交流的情况。当线圈中通入交流 i 时，可动部分受到的瞬时力矩为

$$m = \frac{\mathrm{d}W}{\mathrm{d}\alpha} = \frac{1}{2}i^2\frac{\mathrm{d}L}{\mathrm{d}\alpha}$$

由于活动部分有惯性，活动部分的偏转角来不及随瞬时力矩而变化，所以其转动力矩取决于瞬时力矩在一个周期内的平均值。平均转动力矩为

$$M_{\mathrm{av}} = \frac{1}{T}\int_0^T m\mathrm{d}t = \frac{1}{2}\frac{\mathrm{d}L}{\mathrm{d}\alpha}\frac{1}{T}\int_0^T i^2\mathrm{d}t = \frac{1}{2}I^2\frac{\mathrm{d}L}{\mathrm{d}\alpha} \tag{1-13}$$

式中 $\frac{1}{T}\int_0^T i^2\mathrm{d}t$ ——电流有效值 I 的平方。

可以看出，式 (1-12) 与式 (1-13) 的形式完全一样，只是表达式中 I 的意义不同，前者 I 为直流，后者 I 为交流量的有效值。

游丝产生的反作用力矩 $M_\alpha = D\alpha$，当 M_{av} 与 M_α 相等时，指针停留在平衡位置，其偏转角为

$$\alpha = \frac{1}{2D}\frac{\mathrm{d}L}{\mathrm{d}\alpha}I^2 = KI^2 \tag{1-14}$$

由式 (1-14) 可知，用电磁系仪表测量直流时，其偏转角取决于电流值的平方；测量交流时，其偏转角取决于电流有效值的平方。

（三）电磁系仪表的主要技术特性

（1）电磁系仪表的结构简单，过载能力强。由于被测电流是通过固定线圈，因此线圈可采用粗导线绕制，这样就允许通过较大的被测电流，如几百安，所以仪表过载能力强。

（2）刻度不均匀，前密后疏。因为电磁系测量机构的偏转角 α 与电流的平方成比例，所以电磁系仪表的刻度不均匀。

（3）准确度低。由于电磁系测量机构中有铁磁物质（铁片），而铁磁物质中存在着磁滞现象，所以这种仪表的准确度低。

（4）可以交直流两用。测量交流时，电磁系仪表反映的是被测量的有效值。测量直流时，由于铁磁物质存在着磁滞现象，因此当被测量增减或通过仪表的电流方向不同时误差都不相同，所以电磁系仪表更适用于测量交流，只有采用优质导磁材料（如坡莫合金）构成的交直流两用电磁系仪表，才用于恒定直流测量。用电磁系仪表测量直流时，因为测量机构的转动力矩的方向不会随电流方向而变化，所以不存在极性问题。

（5）灵敏度低，易受外界磁场的影响。由于电磁系测量机构的工作磁场是由固定线圈中的电流来产生，因而它的磁场较弱，所以它的灵敏度低，易受外界磁场的影响。为了防止外磁场的干扰，一般采用磁屏蔽或无定位结构两种措施。磁屏蔽是把测量机构装在导磁良好的磁屏罩内，使外磁场的磁力线沿着磁屏罩通过，而不进入测量机构。有时为了进一步削弱外磁场的影响，还采用双层屏蔽，如图1-12所示。无定位结构就是将测量机构中的固定线圈分为两部分且反向串联，当线圈通有电流时，两线圈产生的磁场相反，但转动力矩却是相加的，如图1-13所示。外磁场对测量机构的影响，使一个线圈的磁场被削弱，另一个线圈的磁场却被加强。由于两部分结构对称，所以不论仪表放置位置如何，外磁场的影响总要被削弱，因此这种结构称为无定位结构。但即使采用了上述防御外磁场的措施，电磁系仪表所受外磁场的影响比磁电系仪表还是要大得多。

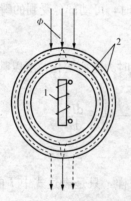

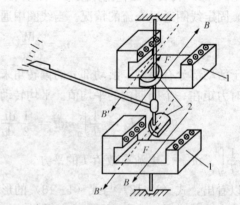

图1-12　磁屏蔽结构示意图　　　　　图1-13　无定位结构示意图
　1—测量机构；2—磁屏罩　　　　　　　　1—线圈；2—铁片

（6）工作频率范围不大。由于固定线圈的匝数较多，相应感抗较大，线圈感抗随频率的变化会给测量带来一些影响，因此电磁系仪表不宜用于频率高的电路中，一般在1000Hz以下。

（7）功耗大。一般电流表消耗功率达2～8W，电压表功耗达2～5W。

三、电动系测量机构

（一）电动系测量机构的结构

电动系测量机构由两组线圈组成，即建立磁场的固定线圈（简称定圈）和在磁场中偏转的可动线圈（简称动圈）。根据有无铁心，电动系测量机构可分为以下两种。

1. 无铁心的电动系测量机构

无铁心的电动系测量机构通常简称为电动系机构，如图 1-14 所示。定圈 1 分为两个部分，平行排列，这样可以获得比较均匀的磁场；动圈 2 与转轴连接，一起放置在定圈的两部分之间。游丝 4 用来产生反作用力矩，同时作为动圈电流的引入引出元件，空气阻尼器 5 是用来产生阻尼力矩的。

2. 铁磁电动系测量机构

铁磁电动系测量机构的结构如图 1-15 所示。为了产生较强的磁场，增加转动力矩，将定圈绕在相互绝缘的硅钢片叠成的铁心上，动圈内装有圆形铁心 2，使气隙的磁场呈均匀辐射状。阻尼器采用电磁感应式或空气式阻尼器。

由于铁磁电动系测量机构中有铁心，磁场较强，因此灵敏度高，但因铁磁物质具有磁滞和涡流损失，所以其准确度比无铁心的低得多。

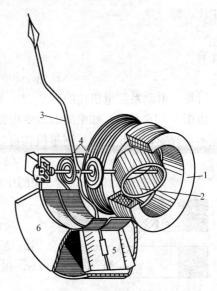

图 1-14 电动系测量机构的结构示意图
1—定圈；2—动圈；3—指针；4—游丝；
5—空气阻尼器叶片；6—空气阻尼器外盒

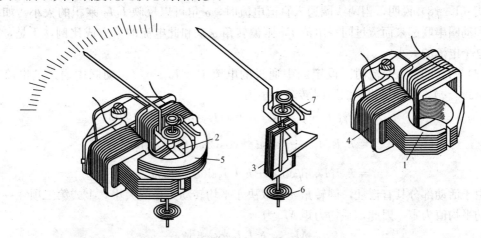

图 1-15 铁磁电动系测量机构的结构示意图
1—铁轭；2—圆形铁心；3—动圈；4—定圈；5—阻尼器；6—游丝；7—零位调节器

（二）电动系测量机构的工作原理

电动系测量机构（无铁心）的工作原理如图 1-16 所示。其工作时，定圈与动圈中都必须通入电流。定圈中的电流 i_1 用来建立磁场，当动圈中通入电流 i_2 时，磁场将对电流 i_2 产生电磁力 F，因而使动圈受到力矩的作用而发生偏转。设动圈的匝数为 N，面积为 A，定圈产生的磁感应强度为 B_1，根据磁场对载流导体的作用，可知动圈的瞬时转动力矩为

$$m = NB_1 A i_2 \sin\beta \qquad (1-15)$$

式中　B_1——电流 i_1 产生的磁感应强度；

　　　β——动圈面与磁场的夹角。

由于线圈中没有铁磁性物质，在固定线圈匝数一定的情况下，B_1 应和产生它的电流 i_1 成正比，即

$$B_1 = k_1 i_1 \qquad (1-16)$$

因此有

$$m = NB_1 A i_2 \sin\beta = k_1 NA i_1 i_2 \sin\beta = k_2 i_1 i_2 \sin\beta \qquad (1-17)$$

可见，电动系测量机构的转动力矩不仅与电流 i_1 及 i_2 的乘积有关，还与动圈的位置有关。由图 1-16 可知，如果同时改变电流 i_1 和 i_2 的方向，力 F 的方向不变，转动力矩的方向也不会改变，因此电动系测量机构可以交直流两用。下面分别予以讨论。

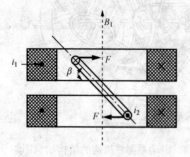

图 1-16　电动系测量机构的工作原理图

（1）两线圈中通入直流时。设定圈中的电流 $i_1 = I_1$，动圈中的电流 $i_2 = I_2$，则转动力矩 M 为

$$M = k_2 I_1 I_2 \sin\beta$$

反作用力矩由游丝产生，设游丝的反作用系数为 D，当活动部分的偏转角为 α 时，产生的反作用力矩为 $M_\alpha = D\alpha$。根据力矩平衡条件，有

$$M_\alpha = M$$

即

$$D\alpha = k_2 I_1 I_2 \sin\beta$$

则

$$\alpha = \frac{k_2}{D} I_1 I_2 \sin\beta = k I_1 I_2 \sin\beta \qquad (1-18)$$

式（1-18）说明，当两线圈通入直流电流时，α 角可以反映 $I_1 I_2$ 乘积的大小。如果把定圈和动圈串联起来而流过同一电流 I，则偏转角 α 就和此电流的平方成比例，于是，就可测量这个电流的大小。

（2）两线圈通入交流时。设定圈中通过的电流 $i_1 = I_{1m} \sin\omega t$，动圈中通过的电流 $i_2 = I_{2m} \sin(\omega t - \varphi)$，则测量机构的瞬时转动力矩为

$$m = k_2 i_1 i_2 \sin\beta = k_2 I_{1m} \sin\omega t I_{2m} \sin(\omega t - \varphi) \sin\beta$$

$$= k_2 I_{1m} I_{2m} \frac{1}{2} [\cos\varphi - \cos(2\omega t - \varphi)] \sin\beta$$

$$= k_2 I_1 I_2 \sin\beta \cos\varphi - k_2 I_1 I_2 \sin\beta \cos(2\omega t - \varphi)$$

由于活动部分具有惯性，偏转角 α 将取决于平均转动力矩的大小。上式第二项在一个周期内的平均值为零，因此，平均力矩 M_{av} 为

$$M_{av} = k_2 I_1 I_2 \cos\varphi \sin\beta$$

式中　I_1、I_2——分别为通过定圈和动圈电流的有效值；

　　　φ——两个电流的相位差。

根据平衡条件：

$$M_\alpha = M_{av}$$

有

$$D\alpha = k_2 I_1 I_2 \cos\varphi \sin\beta$$

因此得

$$\alpha = \frac{k_2}{D} I_1 I_2 \cos\varphi \sin\beta = k I_1 I_2 \cos\varphi \sin\beta \qquad (1-19)$$

式（1-19）说明，当电动系测量机构用于交流电路时，其活动部分的偏转角除和交流电流的有效值 I_1 与 I_2 的乘积有关外，还与两个电流相位差的余弦 $\cos\varphi$ 的大小有关。这一点用于直流电路时是有区别的，应特别注意。

铁磁电动系测量机构的工作原理与电动系测量机构完全相同，因为两者都是利用动圈与定圈之间的电动力来产生转动力矩的。但由于铁磁电动系测量机构的磁通呈辐射方向，动圈的有效边始终垂直切割磁力线，式（1-19）中的 $\sin\beta=1$，因此当定圈与动圈中分别通过有效值为 I_1 与 I_2、相位差为 φ 的交流电流时，偏转角为

$$\alpha = kI_1 I_2 \cos\varphi$$

（三）电动系测量机构的技术特性

（1）准确度高。由于电动系仪表（无铁心）中没有铁磁物质，基本上不存在涡流和磁滞的影响，所以其准确度高，准确度可以达到 0.1～0.5 级。

（2）可以交直流两用，同时还可以用来测量非正弦电量。测量正弦交流或非正弦交流时，读数为有效值；测量直流时，读数为恒定直流数值。铁磁电动系仪表因铁心有残磁，误差较大，因此一般不用于直流测量。

（3）能够构成多种仪表，测量多种参数。例如可构成电动系电压表、电流表、功率表、频率表和相位表等。

（4）易受外磁场影响。这是由于电动系仪表内定圈所产生的磁场较弱的缘故。在一些准确度较高的仪表中，要采用磁屏蔽的装置，甚至改用无定位结构，以消除外磁场对测量的影响。

（5）过载能力小。因动圈中的电流需由游丝导入，所以过载能力较差。

（6）电动系电流表、电压表的标度尺刻度不均匀，标尺的起始部分分度很密，读数困难，但功率表的标度尺刻度近似均匀。

第三节 电 流 表

由磁电系、电磁系、电动系测量机构的工作原理可知，其偏转角均与通入机构的电流成比例，因此不论哪种测量机构，都可做成电流表。

一、磁电系电流表

因为磁电系测量机构的被测电流是通过游丝引入，且动圈本身的导线又很细，所以磁电系测量机构仅能通过很小的电流，作为电流表，只能直接测量几十微安到几十毫安的电流，如果要测量大电流，就必须扩大量程。

1. 单量程电流表

磁电系电流表是采用分流的方法来扩大量程。方法是在测量机构上并联一个电阻为 R_{fl} 的分流器，使大部分电流从并联电阻中流过，而表头仅流过其允许通过的电流，如图 1-17 所示。图中 I_c 是测量机构的满量程电流，R_c 是测量机构的内阻，I 是扩大量程后能测量的最大电流。由图 1-17 可知

$$R_c I_c = R_{fl}(I - I_c)$$

因此有
$$I_c = \frac{R_{fl}}{R_{fl} + R_c} I \qquad (1-20)$$

图 1-17 电流表扩大
量程原理图

由式（1-20）可以看出，由于 R_{fl} 和 R_c 为常数，所以 I_c 与 I 成正比，根据这一正比关系对电流表标度尺划定刻度，就可以直接读出被测电流 I 的大小。

如果用 n 表示量程扩大倍数，即

$$n = \frac{I}{I_c}$$

则由式（1-20）可得分流器电阻值为

$$R_{fl} = \frac{I_c R_c}{I - I_c} = \frac{R_c}{\frac{I}{I_c} - 1} = \frac{R_c}{n - 1} \tag{1-21}$$

在实际测量中，当被测电流不大时，可将分流器做成内附式，直接装在仪表的内部；而当被测电流很大时，由于分流器发热严重，为防止因过热而改变分流器的阻值，应使分流器有足够大的散热面积，因而大电流分流器的体积很大，所以通常将它做成单独装置，称为外附分流器，如图1-18所示。它有两对接线端钮，外侧的一对（1、1）称为电流端钮，与被测电路串联；内侧的一对（2、2）称为电位端钮，与磁电系测量机构并联。这种接线方式可以使分流电阻不包含电流端钮的接触电阻，因而减小误差。

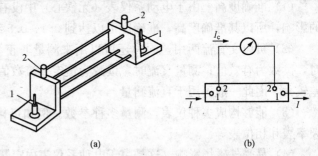

图 1-18 外附分流器及其接线图
（a）外附分流器；（b）分流器接线图

外附分流器上一般不标明电阻值，而是标明额定电流与额定电压值。额定电流是指电流表量限扩大后的最大电流值；额定电压是指分流器工作在额定电流时两个电位端钮间的电压。额定电压有 30、45、75、100、150mV 和 300mV 等几种，若测量机构与分流器相连，当测量机构的电流量限与内阻 R_c 的乘积与分流器的额定电压相等时，则其量限就等于分流器的额定电流。

【例 1-3】 一磁电系测量机构的满偏电流为 $500\mu A$，内阻为 200Ω，若要将它制成量程为 1A 的电流表，应并联多大分流电阻？若需利用该测量机构测量 100A 的电流，应选用何种规格的外附分流器？

解 量程扩大倍数为

$$n = \frac{I}{I_c} = \frac{1}{500 \times 10^{-6}} = 2000$$

因此分流电阻为

$$R_{fl} = \frac{R_c}{n - 1} = \frac{200}{2000 - 1} = 0.1(\Omega)$$

若用此表测量 100A 的电流，选用分流器时，应考虑测量机构满偏时的电压，即

$$U_c = I_c R_c = 500 \times 10^{-6} \times 200 = 100(mV)$$

所以应选用 100A、100mV 的分流器。

2. 多量程电流表

安装式电流表只有一种量程，而便携式电流表通常为多量程仪表。采用不同分流器，就

可构成多量程电流表。多量程电流表的分流器有两种接法：一种是开路连接方式，如图 1-19（a）所示。它的优点是各量限具有独立的分流电阻，互不干扰，调整方便。但由于开关的接触电阻包含在分流电阻内，会使仪表误差增大，甚至还会因接触不良造成大电流通过表头而使表头损坏，因此这种连接方式极少采用。另一种是闭路连接方式，如图 1-19（b）所示。这种结构的优点在于换接开关改变量程时，不会因为接触不良或换接过程中发生断路而造成大电流通过表头，使表头烧坏。但在这种电路中，任何一个分流电阻阻值的变化都会影响其他量限，所以调整和修理比较麻烦。

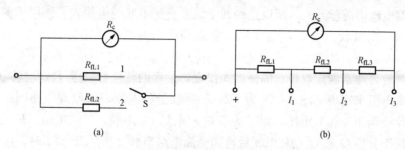

图 1-19　多量程电流表电路图
（a）分流器开路连接图；（b）分流器闭路连接图

二、电磁系电流表

电磁系测量机构可以直接作为电流表使用，只要将定圈与被测电路串联就可测量该电路的电流。通过改变固定线圈的导线直径和线圈匝数就能得到不同量程的电流表。

1. 单量程电流表

安装式电磁系电流表多为单量程，但一般最大量程不超过 200A。这是因为电流较大时，仪表与导线连接端钮处会因接触不良而严重发热；同时大电流导线周围的强大磁场将引起仪表的误差；另外，高量程电流表线圈导线的截面积较大，在高频率下会产生集肤效应，使交流电阻增大，引起仪表功率消耗增加。因此测量较大电流时，需与电流互感器配合使用。测量用电流互感器二次侧额定电流均为 5A，所以凡是与电流互感器配套使用的电流表，量程都是 5A。测量不同电流时，可采用不同电流比的电流互感器。电流表盘面的分度按互感器一次电流值标志。

2. 多量程电流表

便携式电磁系电流表一般为双量程。双量程电流表的测量线路也比较简单，通常是把定圈分段绕制，然后通过接线片或转换开关改变绕组的连接方式来改变量程，如图 1-20 所示。显然，图 1-20（b）并联连接时电流量程比图 1-20（a）串联连接时电流量程扩大了 1 倍。

由于电磁系电流表必须有足够的安匝数，才能产生足够强的磁场和转动力矩，所以电磁系电流表的内阻较大。

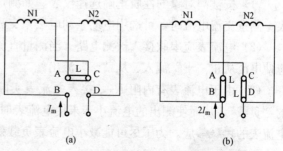

图 1-20　双量程电磁系电流表改变量程示意图
（a）线圈串联；（b）线圈并联
N1、N2—线圈；A、B、C、D—端钮；L—金属片

三、电动系电流表

将电动系测量机构中的定圈和动圈

作适当的连接，并配以一定的元件就可构成电动系电流表。但为了区别电动系仪表中的定圈和动圈，在线路图中常用圆圈加一粗实线表示定圈；用圆圈加一细实线表示动圈。

将电动系测量机构的定圈和动圈直接串联起来接入被测电路，如图 1-21 所示，就构成了一个最简单的电动系电流表，由于流过定圈和动圈的电流相等，根据式（1-18）可知，电动系电流表指针的偏转角与被测电流的平方成比例，即

$$\alpha \propto I^2$$

所以电动系电流表标度尺的刻度具有平方规律，其起始部分刻度较密，而靠近上量限部分较疏。由于动圈电流由游丝导入，所以这种两个线圈直接串联的电流表只能用于测量 0.5A 以下的电流。如果测量较大电流，通常是将定圈和动圈并联，或用分流电阻对动圈分流来实现。

电动系电流表通常做成双量程的便携式仪表，量程的转换可以通过改变线圈的连接方式及动圈的分流电阻来实现。图 1-22 为 D26-A 型双量程电流表的原理电路图。当量程为 I 时，用连接片将端钮 1 和 2 短接，此时动圈 Q 和电阻 R_3 串联，并被电阻（R_1 加 R_2）所分流，定圈的两个分段 Q′ 和 Q″ 互相串联后再和动圈电路串联。当量程为 $2I$ 时，用连接片将端钮 2 和 3 及 1 和 4 分别短路（如图中虚线所示），此时动圈 Q 和电阻（R_1 加 R_3）串联后被电阻 R_2 所分流，然后再与定圈 Q′ 和 Q″ 的并联电路相串联。

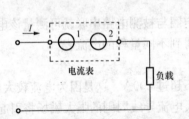

图 1-21　电动系电流表原理电路图
1—定圈；2—动圈

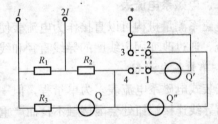

图 1-22　D26-A 型双量程电流表的原理电路图

由于测量机构的磁路是空气，磁阻很大，所需的励磁安匝数较大，所以电动系电流表的线圈匝数不能太少，和电磁系电流表一样，其内阻较大，功率消耗也较大。

四、电流表的使用

使用电流表时，应注意以下事项。

（1）按被测对象的性质正确选择仪表。如测量直流电流时，可选用磁电系和电动系电流表；测量交流电流时，可选用电动系和电磁系交流电流表。

（2）电流表应串联接入被测电路。当测量直流电流时，应注意"+"、"-"接线端，即应使电流从正"+"流入、从"-"流出。

（3）由于电流表有内阻 R_A，接入电流表实际相当于在测量电路中串联一个电阻为 R_A 的"负载"，从而使测出的电流小于未接电流表时的实际值，造成测量误差，这种现象称为电流表的负载效应。为了尽可能减小电流表负载效应的影响，电流表的内阻或内阻抗（也称电流表的输入阻抗）应尽可能小。对于电流表，一般要求其内阻 $R_A \leqslant \dfrac{1}{100} R_x$（$R_x$ 为被测对象的电阻）。

第四节 电 压 表

由磁电系、电磁系、电动系测量机构的工作原理可知,其偏转角与通入机构的电流成比例。由于测量机构的电阻是一定的,当机构两端施加的电压不同时,通过机构的电流就不同,偏转角也不同,因此不论哪种测量机构,都可做成电压表。

一、磁电系电压表

如果将磁电系测量机构与被测电压并联,则测量机构的偏转角 α 与被测电压的关系为

$$\alpha = SI = S\frac{U}{R_c}$$

因为对于确定的测量机构,它的内阻 R_c 是固定的,所以磁电系测量机构可以直接用来测量电压,但由于测量机构允许通过的电流很小,所以直接作为电压表来使用只能测量很小的电压,一般只有几十毫伏,不能满足实际需要。为了测量较高的电压,需要扩大电压表的量程。

1. 单量程电压表

磁电系电压表是根据串联电路分压原理来扩大量程,方法是将测量机构与附加电阻串联,如图 1-23 所示。

设测量机构的内阻为 R_c,满偏电流为 I_c,电压为 U_c,被测电压为 U,附加电阻为 R_{fj},由图 1-23 可知

$$I_c = \frac{U_c}{R_c} = \frac{U}{R_c + R_{fj}} \qquad (1-22)$$

由式 (1-22) 可知, I_c 与被测电压 U 成正比,所以指针的偏转可以反映被测电压的大小,若标度尺按电压划定刻度,便可直接读取被测电压值。

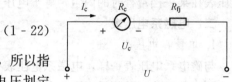

图 1-23 用附加电阻
扩大电压表量程

如果用 m 表示电压量程扩大倍数,即

$$m = \frac{U}{U_c}$$

则由式 (1-22) 可知,附加电阻 R_{fj} 为

$$R_{fj} = \left(\frac{U}{U_c} - 1\right)R_c = (m-1)R_c \qquad (1-23)$$

适当选择附加电阻 R_{fj} 的大小,即可将测量机构的电压量限扩大到所需的范围。因为磁电系仪表的灵敏度比较高,所以附加电阻值都较大。与电流表一样,附加电阻也分为内附式和外附式两种,通常量程低于 600V 时可采用内附式,量程高于 600V 时可采用外附式。

【例 1-4】 若将 [例 1-3] 中的测量机构改装成 60V 量程的电压表,应接多大的附加电阻?

解 测量机构的电压为

$$U_c = I_c R_c = 500 \times 10^{-6} \times 200 = 0.1(\text{V})$$

电压量程的扩大倍数为

$$m = \frac{U}{U_c} = \frac{60}{0.1} = 600$$

因此附加电阻为

$$R_{fj} = (m-1)R_c = (600-1) \times 200 = 119\,800(\Omega)$$

2. 多量程电压表

磁电系电压表也可制成多量程电压表，方法是串几个不同的附加电阻，其内部接线如图1-24所示。

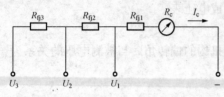

图1-24　多量程电压表测量线路

用电压表测量电压时，其内阻会对被测电路产生影响，电压表的内阻越大，对被测电路影响越小。电压表的内阻（又称输入电阻）R_V 等于测量机构内阻与附加电阻之和。对于多量程电压表来说，不同量程时附加电阻数值不同，因而仪表的内阻也不同。量程越高，内阻越大。但不论哪一挡量程，测量机构的满偏电流 I_c 都是一个常数，因而由 I_c 可以方便地求出某一挡量程时电压表的内阻。

第 K 挡量程（电压量程为 U_K）时电压表的内阻为

$$R_{VK} = \frac{U_K}{I_c} = U_K\left(\frac{1}{I_c}\right) \tag{1-24}$$

由式（1-24）可知，$\dfrac{1}{I_c} = \dfrac{R_{VK}}{U_K}$，它是一常数，称为电压表的每伏欧数（$\Omega/V$），或称为电压灵敏度，这个常数一般标注在电压表的铭牌上，是电压表的重要参数。由式（1-24）可知，电压表在某一挡量程时的内阻，等于电压表的每伏欧数乘以该挡电压量程。

二、电磁系电压表

1. 单量程电压表

与磁电系电压表一样，电磁系电压表也采用串联附加电阻的方法来扩大量程。从理论上讲，用这种方法可以测量很高的电压，但由于电压太高时，既要保证使用安全，又要使体积不致太大，因而制造起来比较困难，因此一般不做量程很高的电压表。国产电磁系电压表最高量程一般为600V。测量更高电压时，应通过电压互感器进行。测量用电压互感器二次侧额定电压均为100V，所以与互感器配套使用的电压表量程都是100V。被测线路的电压等级不同时，采用不同变比的电压互感器。

由于电磁系电压表一方面要保证足够的转动力矩，另一方面又希望尽量减少线圈的匝数，以防止频率误差，所以要求通过仪表的电流较大，也就是说电压表的内阻要小，通常只有每伏几十欧，而磁电系电压表内阻则可达每伏几千欧至几百千欧。可见电磁系电压表内阻小，仪表功率损耗较大。

2. 多量程电压表

便携式电磁系电压表一般为多量程，其测量线路是将定圈分段串、并联后，再与多个附加电阻串联组成，如图1-25所示。一般多量程电磁系电压表只有2～4个量程。因为电磁系测量机构要同时满足低量程和高量程的要求是很困难的。

三、电动系电压表

将电动系测量机构的定圈和动圈串联后，再和附加电阻串联，就构成了电动系电压表，如图1-26所示。由于线圈中的电流和加在仪表两端的被测电压成正比，因此，仪表的偏转角和被测电压的平方有关，其标度尺也具有平方律的特性。

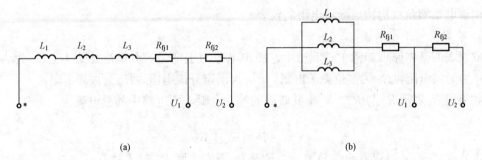

图 1-25　多量程电磁系电压表原理图

（a）分段串联；（b）分段并联

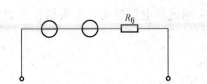

图 1-26　电动系电压表原理电路图

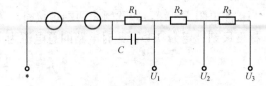

图 1-27　三量程电压表的测量电路图

电动系电压表一般做成多量程的便携式仪表。通过改变附加电阻值的大小便可以改变其量程。图 1-27 为三量程电压表的电路。由于线圈电感的存在，当被测电压的频率变化时，将引起内阻抗的变化而造成误差。实际中常通过并联电容的方法来补偿这种误差，图中与附加电阻 R_1 并联的电容 C 就是用来补偿这种频率误差的，因此称 C 为频率补偿电容。当电压表接入频率补偿电容后，可以用于较宽频率范围内电压的测量。

为了保证线圈能够产生足够大的转动力矩，通过测量机构的电流就不能太小，即串联的附加电阻就不能太大，所以电动系电压表的内阻较小，测量时仪表消耗的功率比较大。

四、电压表的使用

使用电压表时，应注意以下事项。

（1）按被测对象的性质正确选择仪表。例如测量直流电压时，可选用磁电系和电动系电压表；测量交流电压时，可选用电动系和电磁系交流电压表。

（2）电压表应并联接在被测电路的两端。当测量直流电压时，应注意"＋"、"－"接线端，即"＋"端接高电位端，"－"端接低电位端。

（3）与接入电流表同理，接入电压表后，也会产生负载效应，为了尽可能减小电压表负载效应的影响，电压表的内阻或内阻抗（也称电压表的输入阻抗）应尽可能大。对于电压表，一般要求其内阻 $R_V \geqslant 100R_x$（R_x 为被测对象的电阻）。

第五节　欧姆表与绝缘电阻表

欧姆表与绝缘电阻表都是用于测量电阻的仪表，下面分别予以介绍。

一、欧姆表

由前面磁电系测量机构的工作原理可知，磁电系测量机构活动部分的偏转角与通过的电流成正比，而根据欧姆定律 $I = \dfrac{U}{R}$，若 U 一定，则 I 与 R 有关。可见，配上适当的测量线路就可用磁电系测量机构构成测量电阻的仪表。

1. 欧姆表的工作原理

欧姆表的基本原理如图 1-28 所示。图中电源为干电池，其端电压为 U，R_c 为表头内阻，R 为附加电阻，R_0 为零位调节电阻，R'_0 为固定分流电阻，R_x 为被测电阻。

如果用 R'_c 表示 R_c 与 R_0、R'_0 串并联后的等效电阻，则电路中的总电流为

$$I = \frac{U}{R + R_x + R'_c} \tag{1-25}$$

由式（1-25）可以看出，只要 U、R 及 R'_c 不变，则 R_x 与 I 就有一一对应关系，即表头指针偏转角的大小与被测电阻的大小一一对应。这样，只要表头的标度尺按电阻值刻度，就可以直接测量电阻了。

当被测电阻 $R_x = 0$，即欧姆表两端短接时，表头通过的电流最大，表头指针为满刻度偏转（标度尺刻度定为 0Ω），此时电路的总电流为

$$I_0 = \frac{U}{R + R'_c}$$

当 $R_x = \infty$，即电路处于开路状态时，表头指针不动，该点定为欧姆表的无穷大刻度。

当 $R_x = R + R'_c$ 时，通过电路的总电流为

$$I = \frac{U}{R + R'_c + R_x} = \frac{U}{2(R + R'_c)} = \frac{1}{2} I_0$$

此时指针的偏转正好是满刻度的一半，即指在标度尺的中心位置，因而 $R_M = R + R'_c$ 称为中值电阻，它也是欧姆表的总内阻。

由上述讨论可以得知，欧姆表的标度尺方向与电流表或电压表的标度尺方向相反。同时由于总电流 I 与被测电阻 R_x 不成正比关系，所以欧姆表标度尺的分度是不均匀的，尤其在两端更为突出，使读数相当困难。因此测量时，为了便于读数，应合理选择量程，最好使被测电阻在中值电阻附近，一般在 $\frac{1}{10} \sim 10$ 倍中值电阻范围为宜。欧姆表的标度尺如图 1-29 所示。

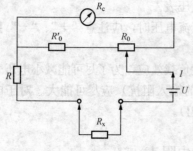

图 1-28　欧姆表原理电路图

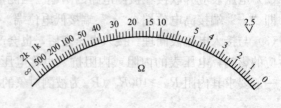

图 1-29　欧姆表的标度尺

2. 欧姆表的倍率

由欧姆表的原理可以得知，它的标度尺刻度是以中值电阻为基准，在标度尺右半段所指示的阻值范围是 $0 \sim R_M$，而左半段所指示的阻值范围是 $R_M \sim \infty$。如果中值电阻 $R_M = 24\Omega$，则测量 $2.4 \sim 240\Omega$ 范围内的电阻时容易读数，而要测量更大或更小的电阻时均不易读数。因此要测量各种不同大小的电阻值，应当做成具有不同中值电阻的多挡欧姆表。为了共用一

条标度尺，使读数方便，各挡的中值电阻应是十进制的。例如若 $R\times1$ 挡的中值电阻为 24Ω，那么其他各挡的中值电阻值就取 240Ω，2400Ω，$\cdots$，从而构成 $R\times1$、$R\times10$、$R\times1000$ 等多倍率挡的欧姆表。

3. 零欧姆调整器

由于干电池的端电压不可能总是保持不变，使用时间长了后，它的端电压就会下降，这时，即使 $R_x=0$，表头的指针也不可能达到满刻度偏转；另外，即使电池电压不变，由于不同量程所接的附加电阻不一样，同是 $R_x=0$ 情况下，流过表头的电流也不同。为此设置零位调节电阻 R_0，在使用欧姆表之前或换挡后都需在 $R_x=0$（即将欧姆表两端钮短接）的情况下调节 R_0，使指针指在欧姆零位，以保证测量的准确性。

二、绝缘电阻表

绝缘电阻表俗称摇表，它是专门用于测量电气设备、供电线路等绝缘电阻的一种便携式仪表。

1. 绝缘电阻表的结构

常用的绝缘电阻表主要是由一只磁电系比率表和一台手摇发电机组成。图 1-30 为比率型磁电系测量机构的结构示意图。固定部分由永久磁铁、极掌、铁心等部件组成。由于极掌与铁心的形状比较特殊，因而铁心与磁极间气隙中的磁场不均匀。活动部分有两个可动线圈，它们彼此间相交成一固定角度，并连同指针装在同一转轴上，当线圈中通有电流时，其中一个产生转动力矩，另一个产生反作用力矩，当转矩平衡时，指针停留在稳定的位置上。磁电系比率表没有产生反作用力矩的游丝，转轴上虽然装有导电丝，但是不产生反作用力矩，只用来引导电流。

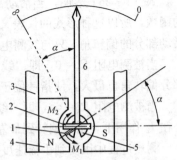

图 1-30　比率型磁电系
测量机构的结构示意图

1、2—动圈；3—永久磁铁；4—极掌；
5—开有缺口的圆柱形铁心；6—指针

绝缘电阻表的手摇发电机一般为直流发电机或交流发电机与整流电路配合的装置，其容量很小，电压却很高，绝缘电阻表以发电机的额定电压来分类，其电压有 500、1000、2000、2500、5000V 等几种。一般发电机都设有离心调速装置，以保证转子能恒速转动。

2. 绝缘电阻表的工作原理

绝缘电阻表的工作原理如图 1-31 所示。点画线框内表示绝缘电阻表的内部电路，测量时被测绝缘电阻接在绝缘电阻表的"线"（L）与"地"（E）端子之间。整个电路由两个回路组成：一个是电流回路，另一个是电压回路。电流回路从电源正端经被测绝缘电阻 R_x、内附电阻 R_A、动圈 1 回到电源负端，电压回路从电源正端经内附电阻 R_V、动圈 2 回到电源负端。若手摇发电机输出一定的直流电压 U，则在线圈 1 和线圈 2 中产生的电流分别为

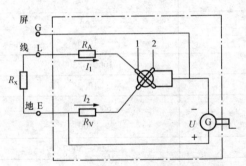

图 1-31　绝缘电阻表的测量原理接线图

$$I_1=\frac{U}{R_1+R_A+R_x}$$

$$I_2=\frac{U}{R_2+R_V}$$

式中　　R_1、R_2——分别为动圈 1 和 2 的内阻。

由于气隙中的磁场不均匀，所以线圈 1 所受到的力矩不仅与电流 I_1 有关，还与线圈所在的位置即偏转角 α 有关，其数学表达式为

$$M_1 = I_1 f_1(\alpha)$$

同理

$$M_2 = I_2 f_2(\alpha)$$

式中　　$f_1(\alpha)$、$f_2(\alpha)$——分别为 M_1、M_2 与 α 的关系函数，它们主要取决于磁场的分布状态。

转动力矩 M_1 和反作用力矩 M_2 方向相反，当 $M_1 = M_2$ 时，指针停在平衡位置，此时有

$$I_1 f_1(\alpha) = I_2 f_2(\alpha)$$

即

$$\frac{I_1}{I_2} = \frac{f_2(\alpha)}{f_1(\alpha)} = f_3(\alpha)$$

因而可得

$$\alpha = f\left(\frac{I_1}{I_2}\right) = f\left(\frac{R_2 + R_V}{R_1 + R_A + R_x}\right) = f(R_x) \qquad (1-26)$$

式（1-26）表明，当活动部分处于平衡位置时，其偏转角 α 是两线圈电流 I_1、I_2 比值的函数，所以这种形式的仪表又称为比率表。由于式中 R_1、R_2、R_V 及 R_A 都是常数，所以活动部分的偏转角 α 只与被测电阻 R_x 有关，它能直接反映被测电阻 R_x 的大小。

当被测电阻 $R_x = 0$，即"线"与"地"两端子短接时，电流回路的电流 I_1 最大，活动部分偏转角也最大，使指针位于标度尺最右端。

当被测电阻 $R_x = \infty$，即"线"与"地"两端子开路时，电流回路的电流 $I_1 = 0$，活动部分在 I_2 作用下，指针偏转到最左端。可见绝缘电阻表的标度尺为反向刻度。

测量过程中因受到手摇速度的影响，绝缘电阻表内手摇发电机的输出电压会有波动，因而两个线圈中的电流也会发生变化，但两个电流的比值保持不变，所以指针的偏转角也保持不变。另外，由于绝缘电阻表没有产生反作用力矩的游丝，所以使用前指针可以停留在标度尺的任意位置上。以上是比率表的两个特点。

3. 绝缘电阻表的选择

选用绝缘电阻表时，其额定电压要与被测设备的工作电压相对应，如表 1-2 所示。对于电压较高的电气设备，必须使用额定电压较高的绝缘电阻表测量，否则测量结果不能正确反映被测设备在工作电压下的绝缘电阻；而对于低压电力设备，则不能用额定电压较高的绝缘电阻表测量，否则容易在测量时损坏被测设备的绝缘。

表 1-2　　　　　　　　　　　　　　绝缘电阻表电压等级选择

测 试 对 象	被测设备的额定电压 （V）	所选绝缘电阻表的额定电压 （V）
线圈的绝缘电阻	500 以下 500 以上	500 1000
电力变压器、电机绕组的绝缘电阻	500 以上	1000～2500
发电机绕组的绝缘电阻	500 以下	1000
电气设备绝缘电阻	500 以下 500 以上	500～1000 2500
绝 缘 子	—	2500～5000
母线、隔离开关	—	2500～5000

另外，绝缘电阻表的测量范围也要与被测绝缘电阻的阻值相吻合。各种型号的绝缘电阻表在不同的测量电压下有不同的测量范围，如 ZC11E 型绝缘电阻表为多量程的绝缘电阻表，额定电压为 1000V 时，测量范围为 0～1000MΩ；额定电压为 500V 时，测量范围为 0～500MΩ；额定电压为 250V 时，测量范围为 0～250MΩ。选用的绝缘电阻表的测量范围，不应超出绝缘电阻值过大，否则读数将会产生较大误差。

4. 绝缘电阻表的使用

使用绝缘电阻表时，应当注意以下事项。

（1）测量前必须将电气设备的电源切断，并对具有大电容的设备，例如输电线路、高压电容器等进行放电。用绝缘电阻表测量过的电气设备，也可能带有残余电压，测量后也应及时放电。

（2）测量前应对绝缘电阻表进行检查，当绝缘电阻表接线端开路时，摇动摇柄至额定转速（120r/min），指针应指在"∞"；接线端短路时，缓慢摇动摇柄，指针应指在"0"。

（3）测量时应正确接线。绝缘电阻表一般有三个接线柱，分别标有"线"（L）、"地"（E）和"屏"（G）。在进行一般测量时，只要将被测绝缘电阻接在 L 和 E 之间即可。例如测量电机绕组的绝缘电阻时，将绕组的接线端接在 L 上，机壳接到 E 上。对表面不干净或潮湿的对象进行测量时，因为绝缘体表面有泄漏电流 I_S，它将与通过绝缘体的电流 I_V 一起通过线圈 1，所以此时测出的电阻包括表面电阻和内部绝缘电阻两部分，为了准确测出材料内部的绝缘电阻，就必须使用 G 接线柱。

图 1-32 为测量电缆线芯与外皮之间绝缘电阻时的接线图。测量时在电缆的绝缘表面加一个保护环，并接至 G 端钮，这样表面电流 I_S 便不经过动圈 1，而是沿电缆表皮、经 E 端流回发电机负极；而测试电流 I_x 由发电机正极、经动圈 2 后从 L 端流出，再沿线芯、绝缘层流回到发电机负端，从而消除了表面电流的影响。

（4）测量时手摇发电机应保持匀速，不可忽快忽慢而使指针不停地摇摆，其速度应尽量在规定的范围之内，一般为 120r/min。读数时，一般以 1min 以后的读数为准。若遇电容较大的被测物时，可等指针稳定不变时再读数。

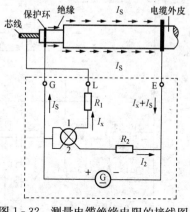

图 1-32 测量电缆绝缘电阻的接线图

（5）测量完毕后，当绝缘电阻表没有停止转动或被测物没有放电前，不可用手触及被测物测量部分及进行拆线工作。特别是测试大电容电气设备后，必须先将被测物对地短路放电，再停止手柄的摇动，以防止因电容器放电而使绝缘电阻表损坏。

第六节 万 用 表

万用表是一种广泛使用的多用途测量仪表，它可以测量直流电流、直流电压、交流电流、交流电压以及电阻等，有些还可以测量电容、电感、音频功率增益或衰减的分贝及晶体管放大倍数等。

一、万用表的结构

万用表主要是由表头、测量线路及转换开关三部分构成。

1. 表头

通常采用磁电系测量机构作为万用表的表头，其满偏电流一般为几微安到几百微安。表头的满偏电流越小，其灵敏度就越高，表头的特性也就越好。例如 MF9 型万用表表头满偏电流为 41μA。

2. 测量线路

测量线路是万用表的主要环节，由多量程的电流、电压测量电路及多量程电阻测量电路组成。

3. 转换开关

转换开关由许多固定触点和可动触点组成。通过转换开关，表头与不同的测量电路接通，从而达到改变各种测量对象以及选择不同量程的目的。

二、万用表的工作原理

万用表的基本工作原理是利用一只表头，并通过转换开关与不同测量电路连接，从而分别组成多量程的直流电压表、直流电流表、交流电压表以及欧姆表等，以满足多种测量的需要。下面以 MF9 型万用表为例进行介绍。其总电路如图 1-33 所示。

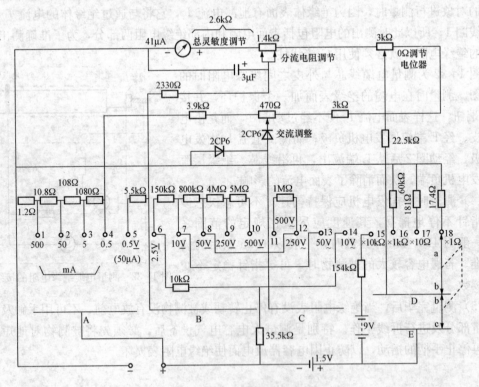

图 1-33　MF9 型万用表原理电路图

1. 直流电流挡的测量线路

直流电流挡的测量线路如图 1-34 所示。从图中可以看出，它实质上就是一个采用闭路连接方式的多量程直流电流表。利用转换开关的活动触点 a 和 b，分别将固定触点 1~5 接到金属片 A 上，就得到五个不同的电流量程。

2. 直流电压挡的测量线路

直流电压挡的测量线路如图 1-35 所示。它实质上就是一个多量程的直流电压表。图中点画线框内是图 1-34 测量直流电流最小量程 0.05mA 挡的电路，在此基础上采用串联附加电阻的方式，构成了直流电压挡的测量线路。利用转换开关的活动触点"a"和"b"分别将固定触点 5～10 接到金属片 A 或 B 上，就得到 0.5～500V 六个不同的直流电压量程。

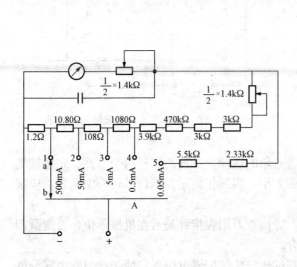
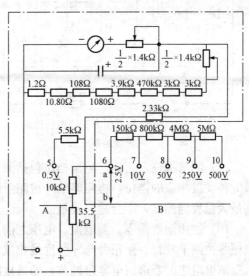

图 1-34　MF9 型万用表直流电流挡的测量线路图　　图 1-35　MF9 型万用表直流电压挡的测量线路图

3. 交流电压挡测量线路

交流电压挡测量线路图如图 1-36 所示，它实质上就是一个半波整流式的多量程电压表。利用转换开关的活动触点"a"和"b"分别将固定触点 11～14 接到金属片 C 上，就得到 10～500V 四个不同的交流电压量程。交流电压最低挡（一般为 10V）和其他电压挡不能共用一条标度尺，因为整流元件是非线性元件，电压越低，非线性影响越严重，所以交流电压最低挡应单独采用一条标度尺。

4. 电阻挡测量线路

电阻挡测量线路图如图 1-37 所示，它实质上是一个多量程的欧姆表。利用转换开关的活动触点 a、b 和 c 分别将固定触点 16～18 接到金属片 D 和 E 上，就可以得到 $R\times1$、$R\times10$、$R\times1k$ 3 个不同倍率的电阻挡。当转换开关的活动触点 a 和 b 将固定触点 15 接到金属片 D 上时，得到了 $R\times10k$ 的挡，这时电路的电源电压为 $(1.5+9)$V。

三、万用表的使用

使用万用表时，应注意以下事项。

（1）接线要正确。万用表面板上的插孔或接线柱都有极性标志，测量直流时，要注意正负极性不能接反。用万用表判断二极管极性时，应注意万用表"＋"端钮是与内附电池的负极相接，因而"＋"端为低电位端；同时注意勿用 $R\times1$ 或 $R\times10k$ 挡，以免过电流或过电压。测量电流时，万用表应与电路串联，测量电压时应与电路并联。

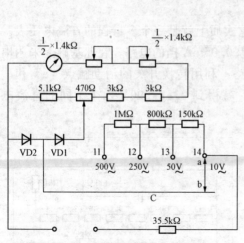

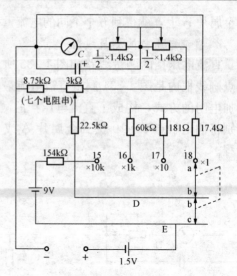

图 1-36 MF9 型万用表交流电压挡的
测量线路图

图 1-37 MF9 型万用表直流电阻挡的
测量线路图

（2）测量挡位要正确。测量挡位包括测量对象的选择及量程的选择两个方面。先按被测量的种类拨相应的挡位，再粗略估计被测量的大小，拨到相应量程挡位。若心中无数，应拨到最大量程挡测试，不合适再换挡。

（3）使用前要调零。测电流、电压之前，应检查万用表指针是否在机械零位，否则微调机械零位调节螺钉，使指针与零分度线相重合。

测电阻之前要进行电零位调节，即短接测试棒，旋转调零电位器，使指针与欧姆零分度线相重合。若无法达到欧姆零位，表明电池电压太低，应更换指定规格的新电池。

（4）严禁在被测电阻带电的情况下测量电阻。否则，不仅会影响测量结果，还可能损坏仪表。

（5）不允许带电切换量程。在带电特别是高电压或大电流的情况下切换量程，容易产生电弧，损坏仪表。

（6）万用表作欧姆表使用。不同量程的中值电阻和电路中总电流的大小均不相同，用 $R \times 1$ 挡时通过的电流最大，可达几十毫安，使用时应注意。

测量完毕，应将转换开关放在最高交流电压挡。切忌将转换开关放在电流或电阻挡上，以防下次测量电压时忘记选择量程而将万用表烧毁或造成被测电路短路引发事故。

第七节 功 率 表

众所周知，在直流电路中，功率的表达式为 $P = UI$；在交流电路中，功率的表达式为 $P = UI\cos\varphi$。很显然，要用一只仪表测量电路的功率，就必须反映电压与电流的乘积，而电动系测量机构能满足这个要求。另外，由于电动系测量机构的性能比较好，所以功率表大多数采用电动系测量机构。

一、电动系功率表

1. 功率表的工作原理

电动系测量机构用于测量功率时，其定圈与负载串联；动圈与附加电阻串联后，再与负载并联。显然，通过定圈的电流就是负载的电流 I，所以通常称定圈为电流线圈或串联线圈；动圈支路两端的电压就是负载两端的电压，所以通常称动圈为电压线圈或并联线圈。国家标准规定，在测量线路中，用一个圆加一条水平粗实线来表示电流线圈，用一条竖直细实线来表示电压线圈，如图 1-38 所示。

电动系功率表测量直流和交流两种功率时的工作原理如下。

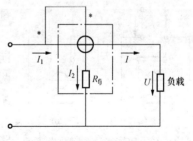

图 1-38 电动系功率表的原理电路图

（1）进行直流电路的功率测量时，通过定圈的电流 I_1 与负载的电流相等，即

$$I_1 = I$$

而通过动圈的电流 I_2 可由欧姆定律确定，即

$$I_2 = \frac{U}{R_2}$$

由于电流线圈两端的电压远小于负载两端的电压 U，所以电流线圈两端的电压可以忽略不计，电压支路两端的电压与负载电压 U 相等。上式中 R_2 是电压支路总电阻，它是动圈电阻和附加电阻 R_{fj} 的总和。对于已制成的功率表，R_2 是一个常数。

由式（1-18）可以得出

$$\alpha = k\frac{U}{R_2}I\sin\beta = k_{\text{P}}P\sin\beta \tag{1-27}$$

$$k_{\text{P}} = \frac{k}{R_2}$$

实际中，常常通过合理设计，使 $k_{\text{P}}\sin\beta$ 项保持近似不变，这样其可动部分的偏转角 α 就与被测负载功率 P 成正比。

（2）进行交流电路的功率测量时，通过定圈的电流 $\dot{I}_1$ 等于负载电流 $\dot{I}$，即

$$\dot{I}_1 = \dot{I}$$

而通过动圈的电流 $\dot{I}_2$，与负载电压 $\dot{U}$ 成正比，即

$$\dot{I}_2 = \frac{\dot{U}}{Z_2}$$

式中 Z_2——电压支路的总阻抗。

由于电压支路中附加电阻 R_{fj} 比较大，如果工作频率不太高，则动圈的感抗相比之下可以忽略不计。因此，可以认为动圈电流 $\dot{I}_2$ 与负载电压 $\dot{U}$ 同相，即 $\dot{I}_2$ 与 $\dot{U}$ 之间的相位差等于零，而 $\dot{I}_1$ 与 $\dot{I}_2$ 之间的相位差 ψ 跟 $\dot{I}_1$ 与 $\dot{U}$ 之间的相位差 φ 相等，如图 1-39 所示。

由式（1-19）可得

$$\alpha = k\frac{U}{|Z_2|}I\cos\varphi\sin\beta = k_{\text{P}}P\sin\beta \tag{1-28}$$

$$k_{\text{P}} = \frac{k}{|Z_2|}$$

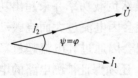

图 1-39 $\dot{U}$、$\dot{I}_1$ 相量图

如果使 $k_{\text{P}}\sin\beta$ 项保持近似不变，则用电动系功率表测量交流电路的功率时，其可动部分的偏转角 α 也与负载的有功功率 P 成正比。虽然这一结论是在正弦交流电路的情况下得出的，但是它也适用于非正弦交流电路。

综上所述，电动系功率表不仅可以测量直流电路的功率，也可以测量交流电路的功率，采取措施后，其标度尺刻度近似均匀。

2. 多量程功率表

一般便携式电动系功率表都是多量程的功率表，通常有两个电流量程，两个或三个电压量程。通常用以下方法来改变电动系功率表的量程。

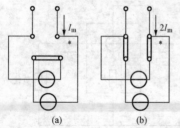

图1-40　用连接片改变功率表的
电流量程

(a) 电流线圈的两部分串联；

(b) 电流线圈的两部分并联

（1）电流量程的转换一般是通过改变电流线圈完全相同的两个绕组的连接方式来实现，如图1-40所示。如果两个绕组串联时的电流量程为 I_m，则两个绕组并联时的电流量程为 $2I_m$。

（2）电压量程的改变方法与电压表相同，即在电压支路中串联不同的附加电阻，如图1-41所示。这种功率表的电压电路有四个端钮，其中标有"*"号的为公共端钮。

但需注意，功率表的不同量程是通过选择不同的电流量程和电压量程来实现的。例如，D9-W14 型功率表的额定值为 5/10A 和 150/300V，那么功率量程可以有四种：

1）5A/150V 量程——功率量程为 750W；

2）5A/300V 量程——功率量程为 1500W；

3）10A/150V 量程——功率量程为 1500W；

4）10A/300V 量程——功率量程为 3000W。

虽然 5A、300V 和 10A、150V 的功率量程相同，但是其使用时的意义不一样，这一点必须特别注意。

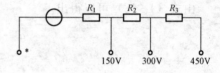

图1-41　多量程功率表的电压电路

【例1-5】　有一感性负载，其功率约为 900W，功率因数为 0.85，工作在 220V 电路中，如用 D9-W14 型功率表去测量它的实际功率，应怎样选择功率表的量程？

解　因负载工作于 220V 电路中，因此功率表的电压额定值应选为 300V，负载电流 I 可以由下式计算出：

$$I = \frac{P}{UI\cos\varphi} = \frac{900}{220 \times 0.85} \approx 4.54(\mathrm{A})$$

故电流额定值应选为 5A。

【例1-6】　在［例1-5］中，如果负载工作于 110V 电路中，假定其他条件不变，又应如何选择功率表的量程？

解　因负载在 110V 电路中工作，故功率表的电压额定值应选为 150V，负载电流为

$$I = \frac{P}{UI\cos\varphi} = \frac{900}{110 \times 0.85} \approx 9.1(\mathrm{A})$$

因此功率表的电流额定值应选为 10A。

通过这两道例题可以看出，由于工作状态不同，尽管负载相同，功率表的量程选择也是不同的。如果在［例1-5］中将功率表的量程误选为 10A/150V，虽然负载功率并未超出功率量程，但是因负载电压已超出电压额定值 150V，则电压支路可能会因电流过大而烧毁动圈或游丝。同样，如果在［例1-5］中误选 5A/300V 量程，则定圈会因通过其电流超过额定值而烧毁。因此，功率表量程的选择除保证功率量程满足要求外，还须保证被测电路的电流、电压不超过额定值。

二、功率表的选择及使用

1. 功率表量程的正确选择

选用功率表量程时，除应考虑功率量程外，还应考虑电流和电压量程（见［例 1-5］和［例 1-6］）。并且在实际测量功率时，除使用功率表外，同时还要接入电压表、电流表，用来监测电路中的电压、电流值，以免超过功率表电压、电流额定值而损坏仪表。

2. 功率表的接线

功率表的电流、电压线圈各有一端标有"＊"号，标有"＊"号的电流端和电压端称为"发电机端"，这是为了防止接线错误而标出的特殊标记（有的功率表标的是"±"或"↑"等符号）。功率表的接线必须遵守"发电机端"的接线守则，即接线时，功率表的电流线圈与负载串联，标有"＊"号的电流端必须接至电源端，而另一端则接至负载端；功率表的电压支路与负载并联，标有"＊"号的电压端钮可以接电流端钮的任一端，而另一电压端则跨接至负载的另一端。按照上述接线要求，功率表的正确接线有两种方式，如图 1-42 所示。其测量误差的分析与伏安表法测功率相同，当负载电阻远远大于电流线圈电阻时，用电压线圈前接法较准确；当负载电阻远远小于电压支路电阻时，用电压线圈后接法较准确。

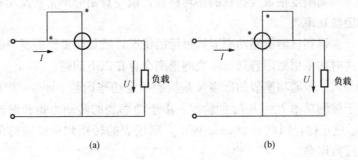

图 1-42　功率表的正确接法
（a）电压线圈前接；（b）电压线圈后接

应当注意，在功率表接线正确的情况下，指针也可能反转，这是由于被测电路中含有电源向外输出功率的缘故。发生这种现象时应换接电流线圈的两个端钮，但绝不能换接电压线圈的两个端钮。这是因为电压支路中的附加电阻是接在非"＊"端的，如果换接电压端钮，则电压支路中的附加电阻就接在负载的高电位端，而动圈则接在低电位端，由于附加电阻很大，电压 U 几乎全部降在 R_f 上，此时电压线圈与电流线圈之间的电压可能很高，会产生静电场，引起附加电动力矩，造成附加误差，同时有可能使绝缘击穿。所以，电压端钮的接法是不能改变的。

3. 功率表的读数

由于功率表一般都是多量程的，而且共用一条或几条标度尺，所以功率表的标度尺都只标明分格数，而不标明瓦数。功率表标度尺上每一分格所代表的瓦数称为分格常数。一般情况下，功率表的技术说明书上都给出了功率表在不同电流、电压量程下的分格常数，以供查用。测量时，读取指针偏转格数后再乘以相应的分格常数，就得出被测功率的数值，即

$$P = Cn \tag{1-29}$$

式中　P——被测功率，W；
　　　C——测量时所使用量程下的分格常数，W/div；
　　　n——指针偏转的格数。

如果功率表的分格常数没有给出，则可计算为

$$C = \frac{U_m I_m}{N}\qquad\qquad(1-30)$$

式中　U_m——所使用的电压额定值；

　　　I_m——所使用的电流额定值；

　　　N——标度尺满刻度的格数。

【例1-7】　用一只满刻度为150div的功率表去测量某一负载所消耗的功率，所选用的电流量程为10A，电压量程为150V，读数为60div，问该负载所消耗的功率是多少？

解　功率表的分格常数为

$$C = \frac{U_m I_m}{N} = \frac{150 \times 10}{150}(\text{W/div}) = 10(\text{W/div})$$

因此被测负载所消耗的功率为

$$P = Cn = 60 \times 10 = 600(\text{W})$$

根据上述读数及计算的要求，用功率表进行测量时，一定要记录下所选用的电流量程、电压量程、标度尺的满刻度格数及指针的偏转格数，以便算出分格常数及功率。

三、低功率因数功率表

实际工作中，常遇到被测电路功率因数很低的情况，例如测量铁磁材料的损耗、变压器的空载损耗等，这时如果仍然用普通功率表测量则会存在以下问题。

（1）读数偏差大。普通功率表的标度尺是按照额定功率因数 $\cos\varphi_N = 1$ 来刻度的，仪表的满刻度值相当于被测功率 $P = U_N I_N$ 的情况。由于功率表的转动力矩和偏转角均与被测功率（$P = UI\cos\varphi$）成正比，因此，如 $\cos\varphi$ 很小，则仪表的转矩和指针偏转角也很小，这样就会造成很大的读数误差。

（2）测量误差大。当 $\cos\varphi$ 很小时，因为转动力矩很小，所以仪表本身的功率损耗、摩擦等因素对测量结果就有较大的影响，会造成较大的测量误差。此外，又因电动系功率表的角误差随 $\cos\varphi$ 的减小而增大，所以，当被测电路的功率因数很低时，其角误差可能会很大。

可见，如用普通功率表来测量低功率因数电路的功率，不但会造成读数困难，而且更为重要的是不能保证测量的准确性。因此，测量低功率因数电路的功率时必须采用专门的低功率因数功率表。

低功率因数功率表是专门用来测量低功率因数电路功率的一种仪表，其工作原理和普通功率表工作原理基本相同。但是，为了解决小功率下的读数问题，其标度尺是按较低的额定功率因数（通常 $\cos\varphi_N$ 取0.1或0.2）来刻度。同时，为了在较小的转矩下保证仪表的准确度，低功率因数功率表采用了特殊结构及补偿装置，使其能用于小功率电路中功率的测量。

低功率因数功率表的接线与普通功率表的相同，即应遵守发电机端守则。选择时同样必须从电压、电流及功率三个方面考虑。例如某被测电路的电压是220V，电流是5A，功率因数是0.35，若选用300V、5A、$\cos\varphi_N = 0.2$ 的低功率因数功率表，虽然所选仪表的电压、电流量程满足要求，但是仪表满偏功率为 $300 \times 5 \times 0.2 = 300$（W），而被测功率为 $220 \times 5 \times 0.35 = 385$（W），显然超过了仪表满偏功率，会导致不能读数，甚至打弯指针，因此应改换电压、电流量程，选择600V、5A或300V、10A的低功率因数功率表。

低功率因数功率表的读数与普通功率表的也相同。但应注意，低功率因数功率表是在较低的额定功率因数 $\cos\varphi_N$ 下刻度的，因此其分格常数为

$$C = \frac{U_N I_N \cos\varphi_N}{\alpha_N}(W/div) \qquad (1\text{-}31)$$

所以在测量时应根据所选用的额定电压 U_N、额定电流 I_N 以及仪表上标明的额定功率因数和标尺的满刻度格数 α_N 计算出每格瓦数 C，然后根据指针偏转的格数，按式（1-29）计算被测功率。

四、三相有功功率表

三相有功功率表专门用于测量三相电路的有功功率。三相有功功率表的工作原理与单相功率表工作原理相同，在结构上分为"二元件三相有功功率表"和"三元件三相有功功率表"。

1. 二元件三相有功功率表

二元件三相有功功率表是根据两表法原理构成的，它是将两套元件装于同一只仪表中，每一套元件就是一个单相功率表，这两套元件的两个动圈装在同一转轴上，带动一根指针，因此其偏转取决于两套元件产生的平均转动力矩的代数和，从而能直接指示出三相总功率。这种二元件三相有功功率表适于测量三相三线制交流电路的功率。二元件三相有功功率表的内部线路如图1-43所示。它的面板上有七个接线端钮，如图1-44所示。接线时应遵循下列两条原则：

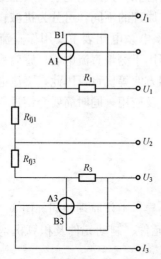
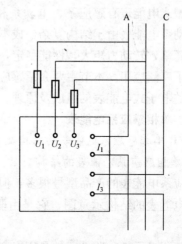

图1-43　二元件三相有功功率表的内部接线图　　　图1-44　二元件三相有功功率表的
　　　A1、A3—电流线圈；B1、B3—电压线圈；　　　　　　　接线方法
R_1、R_3—电压线圈分流电阻；R_{fj1}、R_{fj3}—附加电阻

（1）两个电流线圈A1、A3可以任意串联接入被测三相电路的两相，使通过线圈的电流为线电流，同时应注意将"发电机端"接到电源；

（2）两个电压线圈B1和B3通过 U_1 端钮和 U_3 端钮分别接至电流线圈A1和A3所在的线上，而 U_2 端钮接至没有接电流线圈的另一线上。

2. 三元件三相有功功率表

三元件三相有功功率表是根据三表法原理构成的，它是将三套元件装于同一只仪表中，

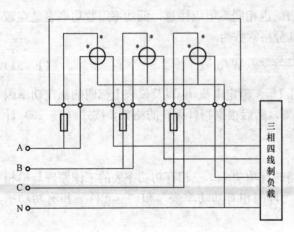

图 1-45　三元件三相有功功率表的接线图

每一套元件就是一个单相功率表，这三套元件的动圈装在同一转轴上，带动一根指针，因此其偏转取决于三套元件产生的平均转动力矩的代数和，从而能直接指示出三相总功率。三元件三相有功功率表适用于测量三相四线制交流电路的功率。

三元件三相功率表的面板上有 10 个接线端钮，其中电流端钮 6 个、电压端钮 4 个。接线时应注意将接中线的端钮接至中性线上；三个电流线圈分别串联接入三根相线中；而三个电压线圈分别接至各自电流线圈所在的相线上，如图 1-45 所示。

第八节　电　能　表

众所周知，电能是有功功率随时间的积累，即 $W = \int_{t_1}^{t_2} p \, dt$，所以测量电能的仪表，不仅要反映功率的大小，还要按用电时间积累计算用电量的总和，因此电能表实质上是由功率表和积算机构组合而成的。电能表的种类很多，根据工作原理的不同，可分为机械式、电子式等。机械式电能表有感应系、电动系和磁电系三种，磁电系电能表主要用作直流安培小时表；电动系电能表由于结构复杂，成本很高，所以主要用于测量直流电能；感应系电能表因其结构简单，转动力矩大，性能稳定，价格便宜，使用方便等优点，因此在交流电能的测量中得到了广泛应用。本节主要介绍感应系电能表的原理及应用，同时简要介绍近年来迅速发展起来的电子式电能表的组成及原理。

一、单相感应系电能表

（一）单相感应系电能表的结构及工作原理

1. 单相感应系电能表的结构

感应系电能表的产品型号很多，但基本结构大同小异，工作原理相同。图 1-46 是单相感应系电能表的结构示意图，它是由驱动元件、转动元件、制动元件及积算机构等四部分构成。

（1）驱动元件。驱动元件是用来产生转动力矩的元件，由电压电磁铁 1 和电流电磁铁 2 组成。电压电磁铁由铁心及绕在铁心上的电压线圈构成，电压线圈的导线较细而匝数较多，与负载并联，故又称为并联电磁铁。电流电磁铁由铁心及电流线圈组成，电流线圈的导线较粗，匝数较少，与负载串联，故又称为串联电磁铁。电压电磁铁和电流电磁铁的铁心都是由硅钢片叠制而成，但两个铁心的形状不同。

（2）转动元件。由铝制的转动圆盘 3 和固定转动圆盘的转轴构成。电能表工作时，电压电磁铁和电流电磁铁产生的交变磁场使铝盘感应出涡流，涡流与该交变磁场相互作用产生力矩，驱使铝盘发生转动。

（3）制动元件。由永久磁铁 4 构成。用来在铝盘转动时产生制动力矩，使铝盘转速和被

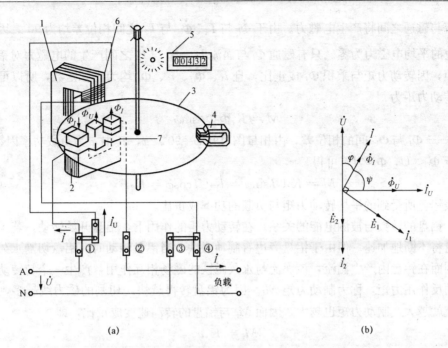

图 1 - 46 单相感应系电能表的结构示意图

(a) 结构及接线图;(b) 相量图

1—并联电磁铁;2—串联电磁铁;3—铝转盘;4—制动永久磁铁;

5—积算机构;6—电压线圈;7—电流线圈

测功率成正比,以便用铝盘的转数来反映被测电能的大小。

(4) 积算机构。由蜗杆、蜗轮及计度器 5 构成。用来计算铝盘的转数,以达到计算电能的目的。当转盘转动时,蜗杆带动蜗轮及计度器中的一套齿轮转动,从而将铝盘的转数折换成被测电能的数值,由字轮显示出来。

2. 单相感应系电能表的工作原理

(1) 转动力矩。感应系电能表的转动力矩由驱动元件所产生。为简化问题的分析,认为电压电磁铁和电流电磁铁的铁心不饱和、无损耗,即认为电能表工作在理想状况下。

设负载为感性,当电能表接入交流电路时,电流线圈中通过负载电流 $\dot{I}$,$\dot{I}$ 在串联电磁铁内产生磁通 $\dot{\Phi}_I$,$\dot{\Phi}_I$ 与电流 $\dot{I}$ 成正比。该磁通穿过铝盘,由于是交变磁通,因而 $\dot{\Phi}_I$ 将在铝盘内产生感应电动势 $\dot{E}_I$,由法拉第电磁感应定律可知,$\dot{E}_I$ 滞后于 $\dot{\Phi}_I 90°$。在 $\dot{E}_I$ 的作用下铝盘产生涡流 $\dot{I}_1$,因涡流的路径可视为是纯电阻性的,因此 $\dot{I}_1$ 与 $\dot{E}_I$ 同相位。$\dot{I}$、$\dot{\Phi}_I$、$\dot{E}_I$、$\dot{I}_1$ 的相位关系如图 1 - 46 (b) 所示。

同时,加在电压线圈两端的电压 $\dot{U}$ 在电压线圈中产生电流 $\dot{I}_U$,$\dot{I}_U$ 产生磁通 $\dot{\Phi}_U$,因为电压线圈匝数很多且有铁心,因而线圈感抗大,可看作是纯电感电路,因此 $\dot{I}_U$ 滞后 $\dot{U} 90°$,而且由于铁心有较大的空气隙,铁心中磁通不易达到饱和,可认为磁通 $\dot{\Phi}_U$ 与 $\dot{I}_U$ 成正比,也就是说 Φ_U 与 U 成正比。磁通 $\dot{\Phi}_U$ 为交变磁通,当其穿过铝盘时,在铝盘中产生涡流 $\dot{I}_2$。$\dot{U}$、$\dot{I}_U$、$\dot{\Phi}_U$、$\dot{I}_2$ 的相位关系如图 1 - 46 (b) 所示。

涡流与磁通之间将产生电磁力。由于 $\dot{\Phi}_I$ 与 $\dot{I}_1$、$\dot{\Phi}_U$ 与 $\dot{I}_2$ 之间相位差均为 $90°$，因此它们之间产生的平均电磁力为零。只有磁通 $\dot{\Phi}_I$ 与涡流 $\dot{I}_2$、$\dot{\Phi}_U$ 与 $\dot{I}_1$ 之间产生的电磁力对铝盘产生转动力矩，因转动力矩与乘积 Φ_I 成正比，且 i_1、Φ_U、i_2、Φ_I 均为正弦函数，所以可导出合成平均转动力矩为

$$M = K_1 \Phi_I \Phi_U \sin\psi \tag{1-32}$$

式中　ψ——Φ_I 与 Φ_U 间的相位差，由相量图可知 $\psi = 90° - \varphi$，其中 φ 为负载功率因数角。

由于 $\Phi_U \propto U$，$\Phi_I \propto I$，可得

$$M = K_2 UI \sin\psi = K_2 UI \cos\varphi = K_2 P \tag{1-33}$$

即电能表铝盘所受到的平均转动力矩与负载的功率成正比。

（2）铝盘的转数与被测电能的关系。在转动力矩的作用下，铝盘开始转动，若无外力作用，铝盘将不断地加速。但由于铝盘旁边有制动磁铁，当铝盘转动时，铝盘切割永久磁铁的磁通，因而在铝盘内产生涡流，该涡流与永久磁铁的磁场相互作用，产生一个与转动力矩方向相反的反作用力矩，称为制动力矩 M_f。因为铝盘转得越快，切割的磁力线越多，感应产生的涡流就越大，制动力矩也越大，因而 M_f 与铝盘的转动速度成正比，即

$$M_f = K_3 n$$

式中　n——铝盘的转速。

随着转速的增加，制动力矩不断增大，当转动力矩与制动力矩相等时，铝盘的转速便不再增加，而是保持某一稳定的转速，此时有

$$P = \frac{K_3}{K_2} n = Kn$$

因而在一段时间内，如从 t_1 到 t_2，负载消耗的电能为

$$W = \int_{t_1}^{t_2} P \mathrm{d}t = K \int_{t_1}^{t_2} n \mathrm{d}t = KN \tag{1-34}$$

$$N = \int_{t_1}^{t_2} n \mathrm{d}t$$

式中　N——从 t_1 到 t_2 的时间内铝盘累积的总转数。

由式（1-34）可以看出，被测电能与铝盘转过的总转数成正比。因此，通过计度器记下该段时间内铝盘的总转数，就可以确定电路所消耗的电能。

式（1-34）中的比例系数 K 的倒数称为电能表常数 C，其值为

$$C = \frac{1}{K} = \frac{N}{W} \tag{1-35}$$

C 表示 $1\mathrm{kW \cdot h}$ 的电能所对应的铝盘转过的转数，该常数常标注在电能表的铭牌上。例如 DD28 型单相电能表铭牌上标出 $1950\mathrm{r/kW \cdot h}$，即表示该表通过 $1\mathrm{kW \cdot h}$ 时，铝盘转过 $1950\mathrm{r}$。

（二）单相感应系电能表的接线方式

单相感应系电能表的接线方式与电动系功率表的相同，即电能表的电流线圈与负载串联，电压线圈与负载并联，且两线圈的电源端钮（"*"端）应接电源的同一极性端。为了接线方便，电能表有专门的接线盒，盒内有四个接线端钮，即相线的一"进"一"出"和零线的一"进"一"出"，只要按电能表给出的接线图接线即可正确接入电路。由于电能表端子盒内电

压、电流端子排列方法的不同，通常有两种接线方式。最常见的是单进单出式接线，如图1-46（a）所示。另一种是双进双出式接线，如图1-47所示。在实际安装电能表时，必须根据说明书或电能表上标志的接线图，认清接线方式后再接线。并且接线时应注意，必须将电流线圈串入相线，且电流、电压线圈的公共端与电源端的相线相连。

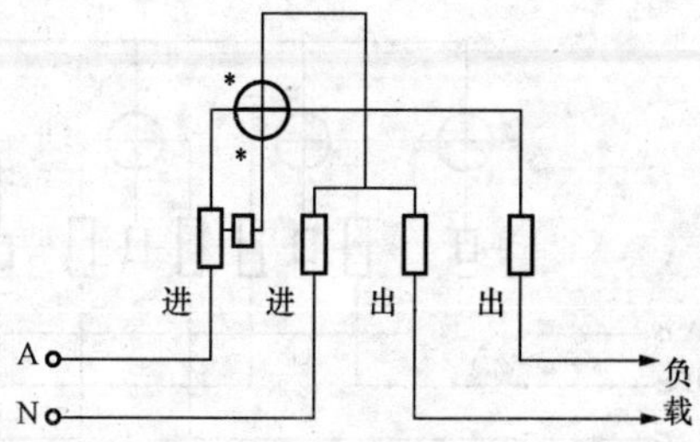

图1-47 单相交流电能表双进双出式接线

二、三相有功电能表

在电力系统中一般都用三相有功电能表测量三相电能。三相感应式电能表是由单相电能表发展形成的，它是根据两表法或三表法测功率的原理，将两个（称二元件式）或三个（称三元件式）电能表的测量机构组合在一起，使几个铝盘固定在同一转轴上，旋转时带动一个计度器，因而可以从计度器上直接读出三相总的有功电能，所以三相电能表具有单相电能表的一切基本性能。下面介绍几种常用的三相有功电能表。

1. 三相三线有功电能表

三相三线有功电能表是二元件式的，在结构上可分为双盘式和一盘式两种。双盘式即有两组驱动元件和两个铝转盘，例如DS15、DS18型等，其原理结构如图1-48所示，它实质上就是两只单相电能表的组合；一盘式即两组驱动元件共用一个转盘，例如DS2型，其结构紧凑，体积小，但由于两组元件间磁通和涡流会产生相互干扰，所以其误差要比双盘式误差大。

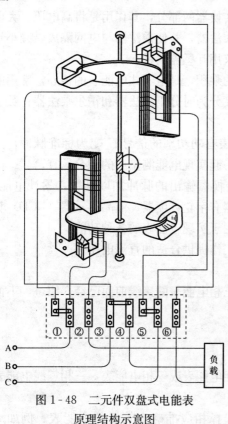

图1-48 二元件双盘式电能表
原理结构示意图

三相三线有功电能表常用于三相三线制电路中有功电能的测量，其接线方式与二功率表法测功率相同，如图1-48所示。

2. 三相四线有功电能表

三相四线有功电能表是按三表法测量功率的原理构成的，所以仪表中有三组元件。在结构上可分为两种：①三元件两盘式，即有三组驱动元件和两个转盘，其中有两组驱动元件共同作用在一个转盘上，另一组驱动元件单独作用在另一个转盘上，例如DT18型，目前采用最多的就是这种结构；②三元件单盘式，即三组驱动元件合用一个铝盘，例如DT2型，由于铝盘少，因而可动部分质量小，磨损小，体积也小，但由于驱动元件在铝盘上产生的涡流会和另一组元件的磁通发生作用而产生附加力矩，因此，误差比双盘式误差大。

三相四线有功电能表常用于三相四线制电路中有功电能的测量，其接线方式与三表法测功率相同。为了避免错误，各组元件的电流线圈与电压线圈的电源端都已在电能表的端钮盒上排列和

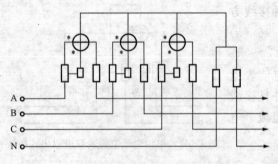

图 1-49　三相四线有功电能表接线原理图

连接好了。三相四线有功电能表的接线原理如图 1-49 所示。

三、电子式电能表

电子式电能表的基本组成如图 1-50 所示，测量时首先通过电压转换器与电流转换器将被测电压 u 与被测电流 i 进行转换，然后一起送至乘法器相乘，由乘法器输出一个与一段时间内平均功率成比例的电压信号 U，再通过 U/f（电压/频率）转换器，将 U 转换成频率信号输出，最后经计数器累计计数而测得在某段时间 t 内的电能值。各部分电路分别介绍如下。

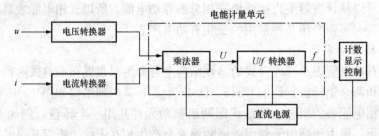

图 1-50　电子式电能表的基本组成

（1）输入转换电路。它包括电压转换器与电流转换器两部分，其作用是将高电压、大电流转换成电子电路能处理的低电压和小电流后送至乘法器，并使乘法器与电网隔离，减小干扰。常见的输入变换电路有精密电阻分流分压器和仪用互感器两种。

（2）乘法器。它的作用是实现被测电压、电流的乘积，是电子式电能表的核心，常用的乘法器分为模拟乘法器和数字乘法器。模拟乘法器又分为时分割乘法器和霍尔乘法器；数字乘法器又分为硬件乘法器和软件乘法器。

（3）U/f 转换器。其作用是将乘法器输出的代表有功功率的信号 U 变为标准脉冲，并且用脉冲频率的高低代表功率的大小，它与计数器一起实现电能测量中的积分运算。

（4）计数、显示、控制电路。计数器对 U/f 转换器输出的脉冲加以计数，累计电能，从而完成积分运算；显示器显示电能，常用的显示器有字轮计度器、液晶显示器（LCD）和发光二极管显示器（LED）等几种类型；控制电路用于实现电能表的各种功能。

（5）直流电源。其作用是为各部分电子电路的工作提供合适的直流电压。

四、电能表的使用

电能表的使用包括选择、接线及读数。单相及三相电能表的接线前面已经介绍过，下面主要介绍电能表的选择及读数。

1. 电能表选择

选择电能表时，应从以下几个方面考虑。

（1）型式选择。根据测量任务的不同，选择单相电能表或三相电能表，三相三线电能表或三相四线电能表。

（2）准确度选择。根据对测量准确性的要求选择相应准确度等级的电能表。例如对

300MW 及以上的发电机组,应选用 0.5 级的电能表。

(3) 量程选择。应使电能表的额定电压、额定最大电流等于或大于负载的电压、电流。

2. 电能表的读数

(1) 对于直接接入线路的电能表,可从电能表直接读出被测电能值。

(2) 如果电能表利用互感器来扩大量程,当电能表和所标明的互感器配套使用时,可以直接读数;如果在电能表上标有"10×kW·h"或"100×kW·h",表示应将读数乘 10 或 100,才是被测电能的实际值。

(3) 如果实际使用的互感器变比与电能表上标注的互感器变比不一致,则必须将电能表的读数进行换算,才能求得被测电能值。例如电能表上标明互感器的变比是 10 000/100V、100/5A,而实际使用的互感器变比是 10 000/100V、50/5A 时,则应将电能表的读数除以 2,才是被测电能实际值。

第九节 电　　桥

电桥是一种用来测量电阻、电感及电容等电参数的仪器,可分为直流电桥与交流电桥两大类,它的主要特点是具有较高的灵敏度与准确度,在电工测量中应用极为广泛。

一、直流电桥

直流电桥主要用来测量电阻,根据结构的不同,可分为单臂电桥和双臂电桥两种,单臂电桥适用于测量 $1\sim10^6\Omega$ 的中值电阻;而双臂电桥则适用于测量 1Ω 以下的小电阻。

(一) 直流单臂电桥

1. 直流单臂电桥的结构及原理

直流单臂电桥又称惠斯登电桥,其原理电路如图 1-51 所示。图中由被测电阻 R_x 和三个已知电阻 R_2、R_3、R_4 组成的支路 ac、cb、ad、db 分别称为电桥的桥臂;四个电阻的连接点 a、b、c、d 分别称为电桥的顶点。在电桥的两个顶点 a、b 之间接一个直流电源,一般称为电桥输入端。而在电桥的另外两个顶点 c、d 之间接一个指零仪(检流计),一般称为电桥输出端。

当电桥电源接通之后,调节桥臂电阻 R_2、R_3 和 R_4,使 c、d 两个顶点的电位相等,即指零仪两端没有电位差,其电流 $I_g=0$,这种状态称为电桥平衡。当电桥平衡时,有

$$I_1 R_x = I_4 R_4 \qquad (1-36)$$

$$I_2 R_2 = I_3 R_3 \qquad (1-37)$$

由于 $I_g=0$,因此有 $I_1=I_2$,$I_3=I_4$,代入式(1-36)和式(1-37),并将两式相除,可得

$$\frac{R_x}{R_2} = \frac{R_4}{R_3}$$

所以有

$$R_x = \frac{R_2}{R_3} R_4 \qquad (1-38)$$

式(1-38)表明,当电桥平衡时,可以由 R_2、R_3 和 R_4 的电阻值求得被测电阻 R_x。为读数方便,制造时,使 R_2/R_3 的值为可调十进制倍数的比率,如 0.1、1.0、10、100 等,因

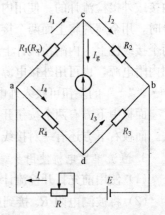

图 1-51 直流单臂电桥原理图

此 R_2/R_3 称为电桥的比率臂，而电阻 R_4 称为比较臂。

2. QJ23 型直流单臂电桥

电桥的种类很多，这里仅以常见的便携式 QJ23 型直流单臂电桥为例，介绍单臂电桥的实际结构和操作方法。

图 1-52 是国产 QJ23 型直流单臂电桥的原理电路和面板图。比率臂 R_2/R_3 由八个电阻组成，共有七个挡位，分别为 10^{-3}、10^{-2}、10^{-1}、1、10、10^2 和 10^3，示于面板左上方的读数盘上，由转换开关换接。比较臂 R_4 由四个可调电阻箱串联组成，这四个电阻箱分别由九个 1Ω、九个 10Ω、九个 100Ω、九个 1000Ω 的电阻组成，它们示于面板右上方的读数盘上，R_4 的值由面板上这四个读数盘所示的电阻值相加而得。调节面板上的读数盘，可得到 $0\sim 9999\Omega$ 范围内变动的电阻值。

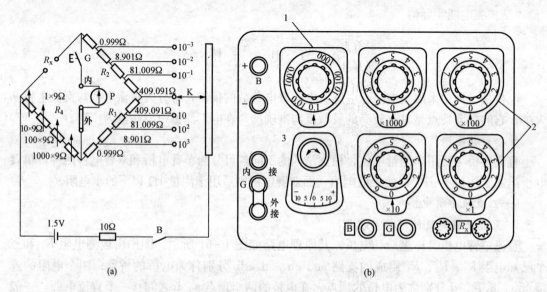

图 1-52　QJ23 型直流单臂电桥
(a) 原理电路图；(b) 面板图
1—倍率旋钮；2—比较臂读数；3—检流计

电桥可用内附检流计，也可用外接检流计，在面板左下方有三个内、外接线柱，是用来内接或外接检流计的。使用内接检流计时，用金属片将下面两个接线柱短接；需要外接检流计时，用金属片将上面两个接线柱短接（即将内附检流计短接），并将外接检流计接在下面两个接线柱上。内附检流计上装有锁扣，可将可动部分锁住，以免搬动时损坏悬丝。电桥可用内附电源，也可用外接电源，电桥的内附电源为三节 1.5V 干电池，通过面板左上方标有"+"、"-"的端钮可接入外电源。

面板中下方有两个按钮开关，其中"G"为检流计支路的开关，"B"为电源支路的开关。面板右下方还有一对接线柱，标有"R_x"，用来连接被测电阻。

3. 直流单臂电桥使用步骤

(1) 使用前先打开检流计锁扣，再调节调零器使指针位于零点。

(2) 将被测电阻 R_x 接到标有"R_x"的两个接线柱之间，根据被测电阻 R_x 的近似值（可先用万用表测得），选择合适的倍率，以便让比较臂的四个电阻都用上，使测量结果为 4

位有效数字，提高读数精度。例如 R_x 约等于 8Ω，则可选择倍率为 0.001，若电桥平衡时比较臂读数为 8211Ω，则被测电阻 R_x 为

$$R_x = 倍率 \times 比较臂的读数(\Omega)$$
$$= 0.001 \times 8211 = 8.211(\Omega)$$

如果选择倍率为 1，则比较臂的前三个电阻都无法用上，只能测得 $R_x = 1 \times 8 = 8$（Ω），读数误差大，失去用电桥进行精确测量的意义。

（3）测量时，应先按电源"B"按钮，再按检流计"G"按钮。然后根据检流计指针的偏转方向，调节比较臂电阻，使指针趋于零位，即电桥达到平衡。应当注意，调节开始时，电桥离平衡状态较远，流过检流计的电流可能很大，使指针剧烈偏转，因此先不要将检流计按钮按死，只能调节一次比较臂电阻，然后按一下"G"，当调到电桥基本平衡时，才可锁住"G"按钮。

（4）测量结束，应先松开"G"按钮，再松开"B"按钮，特别是被测元件中含有电感时，更应遵守这一顺序。否则，会因电感断开时所产生的感应电动势作用到检流计回路而使检流计损坏。

（5）电桥不用时，应将检流计锁扣锁住，以免搬运时振坏悬丝。

（二）直流双臂电桥

在电气工程中，常常需要测量小电阻，如金属的电导率、电流表的分流电阻和电机及变压器的绕组电阻等。由于这些小电阻本身的阻值很小，测量时接线电阻及接触电阻（一般为 $10^{-5} \sim 10^{-4}\Omega$）对测量的影响不能忽略，因此，测量小电阻时，必须设法消除或减小接线电阻和接触电阻对测量结果的影响。直流双臂电桥就是从这一点出发设计制造的，它是一种测量小电阻的常用仪器。

1. 直流双臂电桥的结构及原理

直流双臂电桥又称为凯尔文电桥，其工作原理电路如图 1-53 所示，图中 R_x 为被测电阻，R_n 为比较用的可调电阻。R_x 和 R_n 各有两对端钮，C_1 和 C_2、C_{n1} 和 C_{n2} 是它们的电流端钮，P_1 和 P_2、P_{n1} 和 P_{n2} 是它们的电位端钮。接线时必须使被测电阻 R_x 只包含在电位端钮 P_1 和 P_2 之间，而电流端钮则在电位端钮的外侧。标准电阻的电流端钮 C_{n2} 与被测电阻的电流端钮 C_2 之间用电阻为 r 的粗导线连接起来。R_1、R_1'、R_2 和 R_2' 是桥臂电阻，其阻值均在 10Ω 以上。

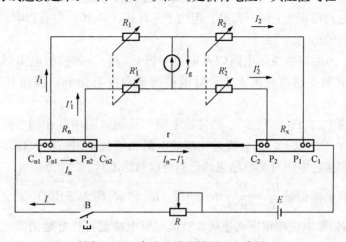

图 1-53　直流双臂电桥原理电路图

测量时接上 R_x，调节各桥臂电阻使电桥平衡，此时 $I_1 = I_2$，$I_1' = I_2'$，根据基尔霍夫定律可写出以下方程

$$\begin{cases} I_1 R_1 = I_n R_n + I_1' R_1' \\ I_1 R_2 = I_n R_x + I_1' R_2' \\ (I_n - I_1')r = I_1'(R_1' + R_2') \end{cases}$$

解上述方程组得

$$R_x = \frac{R_2}{R_1}R_n + \frac{rR_2}{r + R_1' + R_2'}\left(\frac{R_1'}{R_1} - \frac{R_2'}{R_2}\right) \tag{1-39}$$

为了读数方便，制造电桥时，将 R_1 和 R_1' 以及 R_2 和 R_2' 做成同轴调节电阻，以便改变 R_1 或 R_2 的同时，R_1' 和 R_2' 也会随之变化，并能始终保持为

$$\frac{R_1'}{R_1} = \frac{R_2'}{R_2}$$

因此式（1-39）右边第二项等于零，即

$$R_x = \frac{R_2}{R_1}R_n \tag{1-40}$$

可见，被测电阻 R_x 仅决定于桥臂电阻 R_2 和 R_1 的比值及标准电阻 R_n，而与粗导线电阻 r 无关。比值 R_2/R_1 称为直流双臂电桥的倍率。所以电桥平衡时，有

被测电阻值 ＝ 倍率读数 × 标准电阻读数

在实际测量中，由于不可能绝对保证 $\frac{R_1'}{R_1} = \frac{R_2'}{R_2}$，也就是说式（1-39）等号右边第二项不为零，这样 r 对测量结果就有影响。因此为了保证测量的准确性，连接 R_x 和 R_n 电流接头的导线，应尽量选用导电性能良好且短而粗的导线，以使其电阻 r 尽可能小。这样即使 $\frac{R_1'}{R_1}$ 与 $\frac{R_2'}{R_2}$ 不相等，但由于 r 很小，式（1-39）等号右边第二项仍会趋近于零。

从直流双臂电桥的工作原理可以看出，直流双臂电桥之所以能减小或消除接线电阻与接触电阻的影响，关键在于以下三点。

（1）被测电阻 R_x 和标准电阻 R_n 之间的接线电阻及电流端钮 C_2 和 C_{n2} 的接触电阻与粗导线串联，因此它们可视为 r 的一部分。但由于 r 对式（1-40）没有影响，所以消除了这部分电阻对测量结果的影响。

（2）R_x 和 R_n 另两端的接线电阻以及电流端钮 C_{n1} 和 C_1 的接触电阻都串联在电源支路中，它们只影响电源支路电流的大小，对电桥的平衡没有影响，因而对测量结果不产生影响。

（3）电位端钮 P_{n1}、P_{n2} 和 P_1、P_2 的接线电阻与接触电阻串联在四个桥臂中，但因为四个桥臂的阻值均在 10Ω 以上，其数值远比接线电阻和接触电阻数值大得多，所以四个电位端钮的接线电阻和接触电阻对测量结果的影响可以忽略不计。

综上所述，只要能保证 $\frac{R_1'}{R_1} = \frac{R_2'}{R_2}$，$R_1$、$R_1'$、$R_2$ 和 R_2' 均大于 10Ω，r 又很小，且被测电阻 R_x 能按电流端钮和电位端钮正确连接，直流双臂电桥就可较好地消除或减小接线电阻与接触电阻的影响。因此用直流双臂电桥测量小电阻时，能得到较准确的测量结果。

2. QJ103型直流双臂电桥

图 1-54 为 QJ103 型直流双臂电桥的原理电路和面板示意图，其桥臂电阻 R_1、R_1'、R_2 和 R_2' 做成了固定比值形式，且 $R_1 = R_1'$，$R_2 = R_2'$。$\frac{R_2}{R_1}$ 的值分别为 100、10、1、0.1 和 0.01 五挡，由面板下方的倍率旋钮换接。标准电阻为一滑线电阻，可在 $0.01 \sim 0.11\Omega$ 之间变动，由面板右方的刻度盘调节并指示读数。面板左侧的 C1、C2 及 P1、P2 分别是连接被测电阻的电流端钮和电位端钮。中下方的"B"为电源按钮，"G"为检流计按钮。面板右上角的两个接线柱是为外接电源用的。电桥平衡时，读出倍率旋钮的指示值（即 R_2/R_1 值）及标准电阻 R_n 的值，根据式（1-40）就可以计算出被测电阻 R_x 的值。

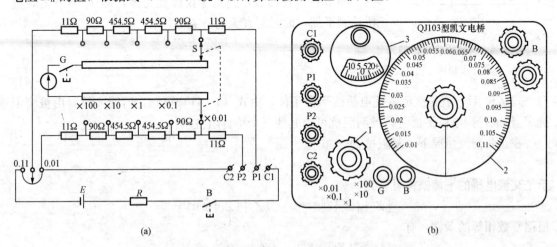

图 1-54　QJ103型直流双臂电桥的原理电路和面板示意图
(a) 原理电路图；(b) 面板图
1—倍率旋钮；2—标准电阻读数盘；3—检流计

3. 使用注意事项

直流双臂电桥的使用方法和注意事项与单臂电桥的基本相同，但还要注意以下几点：

（1）被测电阻的电流端钮和电位端钮应和直流双臂电桥的对应端钮正确连接。当被测电阻没有专门的电位端钮和电流端钮时，要设法引出四根线与直流双臂电桥连接，并用内侧的一对导线接到电桥的电位端钮上，如图 1-55 所示。连接导线应尽量短而粗，并且接头要牢靠。

（2）选用标准电阻时，应尽量使其与被测电阻在同一数量级。最好满足下式要求：

$$\frac{1}{10}R_x < R_n < R_x$$

（3）直流双臂电桥的工作电流较大，测量过程要迅速，以避免电池的无为消耗。

二、交流电桥

交流电桥主要用于测量交流等效电阻、电容及其介质损耗、自感及线圈品质因数等电参数，可分为阻抗比率臂

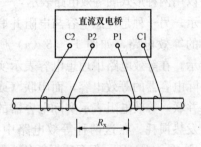

图 1-55　直流双臂电桥测量
导线电阻的实际接线图

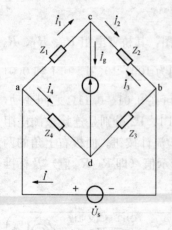

图 1-56 交流阻抗电桥的
原理电路图

电桥和变压器比率臂电桥两大类，一般习惯上把阻抗比率臂电桥称为交流阻抗电桥或交流电桥，把变压器比率臂电桥称为变压器电桥。下面主要介绍交流阻抗电桥。

1. 交流阻抗电桥的工作原理

交流阻抗电桥的原理电路如图 1-56 所示。与直流电桥一样，桥体也有四个桥臂，分别由交流阻抗元件构成，在电桥的一条对角线 ab 上接交流电源，另一个对角线 cd 上接交流指零仪。

调节各桥臂参数，当指零仪读数为零，即 $\dot{I}_g = 0$ 时，电桥达到平衡，此时与直流电桥类似，有

$$\frac{Z_1}{Z_2} = \frac{Z_4}{Z_3}$$

$$Z_1 Z_3 = Z_2 Z_4 \qquad (1-41)$$

式（1-41）就是交流阻抗电桥的平衡条件，由式（1-41）可知，若第一桥臂由被测阻抗 Z_x 构成，则电桥平衡时，被测阻抗可由其他三个桥臂阻抗求得。

在正弦交流情况下，复阻抗为

$$Z = |Z| e^{j\varphi}$$

于是交流电桥的平衡条件可写为

$$|Z_1||Z_3| e^{j(\varphi_1 + \varphi_3)} = |Z_2||Z_4| e^{j(\varphi_2 + \varphi_4)}$$

根据复数相等的条件，有

$$\left. \begin{array}{c} |Z_1||Z_3| = |Z_2||Z_4| \\ \varphi_1 + \varphi_3 = \varphi_2 + \varphi_4 \end{array} \right\} \qquad (1-42)$$

可见交流电桥的平衡条件包括两部分：一是相对桥臂阻抗模的乘积必须相等；二是相对桥臂阻抗幅角之和必须相等。因此，为使电桥达到平衡，交流电桥的四个桥臂阻抗的性质和大小要按一定条件配置。例如当两相邻阻抗 Z_2、Z_3 均为纯电阻，即 $\varphi_2 = \varphi_3 = 0$ 时，若被测阻抗为感性，则按平衡条件中的幅角关系可以知道，余下的一个桥臂也要配置感性阻抗，才可使 $\varphi_4 = \varphi_1$，否则电桥不可能平衡。

2. 几种常用交流电桥

（1）电容电桥。电容电桥主要用来测量电容器的电容量及其损耗因数。

电容器的损耗因数是指电容器极板之间电介质损耗角的正切。具有损耗的实际电容可以用两种形式的等效电路表示，一种是理想电容与电阻串联的等效电路，如图 1-57（a）所示；另一种是理想电容与电阻并联的等效电路，如图 1-58（a）所示。在等效电路中理想电容表示实际电容器的等效电容，而串联（或并联）等效电阻表示实际电容器的发热损耗。在这两种等效电路中，$C \approx C'$，$R \not= R'$，但介质损耗角 δ 是相同的，通常用 δ 角的正切 $\tan\delta$ 来

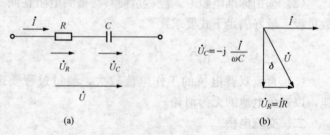

(a)   (b)

图 1-57 电容器的串联等效电路及相量图
(a) 等效电路；(b) 相量图

表示介质损耗特性，称为介质损耗因数，用 D 表示。由相量图 1 - 57（b）与图 1 - 58（b）可得知：在串联等效电路中，有

$$D = \tan\delta = \frac{U_R}{U_C} = \omega CR$$

（1 - 43）

在并联等效电路中，有

$$D = \tan\delta = \frac{I_R}{I_C} = \frac{1}{\omega C'R'}$$

（1 - 44）

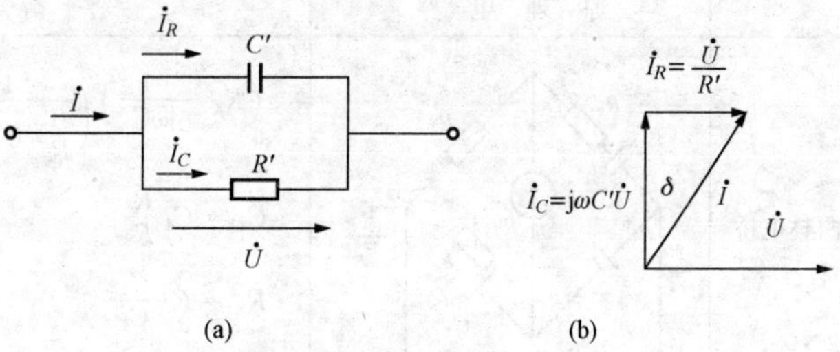

图 1 - 58 电容器的并联等效电路及相量图
（a）等效电路；（b）相量图

常用的电容电桥有串联电容电桥、并联电容电桥及西林电桥等，它们的桥路结构、平衡方程式及使用条件分别如表 1 - 3 所示。

（2）电感电桥。电感电桥主要用来测量线圈的电感及其品质因数。电感电桥有多种线路，大都采用标准电容作为与被测电感相比较的标准元件。

实际电感线圈可用电阻 R 与理想电感 L 的串联等效电路来代替。电感线圈的品质因数 Q 是指线圈电阻 R 与感抗 ωL 的比值，即

$$Q = \frac{\omega L}{R}$$

（1 - 45）

它是反映线圈损耗的参数。

常用的电感电桥有欧文电桥、麦克斯韦-维恩电桥及海氏电桥等，它们的桥路结构、平衡方程式及使用条件分别如表 1 - 3 所示。

表 1 - 3 几 种 常 用 电 桥

类型	原 理 电 路	平 衡 方 程	特 点
串联电容电桥	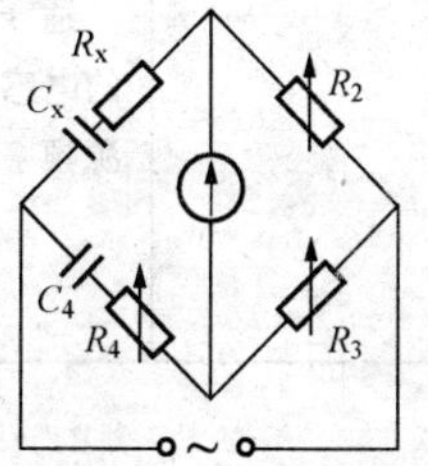	$\left(R_x + \dfrac{1}{j\omega C_x}\right)R_3 = \left(R_4 + \dfrac{1}{j\omega C_4}\right)R_2$ $R_x = \dfrac{R_2}{R_3}R_4$ $C_x = \dfrac{R_3}{R_2}C_4$ $\tan\delta = \omega C_x R_x = \omega C_4 R_4$	又称维恩电桥，适用于测量损耗小的电容器，因为若介质损耗大，即 R_x 大，则相应 R_4 也大，电桥灵敏度就会降低
并联电容电桥	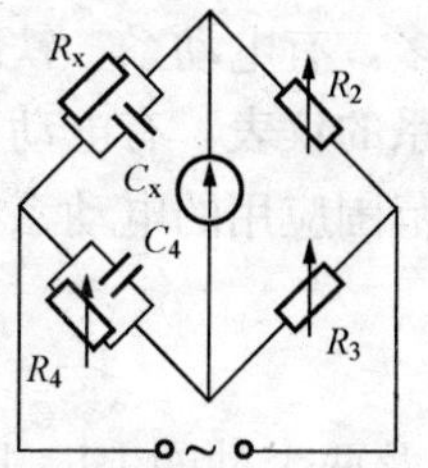	$R_2\left(\dfrac{1}{\dfrac{1}{R_4} + j\omega C_4}\right) = R_3\left(\dfrac{1}{\dfrac{1}{R_x} + j\omega C_x}\right)$ $C_x = C_4\dfrac{R_3}{R_2}$ $R_x = R_4\dfrac{R_2}{R_3}$ $\tan\delta = \dfrac{1}{\omega C_x R_x} = \dfrac{1}{\omega C_4 R_4}$	适于测量损耗大的电容器

类型	原 理 电 路	平 衡 方 程	特　点
西林电桥		$\left(R_x + \dfrac{1}{j\omega C_x}\right)\left(\dfrac{1}{\frac{1}{R_3}+j\omega C_3}\right)=R_2\dfrac{1}{j\omega C_4}$ $C_x = C_4\dfrac{R_3}{R_2}$ $R_x = R_2\dfrac{C_3}{C_4}$ $\tan\delta = \omega R_x C_x = \omega R_3 C_3$	又称高压电桥，适用于高压条件下测量电容器的 $\tan\delta$
欧文电桥		$(R_x + j\omega L_x)\dfrac{1}{j\omega C_3}=\left(R_4 + \dfrac{1}{j\omega C_4}\right)R_2$ $L_x = R_2 R_4 C_3$ $R_x = R_2\dfrac{C_3}{C_4}$ $Q = \dfrac{\omega L_x}{R_x}=\omega R_4 C_4$	适用于测量小值电感
麦克斯韦-维恩电桥		$(R_x + j\omega L_x)\left(\dfrac{1}{\frac{1}{R_3}+j\omega C_3}\right)=R_2 R_4$ $L_x = R_2 R_4 C_3$ $R_x = \dfrac{R_2}{R_3}R_4$ $Q = \dfrac{\omega L_x}{R_x}=\omega R_3 C_3$	适于测量 Q 值较小的电感
海氏电桥		$(R_x + j\omega L_x)\left(R_3 + \dfrac{1}{j\omega C_3}\right)=R_2 R_4$ $L_x = \dfrac{R_2 R_4 C_3}{1+(\omega C_3 R_3)^2}$ $R_x = \dfrac{R_2 R_4 C_3(\omega C_3)^2}{1+(\omega R_3 C_3)^2}$ $Q = \dfrac{\omega L_x}{R_x}=\dfrac{1}{\omega C_3 R_3}$	适于测量 Q 值较大的电感，平衡条件与电源频率有关

第十节　频率表与相位表

　　频率表是用来测量电源或电路频率的仪表，它的种类很多，有电动系、铁磁电动系、电磁系及数字式等。相位表是用来测量两个交流量之间相位关系的仪表，有电动系、铁磁电动系及电磁系等。这一节主要介绍最普遍的、适合于工业低频范围应用的电动系频率表和相位表，它们都是利用电动系比率表原理制造的。

一、电动系比率表的一般原理

　　电动系比率表的结构如图 1-59 所示。它有一个定圈 A 及两个动圈 B1、B2。定圈分两段绕制，以便产生均匀的工作磁场。两个动圈 B1、B2 交叉装设，夹角为 γ，一起固定连接在轴上,其中一个产生转动力矩,一个产生反作用力矩,从而取消了游丝。

当定圈中通有电流 I 时,线圈内产生磁场,动圈 B1、B2 就处在定圈磁场之中,因此,当两个动圈内分别通有电流 I_1、I_2 时,它们将分别受到电磁力 F_1 和 F_2 的作用,其方向如图 1-59 所示。将 F_1、F_2 进行分解,其分量 $F_1\cos\alpha$、$F_2\cos(\gamma-\alpha)$ 分别产生力矩,如果两个线圈所通过的均为正弦交流电流,那么由电动系测量机构的转矩公式可知,两动圈在一个周期内的平均转动力矩分别为

$$M_1 = K_1 I I_1 \cos\psi_1 \cos\alpha$$
$$M_2 = K_2 I I_2 \cos\psi_2 \cos(\gamma-\alpha)$$

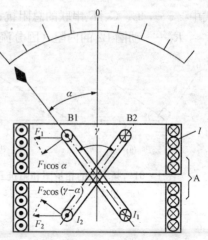

图 1-59 电动系比率表的结构示意图

式中 α——指针的偏转角($\alpha=0$ 时,指针在标度尺中间位置);

     ψ_1——定圈电流 $\dot{I}$ 与动圈电流 $\dot{I}_1$ 的相位差;

     ψ_2——定圈电流 $\dot{I}$ 与动圈电流 $\dot{I}_2$ 的相位差;

K_1、K_2——分别为取决于结构的系数,若两个动圈结构完全相同,则 $K_1=K_2$。

当两力矩平衡时,动圈停止偏转。此时 $M_1=M_2$,可得

$$\frac{\cos(\gamma-\alpha)}{\cos\alpha} = \frac{I_1\cos\psi_1}{I_2\cos\psi_2} \tag{1-46}$$

可见,偏转角 α 只与 $I_1\cos\psi_1$ 同 $I_2\cos\psi_2$ 的比值有关,所以这种仪表称为比率表或流比计。

电动系比率表有两个特点:①由于电动系比率表中没有游丝,所以在电路接通以前,指针并不一定指零,可以停留在任意位置;②当电源电压、温度,外磁场等因素变化时,将引起 $\dot{I}_1$ 和 $\dot{I}_2$ 发生相同的变化,但其比值保持不变。因此,电动系比率表的读数不受这些外界因素的影响。

将电动系比率表配以一定的测量线路,就可以制成电动系频率表、相位表或功率因数表。

二、电动系频率表

电动系频率表的测量线路如图 1-60 所示。图中有两条并联支路:一条由动圈 B1 与电容 C_0 串联组成;另一条由动圈 B2 与分流电阻 R_0 并联后再与定圈 A-A、电感 L、电容 C 以及电阻 R 串联组成。

当频率表接入电压为 $\dot{U}$ 的被测电路后,如果忽略动圈 B1 的阻抗,则电流为

$$I_1 = \frac{U}{\frac{1}{\omega C_0}} = U\omega C_0$$

$$I = \frac{U}{z}$$

$$I_2 = I\frac{R_0}{R_0+R_2} = \frac{U}{z}\frac{R_0}{R_0+R_2}$$

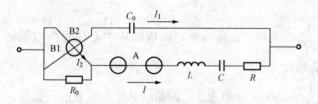

图 1-60 电动系频率表的测量线路图

式中　z——L、C、R 串联的总阻抗；

　　　R_2——动圈 B2 的内阻（因分流电阻也很小，因此不能忽略）。

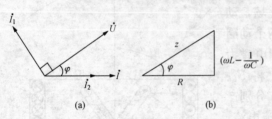

图 1 - 61　频率表的相量图和阻抗三角形

(a) 相量图；(b) 阻抗三角形

相位差 ψ_1 和 ψ_2 可以根据相量图得出，如图 1 - 61（a）所示。由于动圈 B1 支路中容抗很大，可以看成纯电容电路，因此电流 $\dot{I}_1$ 超前电压 $\dot{U}$ 90°，另一支路中的电流 $\dot{I}$ 则滞后于电压 $\dot{U}$，其角度由电路参数 R、L、C 决定。另外，由于 R_2 和 R_0 都是电阻，因而 $\dot{I}_2$ 和 $\dot{I}$ 同相。于是得

$$\psi_1 = 90° + \varphi$$
$$\psi_2 = 0°$$

将上面 I_1、I_2、ψ_1、ψ_2 代入式（1 - 46）中得

$$\frac{\cos(\gamma - \alpha)}{\cos\alpha} = \frac{U\omega C_0}{\dfrac{UR_0}{z(R_0 + R_2)}} \times \frac{\cos(90° + \varphi)}{\cos 0°} = -\frac{z(R_0 + R_2)\omega C_0}{R_0}\sin\varphi$$

由图 1 - 61（b）可得

$$\sin\varphi = \frac{\omega L - \dfrac{1}{\omega C}}{z}$$

所以有

$$\frac{\cos(\gamma - \alpha)}{\cos\alpha} = -\frac{R_0 + R_2}{R_0}\omega C_0\left(\omega L - \frac{1}{\omega C}\right)$$

对于频率表，通常使两个动圈互相垂直，即 $\gamma = 90°$，所以上式左边为

$$\frac{\cos(\gamma - \alpha)}{\cos\alpha} = \frac{\cos(90° - \alpha)}{\cos\alpha} = \frac{\sin\alpha}{\cos\alpha} = \tan\alpha$$

因此有

$$\tan\alpha = -\frac{R_0 + R_2}{R_0}2\pi fC_0\left(2\pi fL - \frac{1}{2\pi fC}\right) \tag{1 - 47}$$

由式（1 - 47）可知，当动圈 B2 支路中的电路参数 R_0、R_2、L、C 及动圈 B1 支路中的 C_0 为常数时，仪表指针的偏转角 α 只与频率 f 有关。这里指针的偏转可能出现以下三种情况：

(1) 当被测频率 $f = f_0\left(f_0 = \dfrac{1}{2\pi\sqrt{LC}}\right.$，即 B2 支路的谐振频率$\left.\right)$，$2\pi fL - \dfrac{1}{2\pi fC} = 0$ 时，$\alpha = 0°$，指针停留在标度尺中心位置。

(2) 当被测频率 $f > f_0$，$2\pi fL - \dfrac{1}{2\pi fC} > 0$ 时，α 角为负，即指针从中心位置向右偏转（按图 1 - 59 轴线左偏为正角，右偏为负角）。

(3) 当被测频率 $f < f_0$，$2\pi fL - \dfrac{1}{2\pi fC} < 0$ 时，α 角为正，即指针从中心位置向左偏转。

由上述讨论就得出了电动系频率表的标度尺特性，即标度尺的中心位置恰好是频率表串

联谐振频率 f_0。选择不同的谐振频率，就可构成不同测量范围的频率表。例如 D3-Hz 型频率表的测量范围为 45～55Hz，900～1100Hz，1350～1650Hz 等多种。

在电力工业中，往往采用铁磁电动系比率表构成的频率表，它的工作原理与普通电动系频率表工作原理完全相同，通常制成安装式，量限为 45～55Hz，其准确度可达到 0.5 级左右。

频率表的外部接线方法与电压表的相同，是并联接入被测电路的。

三、电动系相位表和功率因数表

电动系相位表和功率因数表的工作原理、测量线路完全相同，所不同的只是相位表的标度尺是按相位差 φ 刻度，而功率因数表按 $\cos\varphi$ 刻度。

1. 单相电动系相位表

单相电动系相位表的测量线路如图 1-62 所示，点画线框内是它的内部线路。测量时，定圈 A-A 串联接入被测电路中，而动圈 B1 与 R_1、L_1、B2 与 R_2 分别串联后再组成电压支路并联接在被测电路两端。

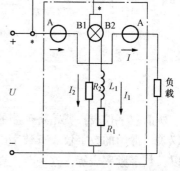

假设被测负载为感性，则负载电流 $\dot{I}$ 滞后于电压 $\dot{U}$ 一个角度 φ；由于动圈 B1 支路中串有电感 L_1，因此动圈 B1 中流过的电流 $\dot{I}_1$ 滞后于电压 $\dot{U}$ 一个角度 β；而动圈 B2 中串联的是一个纯电阻，因此 $\dot{I}_2$ 与电压 $\dot{U}$ 同相（动圈电感忽略不计），相量图如图 1-63 所示。

由图 1-63 可知，$\dot{I}_1$、$\dot{I}_2$ 与 $\dot{I}$ 的相位差分别为

$$\psi_1 = \beta - \varphi$$

$$\psi_2 = \varphi$$

图 1-62　单相电动系相位表的
测量线路图

将上述两个关系式代入式（1-46）中得

$$\frac{\cos(\gamma-\alpha)}{\cos\alpha} = \frac{I_1\cos(\beta-\varphi)}{I_2\cos\varphi} \tag{1-48}$$

为了构成相位表，整个动圈回路在设计时，参数选择应满足两点：①使两个动圈 B1 与 B2 支路的阻抗值相等，以使通过两个动圈的电流相等，即 $I_1=I_2$；②选择动圈 B1 支路的参数时，使 $\dot{I}_1$ 与 $\dot{U}$ 的相位差 β 和两动圈 B1 与 B2 之间的夹角 γ 相等，即 $\gamma=\beta=\arctan\dfrac{\omega L_1}{R_1}$，这样，式（1-48）可变为

$$\alpha = \varphi$$

即指针的偏转角 α 就等于被测电路的电压和电流之间的相位差 φ。此时，若仪表按相位角 φ 刻度，就可做成分度均匀的相位表。当 φ 的符号改变时，仪表指针的偏转方向也将改变。通常 $\varphi=0$ 置于标度尺中心，当负载为感性时，指针向左偏转；当负载为容性时，指针向右偏转。

单相相位表使用时应注意：

（1）选择相位表时要注意它的电流、电压量限。由于定圈与负载串联，所以其额定电流应大于负载电流；而动圈的两个支路与负载并联，所以其额定电压应高于负载电压。

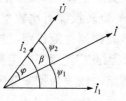

图 1-63　单相相位表
相量图

（2）单相相位表的接线与功率表的相同，接入电路时，必须遵

守发电机端原则。其接线方式也有电压线圈前接和后接两种。

（3）单相相位表必须在规定的频率范围内使用，否则会因为 B1 支路的阻抗发生变化而使 $I_1 \neq I_2$，$\beta \neq \sigma$，导致仪表读数产生误差。

为了在测量功率因数时便于读数，相位表也可直接按 $\cos\varphi$ 刻度，但此时标度尺是不均匀的。

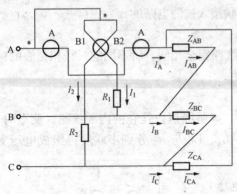

图 1-64 三相相位表的原理图

2. 三相相位表

三相相位表的基本结构与单相相位表的相同。所不同的是动圈 B1 支路串联的不是电感，而是纯电阻 R_1，其原理如图 1-64 所示。可以证明，在参数选择合适的情况下，指针偏转角 α 与负载的相位角 φ 之间存在着一定的关系。

应当注意，三相相位表只适用于测量三相三线制对称负载的功率因数或相位角。其使用方法与单相相位表使用方法基本相同。只是在接线时要特别注意相序关系，不能接错。

第十一节 数 字 仪 表

所谓数字仪表，就是将被测的连续量自动转换成离散量，数据处理后再以数字形式显示的仪表。常用的数字仪表有数字电压表、数字电流表、数字万用表、数字功率表、数字电能表以及数字频率表等。这一节主要介绍数字电压表与数字万用表。

一、数字仪表的结构与特点

各种类型的数字仪表大致都由 A/D 转换器（模/数转换器）和电子计数器组成。其原理框图如图 1-65 所示。

与模拟指示仪表相比，数字仪表有许多优点，比如读数方便、准确度高、灵敏度高、输入阻抗高、操作简单、速度快以及测量易于自动化等。

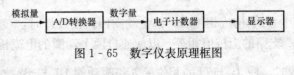

图 1-65 数字仪表原理框图

数字仪表的缺点是结构比较复杂、成本较高、维修困难以及观察动态过程不直观等。但随着电子工业的发展及大规模集成电路工艺水平的提高，数字仪表必将得到日益广泛的应用。

二、直流数字电压表

数字电压表是应用最多的一种数字仪表。目前生产的数字电压表类型很多，其输入电路、计数电路和显示电路大同小异，只是 A/D 转换器不同，常见的 A/D 转换器有比较型、斜坡型、积分型以及复合型等。它们各有其特点，其中双积分型 A/D 转换器性能稳定，抗干扰性能好，准确度高，虽测量速度较慢，但能满足测量仪表的要求，因此广泛用于电工测量仪表。下面以应用最广泛的由 ICL7106 型 A/D 转换器构成的直流数字电压表为例来介绍数字电压表的工作原理。

1. 双积分型 A/D 转换器

双积分型 A/D 转换器的核心部件是积分器，其基本工作原理是先对被测电压 U_x 在一定时间内进行积分，再用同一积分器对反极性的基准电压 U_R 进行反向积分，一直到积分器的输出返回到零电平为止。通过两次积分，将被测电压 U_x 转换成与其成正比的时间间隔，这个时间间隔可用电子计数器准确计出，从而得出被测电压 U_x 的数字值。图 1-66 为双积分型 A/D 转换器工作原理框图，图 1-67 为其波形图。其工作过程分为采样和比较两个阶段。

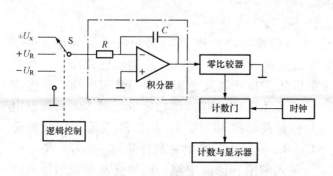

图 1-66　双积分型 A/D 转换器工作原理框图　　　图 1-67　双积分 A/D 转换器波形图

（1）采样阶段。测量开始时，逻辑控制电路使电子开关 S 接通 U_x，积分器对输入信号 U_x 在固定时段 T_1 内积分。在采样阶段结束时，积分器输出电压为

$$U_o = -\frac{1}{RC}\int_0^{T_1} U_x \mathrm{d}t$$

由于 U_x 为恒定直流电压，因此上式可写为

$$U_o = -\frac{U_x}{RC}T_1 \tag{1-49}$$

当积分器开始工作的同时，计数门打开，计数器从零开始对时钟脉冲计数，当计数器计到满量程（例如为 1000 个脉冲）时，计数器复零而发出一个进位脉冲，此进位脉冲产生一个控制信号，使电子开关 S 合向与 U_x 符号相反的基准电压 U_R。因为脉冲数（如为 1000 个）是固定的，所以时段 T_1 是一固定值。

（2）比较阶段。采样阶段结束，U_R 接入积分器，积分器开始对 U_R 进行反向积分，而计数器又从零开始对时钟脉冲计数。当积分器输出电压经过零电平的瞬间，零比较器动作，发出控制信号，一方面使积分器输出为零；另一方面关闭计数门并发出记忆指令，使译码显示给出计数值。此时积分器输出电压为

$$U_o - \frac{1}{RC}\int_0^{T_2} U_R \mathrm{d}t = 0$$

或

$$U_o = \frac{T_2}{RC}U_R \tag{1-50}$$

由式（1-49）和式（1-50），并考虑 U_x 和 U_R 符号相反，得

$$T_2 = -\frac{T_1}{U_R}U_x \tag{1-51}$$

如果取 τ 为时钟脉冲的周期，N_1 为计数器的满量程值，N_2 为计数器在 T_2 时间内的计数值，则

$$T_1 = N_1 \tau$$
$$T_2 = N_2 \tau$$

代入式（1-51），得

$$N_2 = -\frac{N_1}{U_R} U_x \tag{1-52}$$

即计数器最终计数值正比于 U_x。从图 1-67 中也可以看出，当被测电压的绝对值大时（即 $|U'_x| > |U_x|$）所转换出的时间间隔也大（即 $T'_2 > T_2$）。

2. 数字电压表

ICL7106 型 A/D 转换器为双积分 A/D 转换器，且将 A/D 转换的有关电路（包括 A/D 转换器、计数器及译码器等）全部集成在一块芯片上，芯片集成度较高，具有功能完善及价格较低等优点。将此芯片配以数字显示器及逻辑控制等外围电路，就能构成基本量程为 200mV 的数字电压基准表。由 ICL7106 构成的数字电压基本表的典型电路图如图 1-68 所示。图中 R_1、C_1 为时钟振荡器的 RC 网络；R_2、R_3 是基准电压的分压电阻，调节 R_2 可改变基准电压值；C_2、C_4 分别为基准电容和自动调零电容；R_5、C_5 分别为积分电阻和积分电容；R_4、C_3 为输入端阻容滤波电路，以增强基本表的过载能力和抗干扰性能。

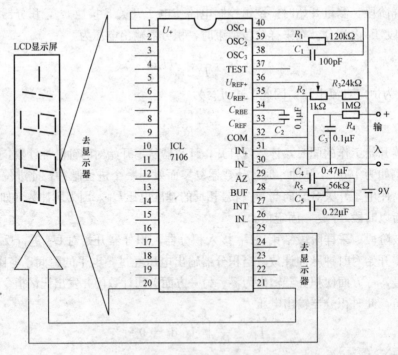

图 1-68　由 ICL7106 构成的数字电压表电路图

若将数字电压表外加各种转换电路和量程切换装置就可构成数字万用表和各种其他数字仪表。

三、数字万用表

数字万用表是以数字形式显示测量结果的万用表。它具有许多优点，如灵敏度和准确度高、显示清晰直观、功能齐全、性能稳定、过载能力强和便于携带等，因此在电子测量、电工检测及检修等工作领域中得到了广泛应用。

1. 数字万用表的结构及原理

数字万用表的原理框图如图1-69所示。它主要由数字电压基本表、测量电路及转换开关三大部分组成。

（1）数字电压基本表。它是数字万用表的核心，相当于指示类仪表的测量机构。其任务是将接受到的模拟量转换成数字量，并送入计数器，最后以数字形式显示出相应的结果。

（2）测量电路。它包括衰减器、前置放大器及各种转换器等，其作用是将各种不同的被测量转换成直流电压。

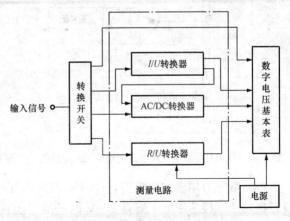

图1-69　数字万用表的原理框图

（3）转换开关。其作用是接通不同的测量电路，从而达到改变各种测量对象以及选择不同量程的目的。

2. DT830型数字万用表

DT830型数字万用表是在由单片ICL7106构成的直流数字电压表的基础上增加外围功能转换电路构成的，其外形如图1-70所示。

DT830型数字万用表有28个基本测量挡，如图1-70所示。其中量程上标有符号".))) "的挡是用来检查电路通断情况用的。另外还有两个附加挡，分别是直流10A挡和交流10A挡。下面仅说明DT830型数字万用表直流电压挡、直流电流挡及电阻挡的原理。

（1）数字万用表的直流电压挡。数字万用表的直流电压挡就是一个多量限的直流数字电压表，如图1-71所示。该表共设置五个电压量程：200mV和2、20、200、1000V，由量程选择开关S1控制。只要选取合适的挡位，就可把0～1000V范围内的任何直流电压衰减为0～200mV的电压，再利用基本表（量程为200mV）进行测量。该基本表就是前面讲过的由7106构成的直流数字电压表。

（2）数字万用表的直流电流挡。DT830型万用表的直流挡分五个量程，其原理电路图如图1-72所示。电阻R_6～R_{10}是分流电阻，当被测电流流经分流电阻时产生压降，以此作为基本表的输入直流电压。除10A挡外在其他各挡满量程时，基本输入端得到200mV的输入电压。

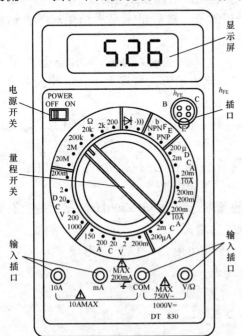

图1-70　DT830型数字万用表外形图

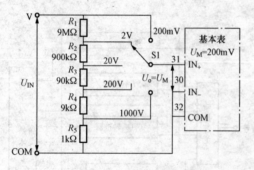 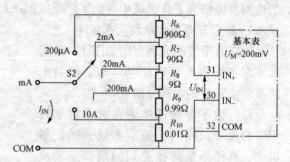

图 1-71 DT830 型数字万用表直流电压挡的电路图 图 1-72 DT830 型数字万用表直流电流挡的电路图

（3）数字万用表的电阻挡。DT830 型数字万用表的基本表（直流电压表）采用 7106A/D 转换芯片，该芯片第 1 脚有 2.8V 的基准电压输出，可作为基准电压源供电阻测量使用。测量时，被测电阻和基准电阻串联后接在基准电压源上，将被测电阻上的压降作为基本表的电压输入，电压的大小即可反映被测电阻的大小。通过选择开关改变基准电阻的大小，就可实现多量程电阻测量，其原理如图 1-73 所示。

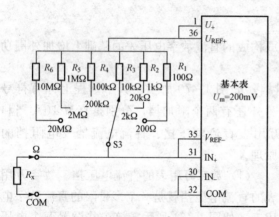

图 1-73 DT830 型数字万用表的电阻挡电路图

3. 数字万用表的使用

数字万用表的使用方法和操作要领与模拟万用表的使用大同小异，但比模拟万用表的使用更方便。使用时应注意以下问题。

（1）测量前应仔细核对量程开关位置及两表笔所接的插孔，确认无误时才能进行测量。若无法估计被测量的大小，应选择最高量程测量，然后根据显示结果选择合适的量程。

（2）测量时，如果显示器上只显示"1"，则表示所选量程太小，应换高一挡量程测试。

（3）严禁在测量时拨动量程开关，尤其是在高电压、大电流的情况下更应注意，以免产生电弧烧坏量程开关。

（4）测量 10Ω 以下小电阻时（200Ω 挡），应先将两表笔短接，测出表笔电阻（约 0.2Ω），然后从读数中减去这一数值后才是被测电阻的测量结果。

（5）数字万用表的频率特性较差，测交流量的频率范围为 45～500Hz，显示的是有效值。若被测量的频率较高或是非正弦量，则测量误差会增大。

（6）测量完毕，应关闭电源。如长期不用，应取出电池，以免因电池变质而损坏仪表。

思 考 题

1-1 电测量指示仪表由哪几部分组成？各有什么作用？

1-2 电测量指示仪表的测量机构在工作时有哪些力矩？各有何特点？

1-3　一只磁电系电压表，量程为10V，原来准确度为0.5级，经检定后，数据见表1-4，判断该表现在的准确度。

表1-4　　　　　　　　　　　　　思考题1-3数据

被检表读数（V）	0	1	2	3	4	5	6	7	8	9	10
标准表读数（V）	0	0.96	1.97	2.95	3.94	4.93	6.02	7.09	8.05	9.01	10.02

1-4　用量程为300V的电压表测量250V的电压。要求测量结果的相对误差不大于±1.5%。试问应选用哪一种准确度等级的电压表？若改用量程为500V的电压表，则又该如何选择准确度等级？

1-5　试说明下图各标志符号。

(1) 13T1-A；

(2) C46-V　　1.0　　$\cap$　　☆　　$\perp$。

1-6　对电测量指示仪表有哪些技术要求？

1-7　磁电系测量机构为什么不能直接用来测量正弦交流？

1-8　电磁系测量机构有何优点与缺点？电磁系仪表能否交直流两用？

1-9　电动系测量机构有何优点与缺点？电动系仪表能否交直流两用？

1-10　一只磁电系表头，其满偏电流为1mA，表头内阻为45Ω，试设计一只量程为150/30/15mA三挡闭路连接的电流表。若用此表头做成15/30/150V的电压表，应串联多大的附加电阻？

1-11　外附分流器为什么有两对端子？如何连接？

1-12　电磁系电流表如何扩大量程？为什么不采用分流器扩大量程？

1-13　为什么电磁系电压表内阻不会太大？

1-14　电动系电流表和电压表是怎样构成的？如何扩大量程？

1-15　有一磁电系电压表，其满偏电流为400μA，若制成10/100/500V三量程的电压表，求各量程的内阻及电压灵敏度。

1-16　什么是欧姆表的中值电阻？它有什么特殊意义？某欧姆表中值电阻有10Ω、100Ω、1kΩ、10kΩ四挡，今要测量750Ω左右的电阻，应选用哪一挡来测量？

1-17　为什么用欧姆表测量电阻时，换挡后需重新校准零位？

1-18　使用绝缘电阻表测量电气设备的绝缘电阻时，应注意什么？

1-19　使用万用表时应注意什么？

1-20　电动系功率表是怎样构成的？在使用时应注意哪些问题？

1-21　如何选择电能表？

1-22　图1-74中电能表的接线是否正确？如果这样接线，电能表将如何偏转？

1-23　如何正确使用直流单臂电桥？用QJ23型电桥测量阻值约为2、20、200、2000Ω的电阻时，应选用多大的倍率？

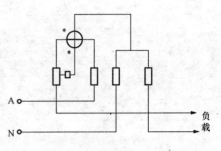

图1-74　思考题1-22图

1-24   为什么直流双臂电桥可以消除接线电阻及接触电阻的影响?

1-25   为什么交流电桥的桥臂阻抗必须按一定的原则匹配,才能使电桥平衡?如果三个桥臂都是电阻,则第四个桥臂应是怎样的阻抗,交流电桥才能平衡?

1-26   使用频率表与相位表时,如何接线?

1-27   使用数字万用表时应注意什么?

第二章　电工测量基本知识

电工测量是以电工技术理论为依据，借助电工测量设备对电压、电流、功率等电量进行测量。本章将简单介绍电工测量的基本知识，包括测量误差的基本知识、系统误差的消除方法、实验数据的误差估算、实验故障的判断与排除以及安全用电知识。

第一节　测量误差及消除方法

测量是为确定被测对象的量值而进行的实验过程。由于受到测量方法、测量仪表、测量条件及观测经验等方面因素的影响，在任何测量过程中测量结果都不可能是被测量的真实数值，即任何测量结果与被测量的真实值之间总是存在着差异，这种差异称为测量误差。因此，分析误差产生的原因，了解消除误差的方法，使测量结果更加准确，对实验人员及科技工作者来说是必须了解和掌握的。

一、电工测量的几个术语

1. 准确度

准确度是测量结果中系统误差和随机误差的综合，表示测量结果与真值的一致程度。由于真值的不可知性，准确度只是一个定性概念，它不能用于定量表达。定量表达应该用"测量不确定度"。

2. 重复性

在相同条件下，对同一被测量进行多次连续测量所得结果之间的一致性。所谓的相同条件就是重复条件，它包括相同测量程序、相同测量条件、相同观测人员、相同测量设备、相同测量地点。

3. 误差公理

在实际测量中，由于测量设备不准确，测量方法不完善，测量程序不规范以及测量环境等因素的影响，都会导致测量结果或多或少地偏离被测量的真值。测量误差的存在是不可避免的，也就是说"一切测量都具有误差，误差自始至终存在于所有科学实验的过程中"，这就是误差公理。

二、测量误差的来源

测量误差的来源主要有以下几个方面。

1. 仪器误差

由于测量仪器本身的电气或机械等性能不完善所造成误差被称为仪器误差。指示仪表的零点飘移、刻度误差及非线性引起的误差，比较式仪器中标准量本身的误差，数字式仪表的量化误差均属于仪器误差。

2. 方法误差

由于测量方法不合理而造成的误差称为方法误差。例如，用普通万用表测量高内阻回路的电压是不合理的，由此引起的误差就是方法误差。

3. 理论误差

由于使用的测量方法建立在近似公式或不严密的理论基础之上所产生的误差称为理论误差，即凡是在测量结果的表达式中没有得到反映的因素，而实际上这些因素在测量过程中起到一定的作用所引起的误差。

4. 使用误差

在测量过程中由于操作不当而引起的误差称为使用误差（也称操作误差）。例如，对测量数据的估读能力差，读数时习惯斜视等引起的误差。减小使用误差的方法是测量前仔细阅读仪器的使用说明，严格遵守操作规程，提高实验技巧和对各类仪表的使用能力。

三、测量误差的分类

根据产生测量误差的原因，将其分为系统误差、随机误差和疏失误差三大类。

1. 系统误差

在相同条件下，多次测量同一被测量时，误差的大小和符号均保持不变或按照一定的规律变化，这种误差称为系统误差。

系统误差主要是由于测量设备不准确或有缺陷、测量方法不完善、仪器选择不当、周围环境条件（如温度、湿度、电源电压及磁场等条件）变化以及实验人员习惯等因素造成的。

系统误差的大小，可以衡量测量数据与真实值的偏离程度，即衡量测量的准确度。系统误差越小，测量的结果越准确。

2. 随机误差

在相同条件下，多次测量同一被测量时，误差的大小和符号均发生变化，其值时大时小，无确定的规律可循，这种误差称为随机误差。

随机误差主要是由一些偶发性的、对测量值影响小且互不相关的因素引起的。例如，电磁场的微变、温度的瞬间变化、大地微震、测量人员的生理和心理的某些变化等，这些因素产生的原因和规律无法掌控。因此即使在完全相同的条件下进行多次测量，实验结果也不可能完全相同。

随机误差的大小可以反映测量的准确度，随机误差越小，测量的准确度越高。

3. 疏失误差

疏失误差是由于实验人员的疏忽、过失及使用有缺陷的仪表而造成的一种严重偏离测量结果的误差。

疏失误差是由实验人员和测量条件两方面的原因产生的。例如，测量过程中仪表读数的错误、记录或计算的错误、测量方法不合理、仪表使用不正确以及使用了有缺陷的仪表等。

在测量实践中，对于测量误差的划分是人为的、有条件的。在不同的场合、不同的测量条件下，误差之间是可以互相转化的。例如指示仪表的刻度误差，对于制造厂同型号的一批表来说具有随机性，属于随机误差；但对于用户使用的特定一块表来说，该误差是固定不变的，应属于系统误差。

四、测量误差的消除方法

产生系统误差的来源多种多样，任何一个测量过程，都应该根据测量要求，对测量仪器仪表、测量条件、测量方法及步骤进行全面分析。首要的任务是发现系统误差的来源，以便将系统误差消除或减小到与测量误差要求相适应的程度。

（一）系统误差的消除

在测量中要做到没有系统误差是不容易的，也是不现实的。根据测量中的实际情况进行具体分析发现系统误差，采取计算措施防止和减小系统误差是十分必要的。消除系统误差的常用方法有如下几种。

1. 消除产生系统误差的根源

从产生系统误差的来源上消除，是消除或减小系统误差最基本的方法。它要求实验人员对整个测量过程有一个全面仔细的分析，弄清楚可能产生系统误差的各种因素，然后在测量过程中予以消除。例如，选用适当、精良的仪表；选择正确的测量方法；改善测量环境，尽量使仪表在规定的使用条件下工作；提高实验人员的技术水平等。

2. 利用修正的方法来消除

修正的方法就是测量前或测量过程中，求取某类系统误差的修正值（也称校正值），而在测量的数据处理过程中手动或自动地将测量读数或结果与修正值相加，这样就从测量读数或结果中消除或减小了该类系统误差。所谓修正值就是被测量的相对真值 A_0（即标准仪表读数）与仪表读数 A_x 之差，用 C 表示，即

$$C = A_0 - A_x \tag{2-1}$$

由式（2-1）可知，修正值在数值上等于绝对误差，但符号相反，即

$$\Delta A = A_x - A_0 = -C \tag{2-2}$$

如果在测量之前能预先求出测量仪表的修正值，或给出仪表修正后的校正曲线或校正表格，那么就可以从仪表读数与修正值求得被测量的相对真值，即

$$A_0 = A_x + C \tag{2-3}$$

3. 采取特殊测量方法来消除

系统误差的特点是大小方向恒定不变、具有可预见性，因此可选用特殊的测量方法予以消除。

（1）替代法。替代法是一种比较测量法，用替代法测量时，测量结果与仪器本身的准确度无关，即消除了仪器所产生的系统误差。替代法是先将被测量 A_x 接在测量装置上，调节测量装置处于某一状态，然后用与被测量相同的同类标准量 A_N 代替 A_x，调节标准量 A_N，使测量装置恢复原来的状态，于是被测量就等于调整后的标准量，即 $A_x = A_N$。替代法被广泛应用在测量元件参数上，例如用电桥法测电阻，用电桥法或谐振法测量电容器的电容值和线圈的电感值。

图 2-1 为用替代法测量电容 C_x 的电路图。由于电感线圈 L_0 总是存在固有电容 C_S，所以利用达到谐振来测量电容器的电容 C_x，所测得的结果已不是真实的电容 C_x 的值。为了消除固有电容 C_S 的影响，先把被测电容器 C_x 接入电路，调整信号发生器的频率使得由 L_0、C_S、C_x 组成的回路发生谐振，有

$$f = \frac{1}{2\pi \sqrt{L_0(C_S + C_x)}} \tag{2-4}$$

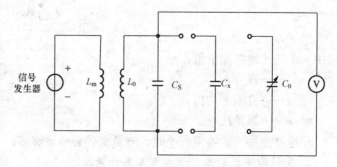

图 2-1　用替代法测量电容的电路图

然后用标准可变电容器 C_0 代替 C_x，调整 C_0 使得 L_0、C_S、C_0 调谐到原来的谐振频率 f 上，则

$$f = \frac{1}{2\pi \sqrt{L_0(C_S + C_0)}} \tag{2-5}$$

则被测电容 $C_x = C_0$。由此可知，标准可变电容器 C_0 的数值就是所要测定的电容器 C_x 的电容值。

（2）正负误差补偿法。正负误差补偿法就是在不同的测量条件下，对被测量测量两次，使其中一次测量结果的误差为正，而使另一次测量结果的误差为负，取两次测量结果的平均值作为测量结果，对于大小恒定的系统误差而言经过这样的处理即可被消除。例如为了消除外磁场对电流表读数的影响，可在一次测量之后，将电流表转动180°再测一次，在两次测量中，必然出现一次读数偏大，而另一次读数偏小，取两次读数的平均值作为测量结果，便可消除外磁场带来的系统误差。

（二）随机误差的消除

由于仪器仪表读数装置的准确度不够，在一般测量中随机误差往往被系统误差淹没而不易发现，因此随机误差只是在进行准确测量时才能被发现。在测量中应先消除系统误差，再做消除和减小随机误差的工作。

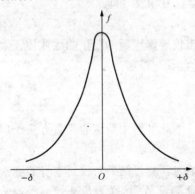

图 2-2　随机误差的正态分布曲线

单次测量的随机误差是没有规律可言的，但多次测量出现的随机误差有以下特征：①在一定测量条件下，随机误差的绝对值不超过一定界限，即所谓有界性；②绝对值小的误差出现的机会多于大的误差，即所谓单峰性；③当测量次数足够多时，正误差和负误差出现的机会基本相等，即所谓对称性。如果用 δ 表示误差，用 f 表示误差出现的次数，则 δ 与 f 的关系曲线如图 2-2 所示，它是一种正态分布曲线。

由于随机误差具有以上特点，所以随机误差不能用实验的方法加以消除，而只能用概率统计的方法处理。

1. 采用算术平均值计算

因为随机误差数值时大时小，时正时负，在工程上常常对被测量进行多次重复测量，可以有效地增多误差相互抵消的机会，从而消除单次测量可能存在的随机误差，求出其算术平均值，并将它作为被测量的真值，即

$$A_0 = \overline{A} = \frac{\sum\limits_{i=1}^{n} A_i}{n} \tag{2-6}$$

式中　A_i——每次测量值；

　　　A_0——真值；

　　　$\overline{A}$——算术平均值；

　　　n——测量次数。

用这种方法消除随机误差时，测量次数必须足够多。

2. 采用均方根误差或标准偏差来计算

每次测量值与算术平均值之差称为偏差。偏差的平均数是表示随机误差的若干方法中较

常见的一种方法。根据概率论原理，正负偏差的代数和在测量次数增大时趋向于零。为了避开偏差的正负符号，可将每次偏差平方后相加再除以测量次数（$n-1$）得到平均偏差平方和，最后开方得到均方根误差，即

$$\sigma = \pm \sqrt{\frac{\sum\limits_{i=1}^{n}(A_i - \overline{A})^2}{n-1}} \tag{2-7}$$

式中　σ——均方根误差（也称为标准差）；

　　　n——测量次数。

为了估计测量结果 $\overline{A}$ 的准确度，又常采用标准偏差的概念，即

$$\sigma_s = \pm \frac{\sigma}{\sqrt{n}} \tag{2-8}$$

式中　σ_s——标准偏差。

式（2-8）表明，测量结果的标准偏差与测量次数有关，随着测量次数 n 的增加，σ_s 减小，但因 σ_s 与 $\sqrt{n}$ 成反比，因此随 n 的增加，σ_s 值减小的趋势减缓，所以在实际测量中，测量次数取十余次即可。可以将测量结果考虑随机误差后写为

$$A = \overline{A} \pm \sigma_s \tag{2-9}$$

例如对某一电流进行了 16 次测量，求得其算术平均值为 473mA，并算出均方根误差为 7.56mA，标准偏差为 $\sigma_s = \pm \dfrac{\sigma}{\sqrt{n}} = \pm \dfrac{7.56}{\sqrt{16}} = \pm 1.89\,(\text{mA})$，可写出其测量结果为

$$A = \overline{A} \pm \sigma_s = 473 \pm 1.89\,(\text{mA})$$

应当注意，系统误差和随机误差是两类性质完全不同的误差。系统误差反映在一定条件下误差出现的必然性；而随机误差反映在一定条件下误差出现的可能性。在误差理论中，经常用准确度来表示系统误差的大小，系统误差越小，测量结果的准确度就越高；而用精密度反映随机误差的大小，随机误差越小，精密度就越高；精确度则反映系统误差和随机误差的综合结果，如精确度越高，则指系统误差和随机误差均很小。

（三）疏失误差的消除

疏失误差是一种严重偏离测量结果的误差，由于包含疏失误差的实验数据是不可信的，所以应该舍弃不用。随机误差超过 3σ 的概率仅为 1% 以下，而小于 3σ 的概率占 99% 以上。对于标准偏差，最大值不易超过 3σ。凡是剩余误差大于均方根误差 3 倍以上的数据，即 $|A_x - \overline{A}| > |3\sigma|$ 的数据都认为是包含疏失误差的数据，应予以剔除。但应注意，剔除了含疏失误差的数据后，应重新计算平均值，重新计算每个数据的均方根误差，并重新判断剩下的数据中有无疏失误差，直至全部数据的 $|A_x - \overline{A}|$ 不超过 3σ 为止。

第二节　实验数据的处理及误差估算

在电工实验中，实验数据的记录、处理和误差估算是必不可少的工作，也是测量人员必须掌握的基础知识。

一、实验数据的处理

在测量过程中，读数、记录和运算等对数据的处理都涉及正确选用有效数字的问题，如

果这个问题处理得好，就可以节省计算工作量，而如果处理不好，则会造成计算量增大或计算不准确，因此需要掌握有效数字的概念和运算规则。

（一）有效数字的概念

在测量中读取测量数据时，数据除末位数字欠准确外，其余各位数字都应是准确可靠的。末位数字是估计读出的，因而不准确。一个测量数据从左边第一个非零数字起至右边欠准数字的 1 位为止，其间的所有数字称为有效数字。例如，用一块量程为 100mA 的电流表测量电流时，指针指在 69mA 和 70mA 之间，可读数为 69.4mA，其中数字 69 是准确可靠的，称为可靠数字，而最后 1 位 4 是估计出来的不可靠数字，称为欠准数字。准确数字加上欠准数字称为有效数字。对于 69.4mA 这个数据，有效数字是 3 位。

在读取和处理数据时，有效数字的位数要合理选择，使所取得的有效数字的位数与实际测量的准确度一致。测量结果未标明测量误差时，一般认为其误差的绝对值不超过末位有效数字单位的 1/2。

（二）有效数字的正确表示方法

（1）记录测量数值时，每一个测量数据都应保留 1 位欠准数字（最末 1 位），而其他数字都必须是准确读出的，有效数字的位数与小数点无关。

（2）应特别注意数字 0 的作用，"0" 在数字之间或末尾均为有效数字。数字 0 可能是有效数字，也可能不是有效数字。例如 0.058、0.58 均为两位有效数字，又如 306、52.0 均为 3 位有效数字。在测量中，如果仪表指针刚好停留在分度线上，读数记录时应在小数点后的末尾加 1 位零。例如指针停在 1.4A 的分度线上，则应记为 1.40A，因为数据中 4 是准确数字，而不是估计的近似数字。

（3）大数值与小数值都要用 10 的幂的乘积的形式来表示，10 的幂前面的数字为有效数字。例如，测得某电阻的阻值为 $2.50 \times 10^3 \Omega$，实际上该数据只有 3 位有效数字。采用 10 的幂的形式表示数据时，要按照有效数字的位数保留数字，应考虑与误差相适应。

（三）有效数字的修约规则

当有效位数确定后，可对有效位数右边的数字进行处理，即把多余位数上的数字全舍去，或舍去后再向有效位数的末位进 1，这种处理方法称为数的修约。一般习惯用的四舍五入方法，由于 5 总是入，不尽合理，而数的修约与传统的"四舍五入"方法略有不同。在数据处理时的舍入原则是：若要保留 n 位有效数字，对第 $n+1$ 位数字进行处理时，广泛采用如下的修约规则：

（1）若第 $n+1$ 位数字大于 5 时，则向第 n 位进 1；小于 5 时，则舍去。例如若 16.23、9.768 均取 3 位有效数字，则分别为 16.2、9.77。

（2）若第 $n+1$ 位数字等于 5 时，而且其后无数字或全部为 0，当第 n 位数字为奇数时，则向第 n 位数进 1，当第 n 位数字为偶数（包括 0）时，则舍去不进位。例如若 6.765 取 3 位有效数字，则为 6.76。这样处理，舍与入的机会相等，提高了数据的准确性。

（3）若第 $n+1$ 位上的数字恰好为 5，而第 $n+1$ 位后面数字不全为零，则向第 n 位进 1。例如，将 56.250 3 保留 3 位有效数字，为 56.3。

（四）有效数字的运算规则

1. 加减运算

数据进行加减运算时，应将数据中小数点后位数多的进行舍入处理，使之比小数点后位数最少的只多 1 位小数；计算结果保留的小数点后的位数与原始数据中小数点后位数最少的那个数相同。

【例 2 - 1】　计算 16.58、11.3、2.576 三个数字相加。

解　因为 11.3 的小数位数最少，是 1 位小数；其余各加数取 2 位小数后再相加，其和再取 1 位小数。

$$16.58 + 11.3 + 2.576 = 16.58 + 11.3 + 2.58 = 30.46 = 30.5$$

【例 2 - 2】　已知 $U_1 = 3.67V$，$U_2 = 4.8V$，求 $U_1 + U_2$ 及 $U_2 - U_1$。

解　$U_1 + U_2 = 3.67 + 4.8 = 8.47 = 8.5(V)$

$U_2 - U_1 = 4.8 - 3.67 = 1.13 = 1.1(V)$

可以看出，如果仅有两个数相加减，可以在运算前把小数点后位数多的数修约为与小数点后位数少的数相同即可。

2. 乘除运算

进行乘除运算时，以有效数字位数最少的那一个数为准，把有效数字位数多的做舍入处理，使之比有效数字位数最少的那个数只多 1 位，计算结果的有效数字位数与原数据中有效数字位数最少的相同，与小数点位置无关。例如，1.2、1.153、2.365 三个数字相乘，运算时为 $1.2 \times 1.15 \times 2.37 = 3.2706$，结果应取 3.3。有时根据需要也可多取 1 位，即结果为 3.27，但位数再多不仅毫无意义，而且可能对实验的精确度作出错误结论。

3. 乘方及开方运算

将数据乘方及开方运算后，计算结果应比原始数据多保留 1 位有效数字。例如：$(1.56)^2 = 2.434, (13.56)^3 = 2.4933 \times 10^3, \sqrt{5.87} = 2.423, \sqrt[3]{1.69} = 0.5633$。

4. 对数运算

进行对数运算时，计算结果应与原始数据保留相同的有效数字。例如：$\lg 3.58 = 0.554$，$\ln 136 = 4.91$。

二、实验数据的误差估算

实验数据的误差是衡量测量准确度高低的重要参数，也是评价测量结果参考价值的主要依据。因此在给出结果的同时，一般应给出测量结果的误差范围。由于偶然误差比较小，因而在一般工程测量时往往忽略不计，只有在精密测量或精密实验中，才需要按偶然误差理论对实验数据进行处理。在工程上主要考虑的是系统误差，系统误差可按如下方法进行计算。

（一）直接测量结果的误差估算

用直读仪表进行直接测量时，可以根据仪表的准确度等级，估算测量结果可能产生的测量误差。由于测量仪表的准确度 K 是用最大引用误差来表示，即

$$\pm K\% = \frac{\Delta_m}{A_m} \times 100\%$$

式中　Δ_m——最大绝对误差；

　　　A_m——仪表最大量限。

因而用直读仪表测量时，可能出现的最大测量误差可计算为

$$\Delta A_m = \pm K\% \cdot A_m \qquad\qquad (2 - 10)$$

$$\gamma_{A_m} = \pm \frac{K \cdot A_m}{A_x}\% \qquad\qquad (2 - 11)$$

式中　ΔA_{m}——测量结果 A_{x} 的最大绝对误差；

　　　$\gamma_{A_{\mathrm{m}}}$——测量结果 A_{x} 的最大相对误差。

对于已知仪表的基本误差或允许误差的测量结果，测量误差可计算为

$$\Delta A = \Delta \tag{2-12}$$

$$\gamma_{\mathrm{A}} = (\Delta / A_{\mathrm{x}}) \times 100\% \tag{2-13}$$

式中　Δ——仪表的基本误差或允许误差。

【例 2-3】　用最大量限为 30V、准确度为 1 级的电压表，测得某电压为 15V，求可能出现的最大相对误差。

解　　　　　　　$\gamma_{\mathrm{m}} = \pm \dfrac{0.01 \times 30}{15} \times 100\% = \pm 2\%$

即可能出现的最大相对误差为 2%。

（二）间接测量结果的误差估算

实际工作中经常采用间接测量法，这时测量结果是通过两个或两个以上的直接测量值，按某一函数关系计算而获得的。由于直接测量有误差，所以通过计算而得到的间接测量的结果必然也会有误差。在已知的直接测量误差（或称分项误差）的基础上，求出间接测量的误差（或称综合误差）的方法称误差的综合。下面分别介绍几种常见函数综合误差的求解方法。

1. 被测量 y 为几个量的和时

设测量结果 y 为与被测量有关的几个测量量 A_1、A_2、A_3 的和，即

$$y = A_1 + A_2 + A_3 \tag{2-14}$$

如果用 Δy 表示被测量的绝对误差，ΔA_1、ΔA_2、ΔA_3 表示测量量 A_1、A_2、A_3 的绝对误差，则有

$$y + \Delta y = (A_1 + \Delta A_1) + (A_2 + \Delta A_2) + (A_3 + \Delta A_3) \tag{2-15}$$

将式（2-14）与式（2-15）相减，可得出被测量绝对误差为

$$\Delta y = \Delta A_1 + \Delta A_2 + \Delta A_3 \tag{2-16}$$

根据相对误差定义，将式（2-16）两边同时除以 y，得

$$
\begin{aligned}
\gamma_y = \frac{\Delta y}{y} &= \frac{\Delta A_1}{y} + \frac{\Delta A_2}{y} + \frac{\Delta A_3}{y} \\
&= \frac{A_1}{y} \frac{\Delta A_1}{A_1} + \frac{A_2}{y} \frac{\Delta A_2}{A_2} + \frac{A_3}{y} \frac{\Delta A_3}{A_3} \\
&= \frac{A_1}{y} \gamma_{A_1} + \frac{A_2}{y} \gamma_{A_2} + \frac{A_3}{y} \gamma_{A_3} \\
\gamma_{A_1} &= \frac{\Delta A_1}{A_1} \\
\gamma_{A_2} &= \frac{\Delta A_2}{A_2} \\
\gamma_{A_3} &= \frac{\Delta A_3}{A_3}
\end{aligned}
\tag{2-17}
$$

式中　γ_{A_1}、γ_{A_2}、γ_{A_3}——分别为 A_1、A_2、A_3 各量的相对误差。

式（2-17）中 γ_{A_1}、γ_{A_2}、γ_{A_3} 本身均有正负，显然被测量的最大相对误差 γ_{m} 出现在各个量的相对误差为同一符号的情况，即

$$\gamma_m = \left| \frac{A_1}{y}\gamma_{A_1} \right| + \left| \frac{A_2}{y}\gamma_{A_2} \right| + \left| \frac{A_3}{y}\gamma_{A_3} \right| \qquad (2-18)$$

【例2-4】 图2-3所示电路中两个电流表分别测量两支路电流，其中电流表PA1量限为20A，准确度为1.5级，读数为10A；电流表PA2量限为30A，准确度为1.5级，读数为20A。求电路总电流和可能出现的最大相对误差。

解 电路总电流 I 为

$$I = I_1 + I_2 = 10 + 20 = 30(A)$$

I_1 的测量相对误差为

$$\gamma_{I_1} = \pm K\frac{I_{m1}}{I_1}\% = \pm 1.5 \times \frac{20}{10}\% = \pm 3\%$$

I_2 的测量相对误差为

$$\gamma_{I_2} = \pm K\frac{I_{m2}}{I_2}\% = \pm 1.5 \times \frac{30}{20}\% = \pm 2.25\%$$

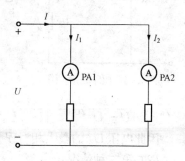

图2-3 ［例2-4］图

电路总电流 I 的最大相对误差发生在各支路误差取同一符号时，即

$$\gamma_{I_m} = \left| \frac{I_1}{I}\gamma_{I_1} \right| + \left| \frac{I_2}{I}\gamma_{I_2} \right| = 3 \times \frac{10}{30}\% + 2.25 \times \frac{20}{30}\% = 2.5\%$$

因此总电流 I 的最大相对误差为 $\pm 2.5\%$。

2. 被测量 y 为两个量之差时

设测量结果 y 为与被测量有关的两个测量量 A_1、A_2 的差，即

$$y = A_1 - A_2 \qquad (2-19)$$

如果用 Δy 表示被测量的绝对误差，ΔA_1、ΔA_2 表示测量量 A_1、A_2 的绝对误差，则有

$$y + \Delta y = (A_1 + \Delta A_1) - (A_2 + \Delta A_2) \qquad (2-20)$$

考虑最严重的情况即 ΔA_1 和 ΔA_2 取相反符号，可以导出被测量最大绝对误差为

$$\Delta y = |\Delta A_1| + |\Delta A_2| \qquad (2-21)$$

被测量最大相对误差为

$$\gamma_m = \frac{\Delta y_m}{y} = \left| \frac{\Delta A_1}{y} \right| + \left| \frac{\Delta A_2}{y} \right| = \left| \frac{A_1}{y}\gamma_{A_1} \right| + \left| \frac{A_2}{y}\gamma_{A_2} \right| \qquad (2-22)$$

$$\gamma_{A_1} = \frac{\Delta A_1}{A_1}$$

$$\gamma_{A_2} = \frac{\Delta A_2}{A_2}$$

式中 γ_{A_1}、γ_{A_2}——分别为 A_1、A_2 各量的相对误差。

将式（2-19）代入式（2-22），可得

$$\gamma_m = \left| \frac{A_1}{A_1 - A_2}\gamma_{A_1} \right| + \left| \frac{A_2}{A_1 - A_2}\gamma_{A_2} \right| \qquad (2-23)$$

由式（2-23）可见，当被测值为两量之差时，可能的最大相对误差不仅与各个测量值的相对误差 γ_{A_1} 和 γ_{A_2} 有关，而且与两个已知量之差有关。若两量之差越大，则被测量可能的最大相对误差越小；反之两量之差越小，则相对误差就越大。因此，在测量中尽量少用通过两个量之差求被测量的方法。

【例2-5】 图2-4所示电路中，利用两只电压表读数之差求电压 U_2，求下面两种情况

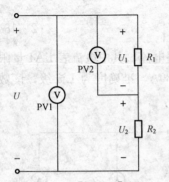

图 2-4 [例 2-5] 图

下电压 U_2 可能出现的最大相对误差。

(1) 电压表 PV1 读数为 7.2V，测量相对误差 $\gamma_1 = \pm 2\%$；电压表 PV2 读数为 3.7V，测量相对误差 $\gamma_2 = \pm 2\%$。

(2) 电压表 PV1 读数为 7.2V，测量相对误差 $\gamma_1 = \pm 2\%$；电压表 PV2 读数为 6.1V，测量相对误差 $\gamma_2 = \pm 2\%$。

解 (1) 第一种情况：

电压 U_2 为

$$U_2 = U - U_1 = 7.2 - 3.7 = 3.5 \text{(V)}$$

测量电压 U_2 时可能出现的最大相对误差为

$$\gamma_m = \left| \frac{U}{U - U_1} \gamma_U \right| + \left| \frac{U_1}{U - U_1} \gamma_{U_1} \right| = \left| \frac{7.2}{7.2 - 3.7} \times 2\% \right| + \left| \frac{3.7}{7.2 - 3.7} \times 2\% \right| = 6.23\%$$

因此电压 U_2 的最大相对误差为 $\pm 6.23\%$。

(2) 第二种情况：

电压 U_2 为

$$U_2 = U - U_1 = 7.2 - 6.1 = 1.1 \text{(V)}$$

测量电压 U_2 时可能出现的最大相对误差为

$$\gamma_m = \left| \frac{U}{U - U_1} \gamma_U \right| + \left| \frac{U_1}{U - U_1} \gamma_{U_1} \right| = \left| \frac{7.2}{7.2 - 6.1} \times 2\% \right| + \left| \frac{6.1}{7.2 - 6.1} \times 2\% \right| = 24.18\%$$

因此电压 U_2 的最大相对误差为 $\pm 24.18\%$。

3. 被测量 y 为几个量的积或商时

设测量结果为 y，A_1、A_2、A_3 为与 y 有关的可直接测得的几个量，n、m、p 为 A_1、A_2、A_3 的指数，n、m、p 可以是整数、分数、正数或负数，y 表示为

$$y = A_1^n A_2^m A_3^p \tag{2-24}$$

对式 (2-24) 两边取自然对数，得

$$\ln y = n \ln A_1 + m \ln A_2 + p \ln A_3$$

两边微分得

$$\frac{\mathrm{d}y}{y} = n \frac{\mathrm{d}A_1}{A_1} + m \frac{\mathrm{d}A_2}{A_2} + p \frac{\mathrm{d}A_3}{A_3}$$

$$\gamma = n\gamma_{A_1} + m\gamma_{A_2} + p\gamma_{A_3} \tag{2-25}$$

式中 $\dfrac{\mathrm{d}y}{y}$、$\dfrac{\mathrm{d}A_1}{A_1}$、$\dfrac{\mathrm{d}A_2}{A_2}$、$\dfrac{\mathrm{d}A_3}{A_3}$——分别为被测量 y 与 A_1、A_2、A_3 的相对误差。即在最不利的情况下，式 (2-25) 右边各项均取正数。

因而可能出现的最大相对误差为

$$\gamma_m = \left| n\gamma_{A_1} \right| + \left| m\gamma_{A_2} \right| + \left| p\gamma_{A_3} \right| \tag{2-26}$$

综上所述，综合误差与各分项误差的大小和符号都有关，若分项误差的大小和符号已知时，则可按相应公式求出综合误差；若只知道分项误差的范围而不知它们确切的大小和符号时，则按最大可能误差来考虑。

【例 2-6】 图 2-5 所示电路中，选用标准电阻器作负载 R，标准电阻器为 0.5 级、100Ω。利用电压表测量电阻器两端的电压 U，电压表 V 量限为 20V，准确度为 1.0 级，读数为 16V，电压表内阻为 $R_V = 10\text{k}\Omega$。应用公式 $P = U^2/R$ 计算振荡器的输出功率，并求这

种测量可能出现的最大相对误差。

解 振荡器输出功率近似值为

$$P = U^2/R = \frac{16^2}{100} = 2.56(\text{W})$$

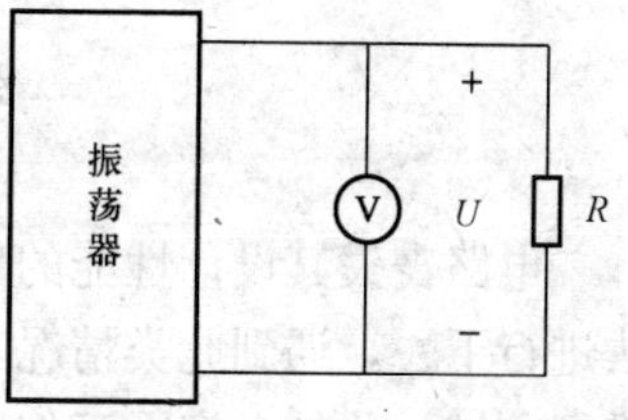

测量时电压表可能出现的最大相对误差为

$$\gamma_{U_m} = \pm \frac{KU_m}{U_x}\% = \pm \frac{1.0 \times 20}{16}\% = \pm 1.25\%$$

标准电阻器可能出现的最大相对误差为

$$\gamma_R = \pm 0.5\%$$

测量振荡器的输出功率可能出现的最大相对误差为

$$\gamma_{P_m} = |2\gamma_{U_m}| + |\gamma_R| = |2 \times 1.25\%| + |0.5\%| = 3\%$$

由于根据公式 $P = U^2/R$ 计算测量振荡器的输出功率时忽略了电压表本身的损耗，因此在测量结果中应加以校正。

电压表功率损耗 $P_V = U^2/R_V$，由测量方法所引起的误差为

$$\gamma_V = \frac{U^2/R_V}{U^2/R + U^2/R_V} = \frac{R}{R + R_V} = \frac{100}{10\,000 + 100} \times 100\% \approx 1\%$$

因此总的最大相对误差为

$$\gamma = \pm(|\gamma_P| + |\gamma_V|) = \pm 4\%$$

【例 2-7】 已知电流表和电压表的准确度分别为 0.5 级和 1 级，高温时电阻值 R_H 和低温时电阻值 R_L 的比值为 1.4。温升的计算公式为

$$\Delta t = \alpha \frac{R_H - R_L}{R_L}$$

试估计用伏安法测温升时可能的最大相对误差。

解 因为 $R = U/I$，由式（2-26）可知，用伏安法测电阻的最大相对误差为

$$\gamma_R = \pm(|1 \times 0.5\%| + |1 \times 1.0\%|) = \pm 1.5\%$$

因为 $R_H/R_L = 1.4$，因而测高温电阻 R_H 和低温电阻 R_L 之差时，可能的最大相对误差可由式（2-23）求得

$$\gamma_{(R_H - R_L)} = \frac{R_H}{R_H - R_L}\gamma_R + \frac{R_L}{R_H - R_L}\gamma_R = \frac{1.4}{0.4} \times 1.5\% + \frac{1}{0.4} \times 1.5\% = 9.0\%$$

因为

$$\Delta t = \alpha(R_H - R_L)R_L^{-1}$$

由式（2-26）可求得温升的最大相对误差为

$$\gamma_t = \pm(|1 \times 9.0\%| + |1 \times 1.5\%|) = \pm 10.5\%$$

可见虽然使用 0.5 级和 1 级的电压表和电流表，但是测量结果的相对误差仍然较大，最大相对误差为仪表误差的 10 倍以上。若全用 0.2 级的电压表和电流表，测定温升的最大相对误差仍有 2.8%。

若改用 0.1 级的电桥测量电阻，在 R_H/R_L 同样为 1.4 的情况下，其最大相对误差为

$$\gamma_{(R_H - R_L)} = \pm\left(\left|\frac{1}{0.4} \times 0.1\%\right| + \left|\frac{1.4}{0.4} \times 0.1\%\right|\right) = \pm 0.6\%$$

$$\gamma_t = \pm(|1 \times 0.6\%| + |1 \times 0.1\%|) = \pm 0.7\%$$

图 2-5 ［例 2-6］图

可见误差要比伏安法小得多。

第三节　电气故障的判断与排除

电路丧失其设计性能的现象称为故障。在测试过程中，有时会发生故障，使测试工作无法进行下去。遇到此类情况，就需要对测试线路（设备）进行故障检测，发现并排除故障再进行测试。此外，实际工作中还经常遇到设备出现故障，无法正常运行，需要对设备进行检修，这也要求进行故障检测。正确检测和排除故障，是实验教学中的一个重要环节。通过检测和排除故障可以逐步提高学生分析和解决问题的能力，对培养和锻炼学生的实际工作能力具有重要意义。

一、故障的产生原因及分类

在实验电路中，产生电气故障的原因很多，主要有：

（1）电路连接不正确或接触不良，导线或元器件引脚短路或断路；

（2）电路元器件、导线裸露部分相碰造成短路；

（3）仪器或元器件本身损坏或质量差、元器件参数不合适或引脚错误；

（4）电气线路布局不合理，电路内部产生干扰；

（5）测试条件错误，元器件、仪器仪表、实验装置等使用条件不符合使用要求或初始状态值给定不当；

（6）仪器、仪表使用不当。

二、故障的种类及表现形式

（一）按故障发生的部位分类

按电气故障发生的部位进行分类，大致可分为下面几种故障。

1. 电源故障

电源电压输出不稳定或无电压输出，或输出频率不稳定、波形不符合规定等均属电源故障。

2. 线路故障

线路故障通常是指开路故障、短路故障以及接触不良等。开路故障的现象是全部或部分线路无电压、无电流；短路故障的现象是电流急剧增大、熔丝熔断、导线或元器件发热冒烟等；接触不良的现象是测量数据不稳定。

3. 元器件、设备故障

元器件、设备故障是指元器件、设备的功能不符合其额定参数或不能按其规定正常运行。

（二）按故障发生的破坏性

（1）非破坏性故障。其现象是无电流、无电压、指示灯不亮、电流和电压的波形不正常等。

（2）破坏性故障，可造成仪器、设备、元器件等的损坏。其现象常常是冒烟、有烧焦气味、有爆炸声响等。

除上述分类法外，还有其他的分类方法。

为避免在测试过程中电气故障的发生，要认真熟悉测试电路的工作原理，从操作起直至拆除线路为止，测试人员都必须集中精力，避免由于人为因素等造成的故障。测试人员可以通过仪器仪表的显示状况和气味、声响、温度等异常反应及早发现故障。一旦发现故障或异常现象，应立即切断电源，保持现场，正确处理。不要在原因不明的情况下，随便采取处理措施，随意拆除或改动线路，致使故障进一步扩大，造成不必要的损失。

三、故障检测的基本方法

故障检测的理论依据是电路基本理论的有关定律和分析方法。为了能判断出故障的原因和部位，必须熟悉被检测电路（设备）的工作原理及电路（图），如果电路复杂，应熟悉电路的框图，清楚各部分电路的作用、工作过程、正常工作时的状态以及各部分电路间的联系。这样才能根据故障现象，分析故障发生的原因，判断其故障类型，初步判断出可能发生故障的部位，缩小故障范围，以便进一步有目的地进行查找。

故障检测的方法很多，下面介绍最常用的、也是最简单实用的万用表检测方法。它是利用万用表的电压挡、电流挡或电阻挡检测故障的。

1. 通电检测法

通电检测法是在电路接通电源的情况下，进行故障检测的。由于绝大多数电路故障会引起电流电压的变化，如短路故障，电流急剧上升且短路处电压为零。首先要了解各元器件在电路中的作用，以及各段或各级的正常输出电压值；然后将电路接通电源，再通过万用表的电压挡、电流挡逐级检查各支路或元器件的电压、电流，最后根据电路接线和电路基本理论判断故障的类别及故障点。例如根据电路原理，电路中某两点间应该有电压，而万用表测不出电压；或某两点间不应该有电压，万用表却测出了电压。那么故障必在此两点间。

如图 2-6 所示，如果 $U_2=0$，则故障可能是阻抗 Z_2 短路造成，也可能是阻抗 Z_1 开路造成，而 Z_3 和 Z_4 同时发生短路故障的可能性不大。为了判断故障点，可将 Z_2 与电路隔离，即将 Z_2 支路与电路断开，再测断开处电压，若电压仍为零，则是 Z_1 开路故障；若电压不为零，则是 Z_2 元件短路故障。这种将个别元器件或部分电路从整体电路中分离开的办法被称为部分隔离法，采用这种方法很容易判断故障类别及故障点。

有时也用另一个相同参数的元器件代替可疑元器件，若电压（或电流）恢复正常，则说明原元器件有故障，这种方法又称代替法。

此外还可以在电路某点输入某种激励（如电压），在另外某点测量其响应，再根据响应的大小和变化情况，确定故障性质及故障点，这种方法称为信号输入寻迹法。这种方法常用的激励源是各种信号发生器，测量响应的仪器是电子示波器等。

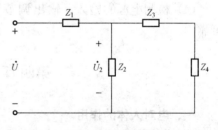

图 2-6　通电检测法检测故障实例

显然对于复杂电路，在无法预估正常状态值的情况下，隔离法和代替法较为方便。

2. 断电检测法

断电检测法是在电路断开电源的情况下，进行实验故障检测的。在断开电源情况下，用欧姆挡检查电路是否畅通，元器件、设备的电阻值是否正常。若电路中的导线或连接处有断开的地方，则测量值为无穷大；若短路，则测量值为零。但要注意使用万用表欧姆挡测量时，必须断开所有的电源，测量某个元器件或设备的电阻值时，要将该元器件或设备与电路断开，这样可避免其他元器件提供与被测元器件并行的通路。

因为电路中有时可能出现多种或多个故障，并且相互掩盖或相互影响，因此要耐心细致地去分析查找。在选择检测方法时，要针对故障类型和电路结构情况选用。如短路故障或电路工作电压较高，例如 200V 以上时，就不宜采用通电检测法。而当被测电路中有微安表、大电容器等元器件时，不宜用断电检测法，因为在这些情况下，检测方法不当，可能会损坏仪表和元器件，甚至可能造成触电。

查寻的方法，一般是从电源的一端逐级检测，先查寻主电路，再查寻分支电路；先查线路是否接通，再查元器件的电阻参数是否正常，并从中分析、判断故障的部位和原因，这种方法也适用于电子线路中的故障检测。

故障检测一定要认真、仔细和耐心，在没有找到故障原因和排除故障之前，绝不可以进行电路实验。

随着电路复杂程度的增高，故障诊断的难度也增加，这就要求改进、创新故障诊断技术，目前故障诊断已发展形成一门学科。

四、故障检测的一般顺序

一般情况下，对电气故障的现象进行分析、判断，就可以找出产生故障的原因及故障所在区域，再按照故障区域逐步检测到故障部位，直至排除故障。在故障原因和故障类型难以确定时，可按下列顺序进行故障检测。

（1）外观检查。查看电源是否接上，检查电路中的仪器仪表、开关、元器件、熔丝以及连接导线是否完好，电路的连接有无错误，各元器件的连接处接触是否良好。然后打开外壳，仔细观察元器件外表是否正常、有无烧焦痕迹；有无脱焊、引线断线，零件接线有无相碰，以及插接件是否插紧等。

（2）断电检查。断开电源，用万用表欧姆挡逐段检查，测试电路是否导通，有无接触不良、短路、开路现象。断电检查的优点是不会扩大故障。

（3）通电检查。接入电源或信号源，逐级进行检测。从电源进线、熔断器、开关至电路输入端子，由前向后检查各部分有无电压以及电压分布是否合理，以便查寻出故障点。

（4）检测电源的输入、输出调节旋钮，仪器显示及探头，实验电路的接地点等是否可靠。

第四节　安全用电知识

一、电对人体的作用

（一）人体触电

在进行测试工作时，测试人员要用工具、仪表、仪器对被测试的元器件、设备及线路进行测试。电是无形的，这些元器件、设备及线路是否带电，其电压或电位之高低无法单凭眼睛看出来。如果测试人员粗心大意，不慎触及裸露带电体而由人体与大地或其他导体形成闭合回路时，就发生了人体触电。

人体触电伤害程度的轻重，与通过人体的电流大小、电压高低、电阻大小、时间长短、电流途经以及人的体质状况等有直接关系。

1. 通过人体电流的大小

电流是触电伤害的直接因素，电流越大，伤害越严重。电击致死的原因比较复杂，例如高压触电事故中，可能因电弧或很大的电流通过人体烧伤而致命；低压触电事故中，因心室颤动或窒息时间过长而致命。在电流不超过数百毫安的情况下，电击致命的主要原因是电流引起心室颤动造成的。当外来电流通过心脏时，使心脏原有的微弱电信号受到破坏，使心脏正常的跳动变为每分钟数百次以上的细微颤动，即所谓心室颤动。由于心室颤动极细微，心脏不再起压送血液的作用，即血液中止循环。

根据试验，当通过人体的工频交流男性达 1.1mA，女性达 0.7mA，直流男性达 5.2mA，女性达 3.5mA 时，触电者就已有通电的感觉。如果通过人体的交流（工频）电流增大，但不需任何外来帮助，能自主摆脱带电体的最大电流，男性约为 16mA，女性约为 10.5mA。人体对直流电流的抵抗能力较交流高，能自主摆脱直流带电体的能力，男性约为 76mA，女性约为 51mA。据此，规定安全电流工频交流为 10mA，直流为 50mA。当通过人体的工频电流达 30～50mA 时，触电者就会出现呼吸麻痹、心脏震颤，有生命危险。可见触电危险性交流比直流大，而交流中以 50～60Hz 的工频电流危险性最大。

2. 接触的电压高低

较高的电压对人体的危害十分严重，轻的引起灼伤，重的则足以使人致死。较低的电压，人体抵抗得住，可以避免伤亡。从人触碰的电压情况来看，一般除 36V 以下的安全电压外，人触碰高于 36V 电压后都将是危险的。通过人体的电流取决于触电者接触到电压的高低和人体电阻的大小。人体接触的电压越高，通过人体的电流越大，只要超过 0.1A 就能造成触电死亡。

3. 人体电阻的大小

人体外部电阻指接触带电体部分的表皮与带电体之间的电阻。此电阻随加至人体的接触电压升高而下降。因此，进行高压测量时最好戴手套、穿绝缘良好的鞋以增大外部电阻，减小触电危险。

人体电阻可分为皮肤的电阻和内部组织的电阻两部分。皮肤的电阻大小主要取决于具有一定绝缘性能的皮肤角质外层，皮肤角质层厚度为 0.05～0.2mm，角质外层厚电阻较大，反之较小，因此不同部位皮肤电阻不同。此外，还与是否干燥，接触部位汗腺、血管的数量，外加电压大小，电流通过时间的长短，以及接触面积的大小等有关。人体内部组织的电阻，其数值因人而易，且不稳定，但阻值与外加电压的大小基本无关。人体在干燥时候的电阻可以达到上万欧，而在沾有水的情况下电阻会大量减少到几百欧，皮肤擦破时电阻更小，这时进行测量是非常危险的。在计算通过人体电流时，为安全起见，通常取 800～1000Ω。

4. 触电时间长短

触电时间越长，由于发热、出汗增多、皮肤角质层遭到破坏等原因，导致人体电阻减小，流过人体的电流增大，危险性随之增大。因此，当发现有人触电时，应尽快使触电人脱离电源。实验表明，如触电时流过人体电流为 50mA，脱离电源的时间即电流持续时间不超过 1s，不会有生命危险。

5. 电流通过人体的途径

电流通过心脏会引起心室颤动，较大的电流会使心脏停止跳动、血液循环中断导致死亡；电流通过中枢神经或有关部位，会引起中枢神经系统强烈失调而导致死亡；电流通过头不会使人昏迷，若电流较大，会对大脑产生严重损害，使人不醒而死亡；电流通过脊髓，会使人瘫痪。电流纵向通过人体比横向通过人体时伤害要大，特别是通过重要器官（心脏）时最为危险，容易发生心室颤动导致死亡。如从左（右）手到右（左）脚，是最危险的电流途径，而电流从脚到脚，伤害比较小。

（二）安全电压

人体接触带电体时，所承受到的电压称为接触电压。对人体不产生严重反应和危险的电压称为安全电压。安全电压等于通过人体的安全电流与人体电阻的乘积。

我国规定安全电压的上限值交流（50～500Hz）为 50V（有效值）、直流为 120V（非脉动值），规定交流额定安全电压等级（有效值）分为 42、36、24、12、6V 五种。在采用超过 24V 的安全电压时，必须采取防止直接接触带电体的安全措施。安全电压等级的选用，应根据工作环境及设备操作特点来确定，工作环境条件差、容易造成触电的场所，安全电压要低一些。一般情况下，大多采用 36V 作为安全电压；在特别潮湿及空间小易触电的场所，则应采用 12V 作为安全电压。

二、几种触电方式

人体触电一般分为人体与带电体直接接触触电、跨步电压触电和接触电压触电等几种形式。

（一）人体与带电体直接接触触电

这种触电方式又分为单相触电和两相触电。

1. 单相触电

由于变压器低压侧中性点是直接接地的，当人体的某一部位不慎与一相导线或漏电电器设备的金属外壳接触造成单线触电，电流经线路—人体—大地构成回路，如图 2-7 所示。当接触电压为 220V，若人体电阻为 1500Ω，则通过人体电流将达 147mA，已远远超过人体的承受能力。可见，单相触电会造成严重后果以致危及生命。所以在低压系统中工作，务必认真仔细、小心谨慎，避免发生单相触电事故。

2. 两相触电

当人体的两个部位同时触及带电设备或线路中的两相导体，或在高压系统中，人体同时接近不同相的两相带电导体，而发生电弧放电，电流从一相导体通过人体流入另一相导体，构成一个闭合回路，这种触电方式称为两相触电，如图 2-8 所示。发生两相触电时，作用于人体上的电压等于线电压，这种触电是最危险的，但这类触电事故发生的概率很低。

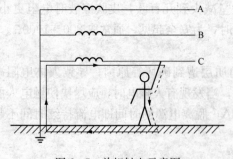

图 2-7　单相触电示意图

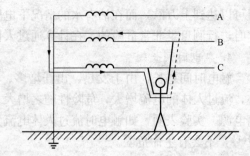

图 2-8　两相触电示意图

（二）跨步电压触电

当带电设备接地时，电流在接地点周围土壤中产生电压降。人站在接地点周围，由于两脚处于不同的电位点（人的跨步一般按 0.8m 考虑），就有一个电位差，此电位差成为跨步电压，如图 2-9 所示。

人体在跨步电压的作用下，虽然没有与带电体接触，也没有放弧现象，但是电流沿着人的下身，从脚经胯部又到脚与大地形成通路。触电时先是脚发麻，后跌倒。当受到较高的跨步电压时，双脚会抽筋，并立即倒在地下。跌倒后，由于头脚之间距离大，因此作用于人身体上的电压增高，电流相应增大，而且有可能使电流经过人体的路径改变为经过人体的重要器官，如从头到手和脚。经验证明，人倒地后，即使电压只持续 2s，人身也会有致命危险。

跨步电压的大小取决于人体与接地点的距离，距离越近，跨步电压越大。当一脚踩在接地点上时，跨步电压将达到最大值。

下列情况和部位可能发生跨步电压电击。

（1）带电导体，特别是高压导体故障接地处，流散电流在地面各点产生的电位差造成跨步电压电击。

（2）接地装置流过故障电流时，流散电流在附近地面各点产生的电位差造成跨步电压电击。

（3）正常时有较大工作电流流过的接地装置附近，流散电流在地面各点产生的电位差造成跨步电压电击。

（4）防雷装置接受雷击时，极大的流散电流在其接地装置附近地面各点产生的电位差造成跨步电压电击。

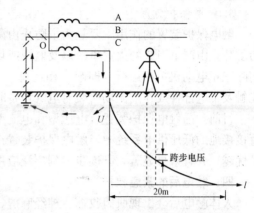

图 2-9 跨步电压触电示意图

（5）高大设施或高大树木遭受雷击时，极大的流散电流在附近地面各点产生的电位差造成跨步电压电击。

（三）接触电压触电

如果人体同时接触具有不同电位的两点，则在人体内有电流通过，此时加在人体两点之间的电压差称为接触电压。如果电气设备没有接地或接地不良，当其绝缘不良或被击穿，使外壳、机座等带电，人站在地上，手脚触及已漏电的设备外壳、机座时就可能造成触电事故，触电者的手足之间出现的电压差 U_j，就是人们所承受的接触电压。

三、安全用电措施

人身触电事故的发生，一般不外乎以下两种情况：一是人体直接触及或过分靠近电气设备的带电部分；二是人体碰触平时不带电，但因绝缘损坏而带电的金属外壳或金属构架。针对这两种人身触电情况，为了防止触电和漏电造成的危害，通常采取以下安全措施。

1. 工作接地

为了保证电气设备在正常和事故情况下可靠地工作而进行的接地称为工作接地，例如变压器中性点的直接接地或经消弧线圈的接地、防雷设备的接地等。各种工作接地点都有其接地的作用。例如 110kV 电网中变压器的中性点直接接地可降低电网的绝缘水平及造价；而变压器中性点经消弧线圈接地，能在单相接地时消除接地短路点的电弧，避免系统出现过电压；防雷设备的接地，是为了对地泄放雷电流。

2. 保护接地和保护接零

当用电设备的绝缘损坏时，会使设备在正常情况下不带电的部分，例如金属外壳、框架等带电，从而造成工作人员或使用电气设备的人发生触电危险，或引起设备损坏。为此，将电气设备在正常情况不带电的金属部分与接地装置连接起来，称为保护接地。接地装置是由埋入地中的金属导体（称为接地体）和与其相连的接地线组成的。如果将外壳接地，当触及外壳时相当于人体与接地装置相并联，而人体电阻比接地装置的电阻（称为接地电阻）大得多，因而通过人体的电流就很小，从而避免了触电的伤害。保护接地主要用于电源中性点不接地或经阻抗接地的系统，以及由公用配电变压器供电的电源中性点直接接地的系统。保护接零是将电气设备的金属外壳与变压器的中性线相连接。保护接地和保护接零是电气安全技术中的重要措施。

3. 触电保护装置

触电保护装置的作用主要是为了防止由漏电引起触电事故和防止单相触电事故，其次是为了防止由漏电引起的火灾事故以及监视或切除一相接地故障。此外，有的漏电保护器还能切除三相电动机单相运行（即缺一相运行）故障。适用于 1000V 以下的低压系统，凡有可能触及带电部件或在潮湿场所装有电气设备时，均应装设触电保护装置，以保障人身安全。

目前我国触电保护装置有电压型和电流型两大类，分别用于中性点不直接接地和中性点直接接地的低压供电系统中。触电保护装置在对人身安全的保护作用方面远比接地、接零保护优越，并且效果显著，已逐步得到广泛应用。

四、触电后的紧急救护

人体触电后会出现肌肉收缩、神经麻痹、呼吸中断以及心跳停止等征象，表面上呈现昏迷不醒状态，此时并不是死亡，而是"假死"，如果立即急救，绝大多数的触电者是可以救活的。关键在于能否迅速使触电者脱离电源，并及时、正确地施行救护。

1. 使触电者迅速脱离电源

一旦突然发生人体触电事故时，抢救时必须冷静迅速找出触电原因。如果触电者离电源开关或插销较近，可将开关拉开或把插销拔掉；也可以用干燥的衣服、绳索、木棒、木板等绝缘物做工具，拨开触电者身上的电线或移动触电者脱离电源，千万不可直接用手或其他金属及潮湿物件作为急救工具；如果触电者所在的地方较高，需要注意防止触电者脱离电源后从高处落下摔伤等二次伤害事故，应预先采取保证触电者安全的措施。如果停电救人影响出事地点的照明，应有临时照明措施。

2. 紧急救护

触电者脱离电源后，除迅速通知医护人员来现场诊治外，还应先在现场抢救。救护方法根据伤害程度不同而不同。若触电者没有失去知觉或失去知觉还有呼吸、心脏跳动时，应在空气流通、温暖舒适的地方平卧休息，速请医生诊治。若触电者已经停止呼吸，心脏也停止跳动时，必须立即采取人工呼吸和心脏按压的急救方法，使触电者逐渐恢复正常，且人工呼吸和心脏按压应交替连续进行，不得间断。抢救触电者必须要有耐心和毅力，急救往往要进行 1～2h 以上触电者才能苏醒，千万不要认为触电者已经死亡而停止急救。

思　考　题

2-1　试叙述测量误差的来源。

2-2　利用替代法来消除测量误差，基本思想是什么？

2-3　试叙述利用正负误差补偿法来消除测量误差的基本思想。

2-4　有两只直流电压表，甲表为 2.0 级，100V；乙表为 1.0 级，250V。现在要测量

75V 的电压，试问两只表可能出现的最大相对误差分别为多大？应选哪只表？

2-5　某电流表的量程为 10mA，通过检测已知其修正值为 -0.02mA。用该电流表测量某一电流，其指示值为 5.93mA。试问被测电流的实际值和测量中存在的绝对误差各为多少？

2-6　系统误差的消除方法有哪些？分别说明这几类消除误差方法的基本内容。

2-7　重复测量某电压值，结果为 218.2、220.1、219.6、221.3、218.8、221.7V，计算该电压的算术平均值、标准偏差及均方根误差。

2-8　什么是有效数字？有效数字与准确度（或误差）有关吗？

2-9　试叙述数据舍入的规则。

2-10　将下列数值中的有效数字保留到小数后 3 位：672.356 7，831.354 0，26.745 3，59.735 9，105.300 2。

2-11　设测量数值分别为 723.015 8 和 532.759 0，已知测量误差为 0.05，试处理上述的有效数字。

2-12　用量程为 0～100mA、准确度为 1.0 级的电流表，分别测量 100mA 和 50mA 的两个电流。试求测量结果的最大相对误差各为多少？

2-13　有一只量程为 0～100V 的 1.5 级的电压表，用此表分别测量 10V 和 80V 电压时，可能产生的最大相对误差和绝对误差是多少？测量的结果将分别是多少？

2-14　欲测 9V 电压，用 0.5 级 75V 量程和用 1.0 级 10V 量程两只电压表测量，哪一只表测量准确度更高一些？

2-15　若两电阻的额定值及相对误差分别为 $R_1=25\Omega$，$\gamma_1=\pm4.0\%$；$R_2=75\Omega$，$\gamma_2=\pm4.0\%$。试计算两电阻串联时可能出现的最大相对误差。

2-16　将 53345.75、8456.0、126.74、4050.550 各数化为 3 位有效数字的数。

2-17　将下列测量值修约成含有 3 位数的有效数字：168500，0.0056282，65.71。

2-18　计算 15.75、31.3、2.576 三个数字相加值。

2-19　图 2-10 所示电路中，利用两只电流表读数之差求电流 I_2，并求下面两种情况下电流 I_2 可能出现的最大相对误差。

(1) 电流表 PA1 读数 I 为 25A，测量相对误差 $\gamma_1=\pm2\%$；电流表 PA2 读数 I_1 为 15A，测量相对误差 $\gamma_{I1}=\pm2\%$。

(2) 电流表 PA1 读数 I 为 25A，测量相对误差 $\gamma_1=\pm2\%$；电流表 PA2 读数 I_1 为 8A，测量相对误差 $\gamma_{I1}=\pm2\%$。

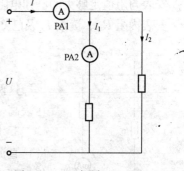

2-20　已知单臂电桥各臂电阻的误差分别为 $\gamma_{R_2}=0.03\%$，$\gamma_{R_3}=0.05\%$，$\gamma_{R_4}=-0.04\%$，未知电阻的计算公式为

$$R_x=\frac{R_2}{R_3}R_4$$

试计算电阻 R_x 可能出现的最大相对误差。

图 2-10　思考题 2-19 图

第三章　电量与电参数的测量

电路中的基本物理量和电路元器件参数的测量是电工测试的基础。本章主要介绍电压、电流、功率、电能、频率、相位、功率因数等电量及电阻、电感、电容等电参数的测量方法。

电工测量的基本方法主要有直接测量、间接测量和比较测量。根据被测量的类型、大小和精度的不同，选用不同的测量方法。

第一节　电压与电流的测量

电压和电流是反映电路和电气设备工作状态的重要特征量，是电工测量中两个基本的测量对象，且有的非电量（如温度等）有时也转换成电压或电流后进行测量。

一、电压的测量

测量电压就是测量电路中元器件或设备两端的电位差，最常用的方法就是用电压表直接测量。为了尽可能减小负载效应的影响，减小测量误差，要求电压表的内阻应尽可能大。

电压的测量分为直流和交流的测量两种。

（一）直流电压的测量

1. 用直流电压表直接测量

直流电压表主要采用磁电系测量机构。测量时应注意电压表的正端钮接入被测电路的高电位端，即保证电流从"＋"端钮进入，否则指针要反偏。磁电系电压表可测几十毫伏至几千伏的电压。

在测量高阻值的电压时，为了减小电压表的负载效应所带来的误差，可采用毫安表或微安表与阻值足够大的已知电阻 R_0 串联起来代替电压表。如图 3-1 所示，被测电压 U 可由毫安表内阻 R_m、读数 I_0 及已知串联电阻 R_0 计算得到：

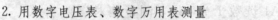

$$U = I_0(R_m + R_0) \tag{3-1}$$

2. 用数字电压表、数字万用表测量

这两种表的准确度比磁电系电压表高，其输入电阻也比磁电系电压表高，约为10MΩ。

3. 用直流电位差计测量

直流电位差计是一种精密测量电压的主要仪器之一，它是采用补偿原理进行电压的测量，这种方法主要用在测量直流电源电动势，还可用来校准各种精密电表。如果用电压表直接测量电源电动势，由于电压表的电阻不可能为无限大，且电源也有内阻，所以电压表的负载效应和电源内阻压降均影响到电源电动势的测量，使得电压表的读数为电源电动势减去内阻压降的值，而不是电源电动势的真实值，为此，

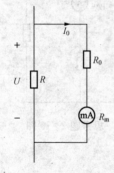

图 3-1　高阻值负载
电压的测量

需采用直流电位差计来测量。

4. 直流高电压测量

(1) 用电阻分压器测量直流高电压。其是一种间接测量方法，其原理如图 3-2 所示，图中 R_1 为高阻值电阻，根据分压原理，被测电压 U_x 与电压表读数 U_2 间关系为

$$U_2 = \frac{R_2}{R_1 + R_2} U_x \qquad (3-2)$$

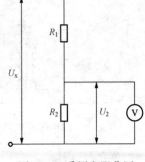

(2) 用静电电压表测量直流高电压。静电系仪表是利用充电体的电场能量的变化原理制成的。其优点是：仪表本身功耗低，几乎不消耗能量，且输入阻抗很高，并且有很宽的频率范围。用静电电压表直接测量直流高电压，测量范围宽，可测几十千伏至几百千伏的直流电压。

图 3-2 采用电阻分压器测量高电压

(二) 交流电压的测量

1. 用交流电压表直接测量

交流电压表有电磁系和电动系两种。电磁系电压表可直接测量频率为 1000Hz 以下十几伏至几百伏的电压，要测量更高的电压，可通过电压互感器（TV）接入电路进行测量。电动系电压表可测量频率为 2500Hz 以下的电压，且可以用于实验测试、精密测量等，也可适用于实验室用作标准表。

2. 用整流式电压表测量

磁电系测量机构加上整流电路就构成了整流式仪表，可以用来测量交流电量。

3. 用数字电压表、数字万用表测量

数字电压表、数字万用表可测量频率为 100kHz 以下的电压，且其准确度比电磁系高。

4. 用交流电位差计测量

交流电位差计原理与直流电位差计原理相同，是应用补偿方法测交流电压。这种方法主要用在测量高阻电源或信号源的电压。

5. 交流高电压测量

(1) 通过电压互感器测量。在电力系统中广泛应用电压互感器（TV）与低压电压表配合测量交流高电压。接线图如图 3-3 所示。高压绕组接到被测电压上，低压绕组通常接一只交流电压表，可通过匝数比计算被测电压 U_x，即

$$U_x = \frac{N_1}{N_2} U = KU$$

式中　K——互感器一、二次侧匝数比。

(2) 采用电容分压器测量交流高电压。由于电压很高时（高于 100kV），电压互感器体积大、价格高，因此在实际工作中特别是实验室工作中，采用电容分压器测交流高电压，如图 3-4 所示。根据电容分压原理，可导出被测电压 U_x 与电压表的读数 U 的关系为

$$U_x = U \frac{C_1 + C_2}{C_1} \qquad (3-3)$$

测试中，如果分压电容 C_2 的电压 U 较高，可将电压 U 再经过小型电压互感器进行测量。

（3）用静电系电压表直接测量。这是测量交流高电压较为方便的一种方法，可测几十千伏至几百千伏的交流电压。

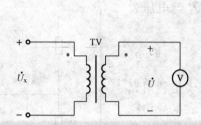 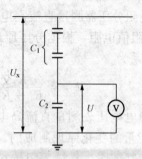

图 3-3　经电压互感器测量交流高电压　　　图 3-4　采用电容分压器测量交流高电压

二、电流的测量

测量电流最常用的方法就是用电流表直接测量，电流表要串联接在被测电路中，为了尽可能减小电流表负载效应的影响，电流表的内阻应尽可能小。

电流的测量分直流和交流两种。

（一）直流电流的测量

1. 用直流电流表测量

直流电流表采用磁电系测量机构。电流表串入电路时要注意极性，必须将电流表的正端钮接到被测电路中电位较高的一端，即应使电流从正端钮进入电流表。如果接错，表针将反偏，可能使表针碰弯。磁电系电流表可直接测量微安级和毫安级电流。若要测低于微安级的电流，可采用检流计。

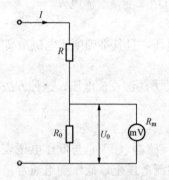

图 3-5　低阻值负载电流的测量

在测量低阻值负载的电流时，因为电流表的内阻不可能为零，串接电流表将产生较大的测量误差，为了避免电流表这种负载效应的影响，可在被测电路中串联一个阻值足够小的已知阻值的标准电阻 R_0（称采样电阻），用毫伏表测量采样电阻两端的电压，如图 3-5 所示。若毫伏表内阻为 R_m、读数为 U_0，则被测电流为

$$I = \frac{R_0 + R_m}{R_0 R_m} U_0 \qquad (3-4)$$

2. 用数字万用表测量

数字万用表准确度较磁电系电流表高，可用于精密测量。

3. 用直流电位差计测量

直流电位差计可间接测出电流，使用较复杂，但准确度高。

4. 用交直流两用的钳形电流表测量

交直流两用的钳形电流表的优点是测量时无需切断电路，但其准确度较低，例如 MG20 和 MG21。

5. 直流大电流测量

（1）采用分流器测量。其接线图如图 3-6 所示。

（2）采用直流互感器测量。在工业生产中，广泛使用直流互感器测量 100kA 以下的直

流大电流。直流互感器通常是由两个相同的闭合铁心组成，在
每个铁心上有两个绕组：一次绕组和二次绕组。一次绕组串联
接入被测电路，二次绕组则连接到辅助的交流电路里。其工作
原理是通过交流磁动势来平衡被测直流磁动势，实际上是以扼
流圈的铁心在被测直流电流的磁化下改变它的感抗来实现的。
扼流圈感抗的变化，使通过绕组的交变电流发生变化，它的变
化大小与被测直流电流成正比，从而实现测量直流大电流的
目的。

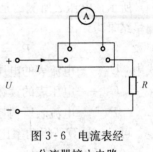

图 3-6　电流表经
分流器接入电路

（二）交流电流的测量

1. 用交流电流表测量

交流电流表有电磁系或电动系两种。电磁系电流表可直接测量频率为 1000Hz 以下的
10mA 到几百安的电流。电动系电流表可测量频率为 2500Hz 以下的电流，适用于实验室用
作标准表，或用于实验测试、精密测量等。

2. 用数字万用表测量

数字万用表使用方便，准确度较高。

3. 用钳形电流表测量

实际中有交流钳形电流表和交直流两用的钳形电流表，其特点是无需切断电路，但其准
确度较低，常用于测量精度要求不高的场合。

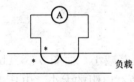

图 3-7　通过电流互感
器测量交流大电流

4. 用交流电位差计测量

交流电位差计通过测量取样电阻的压降，间接测出交流电流，
准确度较高。

5. 交流大电流测量

交流大电流通过电流互感器测量。测量时电流表通过电流互
感器二次侧接入电路，如图 3-7 所示。

第二节　功率的测量

电功率的测量也是基本的电量测量之一，其测量方法有直接测量和间接测量。本章主要
介绍直流电路功率测量、单相交流电路有功功率测量和三相交流电路有功功率、无功功率
测量。

一、直流电路功率的测量

1. 用伏安表法测量

伏安表法是间接测量功率的一种方
法。因为直流电路的功率 $P=UI$，所以
可以用电压表和电流表分别测出负载电
压 U 和电流 I，经过计算得出功率的数
值，这种方法称伏安表法。伏安表法接
线图如图 3-8 所示。

（1）电压表前接方式。如图 3-8

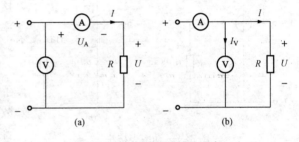

图 3-8　伏安表法测量功率

（a）电压表前接；（b）电压表后接

（a）所示，电压表所测的是负载和电流表电压之和，如果考虑仪表内阻的影响，此接线方式测量结果为

$$P_1 = U_V I = (U + U_A)I = UI + U_A I = P + P_A$$

式中　U_A——电流表的电压降；

　　　U_V——电压表的读数；

　　　P_A——电流表所消耗的功率。

可见，计算所得功率比被测负载的实际功率多了电流表消耗的功率。

（2）电压表后接方式。如图 3-8（b）所示，电流表所测的是负载和电压表电流之和，如果考虑仪表内阻的影响，此接线方式测量结果为

$$P_2 = UI_A = U(I + I_V) = UI + UI_V = P + P_V$$

式中　I_V——电压表的电流；

　　　I_A——电流表的读数；

　　　P_V——电压表所消耗的功率。

可见，计算所得功率比被测负载的实际功率多了电压表消耗的功率。

从以上两式可见，由于仪表有功率消耗，测得的负载功率总比负载实际消耗的功率大，从而产生测量误差。而不同的接线方式产生的测量误差不同，两种接线产生的相对误差分别为

$$\gamma_1 = \frac{P_A}{P} = \frac{I^2 R_A}{UI} = \frac{IR_A}{U} = \frac{R_A}{R}$$

$$\gamma_2 = \frac{P_V}{P} = \frac{UI_V}{UI} = \frac{I_V}{I} = \frac{R}{R_V}$$

可见，随负载电阻值增大，图 3-8（a）接线方式测量的相对误差减小，而图 3-8（b）接线方式测量的相对误差增大。因此，采用哪一种接线方式，要视负载电阻的大小、电压表和电流表的内阻而定。当负载电阻远大于电流表内阻时，多用图 3-8（a）电压表前接法；因为电流表的压降很小；而当负载电阻远小于电压表内阻时，多用图 3-8（b）电压表后接法，因为电压表的分流很小。通常当电源电压不变时多选用图 3-8（a）电压表前接方法；在低压大电流的情况下，电流表的压降比较明显，宜采用图 3-8（b）电压表后接法。

伏安表法测量功率，需经过计算才能获得结果，比较麻烦，而且测量误差大。特别是在电流或电压值变动的情况下，不可能同时读出两只仪表的读数，误差会更大。

2. 用直流电位差计测量

用直流电位差计分别测出负载两端的电压和电流，然后相乘计算出功率。这也是一种间接测量的方法，但准确度比较高，作为功率的精密测量，或用来校验功率表。

3. 用功率表测量

这是一种最方便的直接测量方法。除了可用电动系功率表直接测量外，也可用数字功率表直接测量，现在数字功率表也普遍使用，且准确度比较高。用电动系功率表测量功率时的接线图如图 3-9 所示。

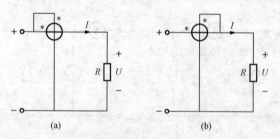

图 3-9　功率表接法

（a）电压线圈前接；（b）电压线圈后接

二、交流电路功率的测量

1. 单相交流电路中功率的测量

单相交流电路的功率常用电动系功率表直接测量。除此以外，也可用变换式功率表测量。变换式功率表采用电子技术，结构简单，准确度高，抗干扰能力强，所以目前广泛使用。

2. 三相交流电路中有功功率的测量

工程上广泛采用三相交流电，因此三相交流电路功率的测量就越显重要。三相电路中的有功功率等于各相有功功率之和，即

$$P = U_A I_A \cos\varphi_A + U_B I_B \cos\varphi_B + U_C I_C \cos\varphi_C$$

三相交流电路按其电源和负载的连接方式不同，有三相三线制和三相四线制两种系统，而每一种系统运行时又有三相对称电路和三相不对称电路两种情况，根据每种情况的特点，三相有功功率的测量有以下几种方法。

（1）用一只单相功率表测量对称三相电路的功率（一表法）。由于对称三相电路中每相负载消耗的功率相等，所以可以用一只单相功率表测量一相负载的功率，将读数乘以 3 即为三相负载总功率。其接线方式如图 3-10（a）、（b）所示。功率表接入电路时，电流线圈串入三相电路中的任一相，使流过电流线圈的电流为相电流；电压线圈的"＊"端接到电流线圈的任一端，另一端接到电流线圈所在相负载的另一端，即保证加在功率表电压支路两端的电压是相电压。这样功率表两个线圈中电流的相位差也就是负载相电流和相电压间的相位差，所以功率表的读数就是一相负载的功率。

如果星形连接负载中性点无法接线或三角形连接负载的一相不能断开时，则借助三个电阻构成人工中性点，如图 3-10（c）所示，或借助两个电阻构成人工中性点，如图 3-10（d）所示。图 3-10（c）电路中配置电阻时应注意功率表电压回路所串联的电阻和功率表电压回路本身的电阻值之和应与另外两相配置的电阻值相等。图 3-10（d）电路中配置电阻 R 时应注意 R 的阻值应等于功率表电压回路本身的电阻，以保证三相对称，使人工中性点的电位为零。

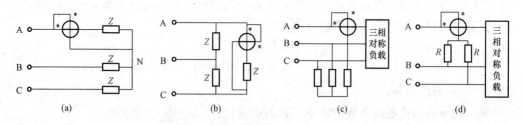

图 3-10 用一表法测量对称三相电路功率

（a）星形连接负载时功率表接法；（b）三角形连接负载时功率表接法；（c）、（d）利用人工中性点接法

（2）用两只单相功率表测量三相三线制电路功率（两表法）。三相三线制电路中，不管三相负载是否对称，都可以用两只功率表的方法测量三相功率，称两表法。两只功率表的一种接线方式如图 3-11 所示。其接入电路的原则是：两只功率表的电流线圈分别串入两端线中（图示为 A、B 两端线），使其流过线电流，其电压线圈的"＊"端接在各自电流线圈所在的端线上，而另一端（即无"＊"端）共同接在没有接电流线圈的第三条端线上（图示为 C 端线），使电压支路承受的是线电压。从图中可以看出，这种接法只触及端线，而与负载

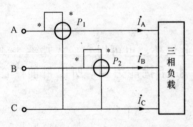

图 3-11　两表法测量三相三线功率

和电源的连接方式无关。此时，两功率表读数的代数和为三相负载吸收的有功功率。证明如下：

设两功率表的读数分别用 P_1 和 P_2 表示，根据功率表的工作原理有

$$P_1 = \mathrm{Re}[\dot{U}_{AC} \dot{I}_A^*], \quad P_2 = \mathrm{Re}[\dot{U}_{BC} \dot{I}_B^*]$$

所以有

$$P_1 + P_2 = \mathrm{Re}[\dot{U}_{AC} \dot{I}_A^* + \dot{U}_{BC} \dot{I}_B^*]$$

又因为　$\dot{U}_{AC} = \dot{U}_A - \dot{U}_C, \dot{U}_{BC} = \dot{U}_B - \dot{U}_C$，且对于三相三线制电路总有 $\dot{I}_A + \dot{I}_B + \dot{I}_C = 0$，所以 $\dot{I}_A^* + \dot{I}_B^* = -\dot{I}_C^*$，一并代入上式有

$$\begin{aligned}
P_1 + P_2 &= \mathrm{Re}(\dot{U}_{AC} \dot{I}_A^* + \dot{U}_{BC} \dot{I}_B^*)\\
&= \mathrm{Re}[(\dot{U}_A - \dot{U}_C)\dot{I}_A^* + (\dot{U}_B - \dot{U}_C)\dot{I}_B^*]\\
&= \mathrm{Re}[\dot{U}_A \dot{I}_A^* + \dot{U}_B \dot{I}_B^* - \dot{U}_C(\dot{I}_A^* + \dot{I}_B^*)]\\
&= \mathrm{Re}[\dot{U}_A \dot{I}_A^* + \dot{U}_B \dot{I}_B^* + \dot{U}_C \dot{I}_C^*]\\
&= \mathrm{Re}[\bar{S}]
\end{aligned}$$

而 $\mathrm{Re}[\bar{S}]$ 则为右侧三相负载的有功功率。

同理可以证明，两只功率表不一定要接入 A、B 两端线中，接入任意两端线均可，严格遵循两仪表接入电路的原则。

在三相四线制不对称电路中，因三相电流之和不等于零，因此这种"两表法"不适用于三相四线制不对称电路（三相四线制中对称电路，理论上也可用），只适用于三相三线制电路。

需要指出，用两功率表测量三相负载功率时，每一功率表的读数没有确定的意义，而两只功率表读数的代数和恰好是三相负载吸收的总功率。应当注意，两功率表的读数与负载的功率因数有关，根据负载的不同，两只功率表的读数有一些特殊情况，下面予以讨论。

在三相负载对称时，假设负载为感性，三相三线制电路的相量图如图 3-12 所示。

由相量图得知，两功率表的读数分别为

$$P_1 = U_{AC} I_A \cos(30° - \varphi)$$
$$P_2 = U_{BC} I_B \cos(30° + \varphi)$$

式中　φ——负载阻抗角。

可见，功率表的读数随负载的功率因数角而变化：

1）对于纯电阻性负载，即 $\varphi = 0$，负载的功率因数为 1，$P_1 = P_2$，两只功率表读数相同。

2）对于电感性或电容性负载，当 $|\varphi| = 60°$ 时，负载的功率因数等于 0.5，两只功率表中有一只功率表读数为零。三相总功率即为另一只功率表读数。

3）对于 $|\varphi| > 60°$，即负载的功率因数小于 0.5 的电感性或电容性负载，两只功率表中有一只功率表读数为负值，表指针反向偏转，为取得读数，可将该表的极

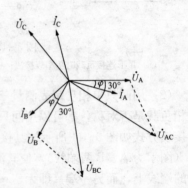

图 3-12　对称三相三线制电路相量图

性转换开关换向，所获读数应记为负值，这时三相总有功功率为两表读数之差，即 $P = P_1 + (-P_2) = P_1 - P_2$ 或 $P = P_2 + (-P_1) = P_2 - P_1$。

（3）用三只单相功率表测量不对称三相四线制电路功率（三表法）。对于三相四线制电路，负载多数是不对称的，这时三相负载功率不相等，所以可以用三只单相功率表测量，接线方式如图 3-13 所示。三只功率表分别测出每相有功功率，其和即为三相负载吸收的总有功功率，这种方法称为"三表法"。

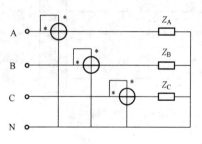

图 3-13　三表法测量三相四线制电路功率

（4）用三相功率表直接测量。在实际工程中，普遍采用三相有功功率表直接测量三相有功功率。三相有功功率表在第一章已介绍，有二元件三相有功功率表和三元件三相有功功率表两种，二元件三相有功功率表是根据两表法的原理制成的，适用于测量三相三线制交流电路的功率；三元件三相有功功率表是根据三表法的原理制成的，适用于测量三相四线制交流电路的功率。两者不可替换。

3. 三相交流电路中无功功率的测量

三相电路中的无功功率等于各相无功功率之和，即

$$P = U_A I_A \sin\varphi_A + U_B I_B \sin\varphi_B + U_C I_C \sin\varphi_C$$

三相交流电路中无功功率的测量仍然使用有功功率表，通过改变接线方式达到测量三相无功功率的目的。下面介绍几种常用方法。

（1）一表跨相法。因为交流电路无功功率 $Q = UI\sin\varphi = UI\cos(90° - \varphi)$，所以只要使有功功率表的电压线圈支路电压 U 与电流线圈支路电流 I 之间的相位差为 $(90° - \varphi)$，有功功率表的读数就是无功功率。接线方式如图 3-14（a）所示，将功率表的电流线圈串接在任一端线中（图示为 A 端线），其"*"端接在电源端，使其流过线电流；电压线圈跨接在其他两端线上，其"*"端接在电流线圈所接端线的正相序的下一相线上（图示为 B 端线），使其承受线电压。假设对称三相负载为感性，其相量图如图 3-14（b）所示，则功率表读数即为

$$P = U_{BC} I_A \cos(90° - \varphi) = U_l I_l \sin\varphi$$

式中　U_l——对称三相电路线电压；

　　　I_l——对称三相电路线电流；

　　　φ——每相负载的功率因数角。

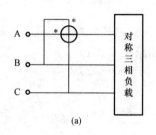

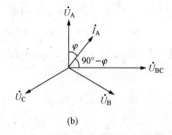

图 3-14　一表跨相法
（a）接线图；（b）感性负载相量图

众所周知，对称三相电路无功功率 Q 为

$$Q = \sqrt{3} U_l I_l \sin\varphi \quad (3-5)$$

所以，只要把上述功率因数表的读数乘以 $\sqrt{3}$ 就是对称三相电路总无功功率。

当负载为感性负载时，指针正向偏转；当负载为容性负载

时，指针反向偏转，读数将为负值。这种方法仅适用于对称三相电路。

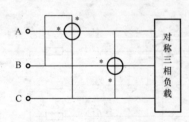

图 3-15　两表跨相法

（2）两表跨相法。对于电源电压和负载都对称的电路，采用两表跨相法即可测量三相无功功率。接线方式如图 3-15 所示，任意将两只单相功率表按照一表跨相法接线。当负载对称时，两表读数相等，均为 $U_l I_l \sin\varphi$，其读数之和为

$$P_1 + P_2 = 2U_l I_l \sin\varphi$$

所以三相无功功率为

$$Q = \sqrt{3}U_l I_l \sin\varphi = \frac{\sqrt{3}}{2}(P_1 + P_2) \tag{3-6}$$

即将两只功率表读数之和乘以 $\frac{\sqrt{3}}{2}$ 即为三相无功功率。

显然，两表跨相法也是适用于对称三相电路，可比一表跨相法多用一只功率表，但是当三相电压不完全对称时，它比一表跨相法的测量误差小，所以，对称三相电路无功功率测量多用两表跨相法。

（3）三表跨相法。对于三相负载不对称的情况，可用三表跨相法测量无功功率。只要将三只单相功率表按照一表跨相法接线，如图 3-16 所示。由相量图可得

$$P_1 = U_{BC}I_A\cos(90° - \varphi_A) = U_{BC}I_A\sin\varphi_A = \sqrt{3}U_A I_A\sin\varphi_A$$

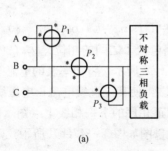
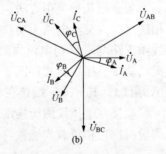

图 3-16　三表跨相法

(a) 接线图；(b) 相量图

同理有

$$P_2 = U_{CA}I_B\sin\varphi_B = \sqrt{3}U_B I_B\sin\varphi_B$$

$$P_3 = U_{AB}I_C\sin\varphi_C = \sqrt{3}U_C I_C\sin\varphi_C$$

三只功率表读数之和为

$$P_1 + P_2 + P_3 = \sqrt{3}(U_A I_A\sin\varphi_A + U_B I_B\sin\varphi_B + U_C I_C\sin\varphi_C) = \sqrt{3}Q$$

则三相无功功率为

$$Q = \frac{1}{\sqrt{3}}(P_1 + P_2 + P_3) \tag{3-7}$$

即三只功率表读数的代数和除以 $\sqrt{3}$ 即为三相无功功率。

三表跨相法适用于电源电压对称、负载不对称的三相三线或三相四线制电路。

（4）两表人工中性点接线法。对于电源电压对称、负载不对称的三相三线制电路，其无功

功率的测量也可采用两表人工中性点接线法，如图 3-17 所示。图中配置的电阻 R 的大小和两只功率表电压回路的电阻完全相等，以保证加到功率表电压回路的三相电压对称。可以证明，两只功率表读数之和乘以 $\sqrt{3}$ 即为三相电路无功功率。

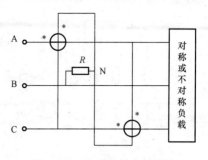

图 3-17　人工中性点接线法测三相无功功率

（5）用三相无功功率表测量。用三相无功功率表可以直接测量三相无功功率，三相无功功率表一般是按两表法的原理制成的。其接线有两种方式，一种是两表跨相法，适用于对称三相三线制电路无功功率的测量；另一种是两表人工中性点法，适用于对称或不对称三相三线制电路无功功率的测量。

第三节　电能的测量

电能是有功功率随时间的积累，因此测量电能的仪表要能记忆这种累积的关系。目前电能测量普遍使用电能表，电能表的应用极为广泛，因为在工农业生产中，电的生产、传输和应用各个环节中，都要进行电能的计量。电能表的种类、结构以及原理在第一章已介绍，本节主要介绍单相有功电能、三相有功电能和三相无功电能的测量方法。

一、单相交流电路中电能的测量

单相交流电路中普遍使用单相感应系电能表测量电能。当被测电路的电压和电流均未超出电能表的电压和电流量限时，电能表可直接接入电路进行测量，其接线图见第一章；当被测电路的电压或电流超出电能表的电压和电流量限时，就需要将电能表经电压互感器或电流互感器接入电路，尤其是测量高电压、大电流的负载消耗电能时更要如此。其接线图如图 3-18 所示。

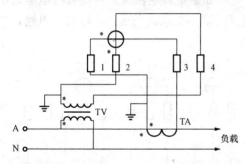

图 3-18　单相电能表经互感器接入电路

电能表正确接线与否关系到电能的计量收费、用电管理和安全等一系列问题。下面的一些错误接线应引起重视，加以避免。

（1）相零接反，即火线与零线对调，且电源和负载的零线同时接地，如图 3-19（a）所示。这时，负载电流将从加接地线的地方经大地与电源构成回路，电流将不通过电流线圈或流经电流线圈的电流很小，造成不计电能或少计电能的后果。

（2）电能表的两个线圈同名端接反，如图 3-19（b）所示。这时，电能表就要反转，这是不允许的。

（3）电源短路，即将电流线圈跨接到电源两端，如图 3-19（c）所示。这时，将烧断熔断器，严重时烧坏电流互感器，酿成事故。

（4）电能表上面的连接片打开，即电压线圈回路开路，如图 3-19（d）所示，这时，电压线圈中无电流，电能表不转，造成用户用电但不计量电能的情况。

二、三相交流电路中有功电能的测量

三相交流电路中电能的测量原理与三相交流电路中功率的测量原理是相同的，因此，也

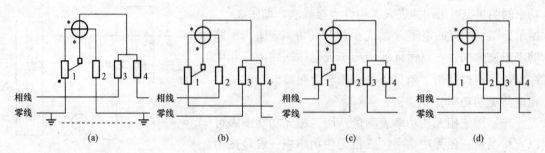

图 3-19　单相有功电能表几种错误接线

（a）相零接反，漏计电量；（b）极性接反，表反转；（c）电源短路，烧坏熔断器；（d）电压线圈开路，表不转

有一表法、两表法和三表法，即可以用一只单相电能表测量对称三相电路的有功电能，用两只单相电能表测量对称或不对称三相三线制电路的有功电能，用三只单相电能表测量不对称三相四线制电路的有功电能。

实际中常采用三相有功电能表测量三相交流电路的有功电能。三相有功电能表有三相二元件式有功电能表（即两表法）和三相三元件式有功电能表（即三表法），其接线方式见第一章。三相二元件式有功电能表适用于测量三相三线制电路的有功电能，三相三元件式有功电能表适用于测量三相四线制电路的有功电能。

对于三相高电压大电流系统的电能测量，三相有功电能表不能直接接入电路，必须经电压互感器和电流互感器接入被测电路。为了安全，电压和电流互感器的二次侧需一点接地，如图 3-20 所示。但对于低压的三相四线制电路系统，如果负载电流大，可能只将电能表的电流线圈通过电流互感器接入线路，接线时将电流互感器一次绕组与负载串联接入电路，二次绕组与电能表的电流线圈串联，如图 3-21 所示。

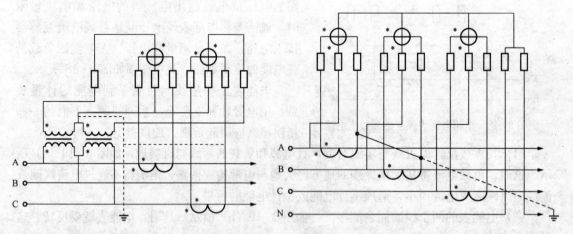

图 3-20　三相二元件式电能表经互感器接入电路　　　图 3-21　三相三元件式电能表经互感器接入电路

三、三相交流电路中无功电能的测量

测量无功电能常用无功电能表。三相无功电能的测量原理与三相交流电路中无功功率的测量原理相同，利用单相电能表按跨相的接线方式进行测量。但在实际中，普遍使用三相无功电能表直接测量三相交流电路的无功电能。三相无功电能表有两种：一种是带有附加电流线圈的，适用于电源电压对称、任意负载下三相三线或三相四线制电路；另一种是带 60° 相

位差的，适用于电源电压对称、负载对称或不对称的三相三线制电路。两种都是三相二元件式，并采用跨相的接线方式。

第四节 频率与相位的测量

一、频率的测量

频率是电能质量的基本指标之一，电路的阻抗、电机的转速等都与频率有关，频率的变化，将引起电路基本特征的变化。电网要安全稳定运行，应保持稳定的运行频率，所以发电厂和变电站一般都要装有监视电网频率变化的表计。我国电力系统的额定频率为 50Hz，正常允许频率偏差值为 ± 0.2Hz。

根据不同的频率范围，其测量方法也不同。通常的测量方法是用频率表直接测量，也可利用示波器和交流电桥测量，下面予以一一介绍。

1. 用频率表直接测量

测量频率应根据待测频率的高低及测量精度的要求选择合适的频率表，对于工频及低频采用铁磁电动系频率表、变换式频率表或数字频率表。对于声频及更高频率，主要采用数字频率表。

2. 用示波器测量

示波器的用途十分广泛，可以用来测量电压、电流、频率和相位等。这里主要介绍利用示波器测量频率的几种方法。

（1）扫速定度法。如果示波器的扫描范围开关具有时间定度，即给出荧光屏上标尺线的每一横格与时间的关系，例如秒/格（s/div）、毫秒/格（ms/div）、微秒/格（μs/div），那么"t/div"微调旋钮置于校准位置，则可利用示波器显示出的被测信号波形，读出该信号波形的周期大小，其等于荧光屏上波形一个周期的水平距离乘以扫描范围开关所在位置的"t/div"。因为频率＝1/周期，所以可由此计算出频率。例如，荧光屏上被测信号波形一个周期的水平距离为 5div，扫描范围开关所在位置的读数是 1ms/div，则被测信号的频率＝1/周期＝1/（5div×1ms/div）＝200Hz。为了提高扫速定度法测量频率的精度，应使荧光屏上显示的被测波形的周期数多一些，如果以 X 轴方向 10 格内占有几个周期来计算频率，计算式为

$$f = 周期数 /（时间 / 格 \times 10）$$

（2）波形计数法。将频率为 f 的被测信号接至电子示波器的 Y 轴输入端，调整内部 X 通道水平扫描旋钮，使示波器荧光屏上出现一个完整波或一个完整波形的整数倍，这就表明被测信号的频率等于 X 通道所加扫描信号频率或等于此信号频率的整数倍。例如，如果 X 通道扫描信号的频率为 f_0，示波器荧光屏上被测信号的波形重复数为 n 时，则被测信号频率 $f = nf_0$。

（3）李沙育图形法。将示波器置于 X-Y 工作方式，将被测频率的信号接于示波器的 Y 轴输入端，将一个频率可调的标准信号接于示波器的 X 轴输入端，由于这两个电压信号的频率、振幅和相位的不同，在荧光屏上将显示出不同的波形，这种图形称为李沙育图形。应用李沙育图形把被测频率的信号与标准频率的信号进行比较来进行频率测量。

任何一种示波器都可以用李沙育图形法对频率进行准确的测量。测量时，缓慢调节已知

的标准信号频率，当被测信号的频率与标准信号的频率成整数倍时，荧光屏上形成稳定的李沙育图形。此时在李沙育图形上引进一条水平线和一条垂直线，但应注意不要通过图形的交点，也不要与图形相切，应使引进的水平线和垂直线与李沙育图形交点最多。根据图形与水平线最多的交点数 N_X 和与垂直线最多的交点数 N_Y 及标准频率 f_n 的数值，可求出被测频率，即

$$f = \frac{N_X}{N_Y} f_n \tag{3-8}$$

几种常见的李沙育图形及对应的频率比如图 3-22 所示。

$f:f_n$	2:1	3:1	1:3	3:2
李沙育图形	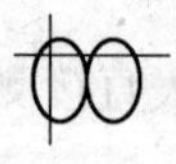	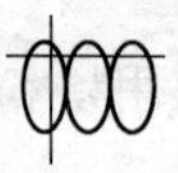		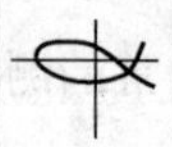

图 3-22　具有不同频率比的李沙育图形

必须指出，李沙育图形不仅与两个偏转电压的频率有关，而且与两个偏转电压的相位有关，两频率信号的相位差不同，李沙育图形就不同，但对于用上述方法确定频率而言，仍然是无关紧要的。在实际测试中，为了使测试简便正确，在条件许可的情况下，通常尽可能调节已知信号的频率，使荧光屏上显示的图形为圆或椭圆，这时被测信号频率等于已知信号频率。

用示波器测量频率很方便，但准确度不高。

3. 用电桥法测量

交流电桥平衡条件只要与频率有关，都可用于测量频率。

二、相位及功率因数的测量

如果电路中电压与电流之间的相位差为 φ，则功率因数 $\lambda = \cos\varphi$，可见两者中只要测出一个便可知道另一个的值，所以在叙述时通常只涉及一个量。

1. 用功率因数表或相位表直接测量

相位表和功率因数表从测量原理上来说，实质上是一种仪表，所不同的仅在于两者标度尺的分度有所差别。

对于单相电路功率因数主要采用电动系功率因数表、数字相位表测量。对于三相电路的功率因数，常用三相铁磁电动系功率因数表和变换式功率因数表测量。

2. 用示波器测量同频率信号相位差

用示波器测量同频率信号相位差常用以下两种方法：

（1）李沙育图形法。将被测相位差的两个信号 u_1 从 X 端输入，u_2 从 Y 端输入，荧光屏上将显示出 u_1 与 u_2 的合成图形，即李沙育图形。u_1 与 u_2 的相位差不同，形成的李沙育图形就不同，多数情况下为大小适宜的斜椭圆，但在特殊相位差时，可能是圆或一条斜线。图 3-23 所示为形成一斜椭圆的原理图。形成过程如下：$t=0$ 时，荧光屏上的光点位于位置 1，随着时间的变化，u_1 上升，u_2 也上升，则荧光屏上的光点向右上方移动。当到达时间 t_1 时，u_2 为零，荧光屏上的光点移动到位置 2，此时截距 x_1 为 u_2 过零时刻 t_1 所对应的 u_1 值；时间不断变化，光点一直向右上方移动，当到达位置 3 时，u_1 到达最大值，u_2 为一个较大的值，此时，最大水平偏转 x_2 对应为 u_1 的最大值。随后 u_1 开始下降，u_2 继续增大，光点向左上方移动，移到位置 4 时，u_2 到达最大值，此后，u_1、u_2 均开始下降，光点向左下方移动，移到位置 5 时，时间为 t_3 时刻，u_1 为零，u_2 为图示值，按照此规律一直下去，当 u_1

完成一个完整的周期时，光点按图示轨迹移动到 1 点。如此继续下去，荧光屏上的光点将描出一个逆时针旋转的椭圆，显然图示情况是 X 轴信号 u_1 超前 Y 轴信号 u_2 的情况，当 X 轴信号 u_1 滞后 Y 轴信号时，荧光屏上的光点将描出一个顺时针旋转的椭圆。

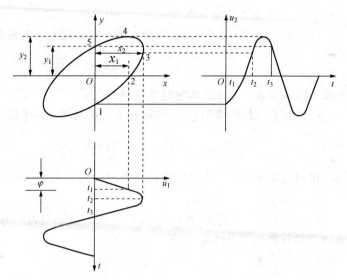

由图 3-23 可知，u_1、u_2 之间的相位差 φ 对应的时间间隔为 $0 \sim t_1$，由 u_1 波形可得

$$x_1 = x_2 \sin\varphi$$

由 u_2 波形可得

$$y_1 = y_2 \sin\varphi$$

图 3-23　李沙育图形测量同频率信号相位差原理图

因此

$$\varphi = \arcsin\left(\frac{x_1}{x_2}\right) = \arcsin\left(\frac{y_1}{y_2}\right) \tag{3-9}$$

几种相位差为特殊角时的李沙育图形如图 3-24 所示。

不难看出，如果椭圆的主轴在第一和第三象限内，则相位差在 $0° \sim 90°$ 之间；如果主轴在第二和第四象限内，相位差在 $90° \sim 180°$ 之间。

（2）双迹法。采用双踪轨迹示波器可以直接比较两个被测电压的波形来测量其相位差。测量时，只需将两个信号同时分别输入 Y 轴的 1、2 通道，同时将一个信号连接到示波器的"外同步输入"端，来控制扫描发生器，以便实现波形的稳定。适当调节各旋钮，使荧光屏显示出稳定的波形，且在水平标尺上至少出现一个周期的完整波，测出两信号幅值（或零值）的间距 x（cm）和一个周期的长度 x_T（cm）（见图 3-25），从而算出相位差，即

$$\varphi = \frac{x}{x_T} \times 360° \tag{3-10}$$

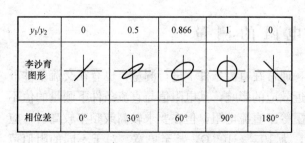

y_1/y_2	0	0.5	0.866	1	0
李沙育图形					
相位差	0°	30°	60°	90°	180°

图 3-24　相位差为特殊角时的李沙育图形

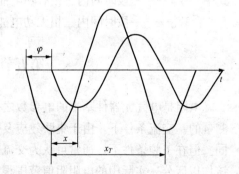

图 3-25　用示波器测量同频率信号相位差

若采用单踪示波器，只要将两个被测信号交替地加到示波器的 Y 轴通道上，其中的一个信号始终接在外触发端，同样可以实现用双轨迹法测量相位差。

3. 用间接法测量功率因数

（1）单相交流电路中 $\cos\varphi$ 测量方法。在单相交流电路中，有

$$\cos\varphi = \frac{P}{UI}$$

所以可用功率表、电压表和电流表分别测出 P、U、I 值，经计算可得 $\cos\varphi$。

（2）对称三相电路中 $\cos\varphi$ 测量方法。在对称三相电路中，每相的 $\cos\varphi$ 相同，有

$$\cos\varphi = \frac{P}{\sqrt{3}U_l I_l}$$

所以可用功率表、电压表和电流表分别测出三相有功功率 P、线电压 U_l、线电流 I_l 值，经计算可得 $\cos\varphi$。

（3）不对称三相电路中 $\cos\varphi$ 测量方法。在不对称三相电路中，每相的功率因数不同，所以三相负载功率因数为

$$\cos\varphi = \frac{P}{S}$$

式中 P——三相电路总的有功功率，可用三相功率表测得；

       S——三相电路视在功率，可用三相有功功率表测得 P、三相无功功率表测得 Q，算出 S。

所以，可以由三相有功功率表和三相无功功率表间接测得某一瞬间的三相负载功率因数。

如果要测量一段时间内负载的平均功率因数，则可通过三相有功电能表和三相无功电能表来间接测量，方法如下。

由功率三角形知：

$$\tan\varphi = \frac{Q}{P}$$

则

$$\tan\varphi = \frac{W_Q}{W_P}$$

所以

$$\cos\varphi = \frac{1}{\sqrt{1 + \left(\dfrac{W_Q}{W_P}\right)^2}} \tag{3-11}$$

式中 W_P——一段时间内三相有功电能表的读数；

       W_Q——一段时间内三相无功电能表的读数。

第五节　电　阻　的　测　量

电阻是电气元器件基本的电参数之一，通常在直流条件下进行测量，也有在交流条件下测量的。交流条件下，由于集肤效应及邻近效应的影响，其电阻值与直流条件下测量的值不同。但在工频条件下，通常可认为交流电阻等于直流电阻，但在要求较高或频率较高时，应该加以区分。实际中的电阻阻值范围很宽，为 $10^{-7} \sim 10^{17}\,\Omega$，甚至更宽。对于不同的阻值范围，需要采用不同的测量方法。从测量角度出发，一般把电阻分为三类：小电阻（$1\,\Omega$ 以下）、中值电阻（$1 \sim 1\mathrm{M}\Omega$）和大电阻（$1\mathrm{M}\Omega$ 以上）。这里主要介绍各类电阻常用的几种测量方法。

一、中值电阻的测量

1. 欧姆表法

用欧姆表或万用表的欧姆挡都可以对中值电阻进行直接测量，这种测量方法很简单，但准确度比较低。

2. 电桥法

用直流单臂电桥进行测量，可以获得很高的准确度，但操作较麻烦。

3. 伏安表法

伏安表法是一种间接测量方法。通过用电压表和电流表测出被测电阻 R_x 两端的电压 U_x 及通过的电流 I_x，然后根据欧姆定律求出被测电阻值，即

$$R_x = \frac{U_x}{I_x}$$

伏安表法测量电阻的接线通常有两种，如图 3-26 所示。图 3-26（a）是电压表接在电流表的前面，称为电压表前接；图 3-26（b）是电压表接在电流表的后面，称为电压表后接。

在电压表前接电路中，电流表的读数 $I=I_x$，电压表的读数 U 不仅包括电阻两端电压 U_x，还包括电流表的压降 $I_x R_A$（R_A 为电流表的内阻），即 $U=U_x+I_x R_A$。因此，按仪表读数计算出来的被测电阻为

$$R'_x = \frac{U}{I} = \frac{U_x+I_x R_A}{I_x} = R_x + R_A$$

R'_x 中包括了电流表内阻 R_A，这就形成了测量误差，其结果将使测量值偏大。相对误差为

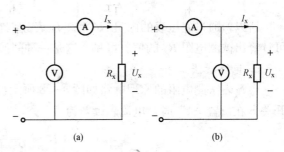

图 3-26 伏安表法测量直流电阻
(a) 电压表前接；(b) 电压表后接

$$\gamma = \frac{R'_x - R_x}{R_x} \times 100\% = \frac{R_A}{R_x} \times 100\%$$

显然，电流表内阻 R_A 越小，误差越小。当 $R_x \gg R_A$ 时，电流表上的压降很小，可以忽略不计，此时，$R'_x \approx R_x$。所以电压表前接的电路适用于测量 $R_x \gg R_A$ 情况，即测量较大电阻。

在电压表后接电路中，电压表的读数 U 等于 U_x，电流表的读数 I 不仅包括被测电阻 R_x 电流 I_x，还包括电压表的电流 I_v，即 $I=I_x+I_v$。因此，按仪表读数计算出来的被测电阻值为

$$R''_x = \frac{U}{I} = \frac{U_x}{I_x+I_v} = \frac{1}{\dfrac{I_x}{U_x} - \dfrac{I_v}{U_x}} = \frac{1}{\dfrac{1}{R_x} + \dfrac{1}{R_v}} = \frac{R_x R_v}{R_x + R_v}$$

R''_x 是被测电阻 R_x 与电压表内阻 R_v 并联之后的等效电阻，因而测量结果偏小。相对误差为

$$\gamma = \frac{R''_x - R_x}{R_x} \times 100\% = \frac{-R_x}{R_x + R_v} \times 100\% = -\frac{1}{1 + \dfrac{R_v}{R_x}} \times 100\%$$

由此可见，被测电阻 R_x 值越小或电压表内阻 R_V 越大，误差就越小。当 $R_x \ll R_V$ 时，电压表分流很小，可以忽略不计，即 $R''_x \approx R_x$。所以电压表后接的电路，适用于测量 $R_x \ll R_V$ 的情况，即测量较小电阻。当 R_A 和 R_V 已知时，两种接法都可以通过计算来消除误差。

伏安表法的优点在于测量时，可以使流过被测电阻的电流等于其工作电流，即能在工作状态下进行测量，这一点对非线性电阻的测量非常重要。另一个优点是适用于对大容量变压器一类具有大电感线圈电阻的测量。

4. 电压表法

电压表法测电阻的原理电路如图 3-27 所示，端口加直流电压 U，当开关 S 在位置"1"时，电压表读数 $U_1 = U$（端口电压值）；当开关 S 在位置"2"时，电压表读数 U_2 为

$$U_2 = \frac{R_V}{R_V + R_x} U$$

式中 R_V——电压表内阻，可以根据电压表的电压灵敏度"Ω/V"和使用量程来确定。

由上式可知，被测电阻 R_x 为

$$R_x = \left(\frac{U_1}{U_2} - 1 \right) R_V \tag{3-12}$$

所以，通过电压表的内阻 R_V 和电压表分别在位置"1"和"2"时的读数 U_1、U_2，即可计算出被测电阻 R_x 的值。可见，这是一种间接测量的方法。

5. 电流表法

电流表法测电阻的原理电路如图 3-28 所示，R_0 是可变电阻箱，端口加直流电压 U，当开关 S 在位置"1"时，电流表读数为

$$I_1 = \frac{U}{R_A + R_x}$$

式中 R_A——电流表内阻。

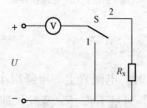
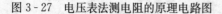
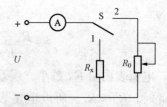

图 3-27 电压表法测电阻的原理电路图　　　　图 3-28 电流表法测电阻的原理电路图

当开关 S 在位置"2"时，保持端口电压不变，调节电阻箱电阻 R_0，使电流表读数仍然等于 I_1，计下此时的 R_0 阻值，有

$$I_1 = \frac{U}{R_A + R_0}$$

则

$$R_x = R_0$$

即可以由电阻箱的值直接读出被测电阻 R_x 的值。

需要说明的是，电压表和电流表法测量电阻，均考虑了表计内阻对测量的影响，且还可以使被测电阻处于工作状态下进行测量，所以是一种很好的测量电阻的方法。

二、小电阻的测量

小电阻是指阻值在 1Ω 以下的电阻，如电机绕组的电阻、电流表内阻、恒压源内阻、分

流器电阻、短导线电阻和汇流排电阻等。测量小电阻时，因为被测电阻本身的阻值很小，所以在测量电路中，连接导线的电阻和接头处的接触电阻是不容忽视的，必须采取措施，来消除导线电阻和接触电阻对测量结果的影响。常见的小电阻测量方法有以下几种。

1. 伏安表法

用伏安表法测小电阻时，被测电阻需具有四端钮连接结构，即两个电流端钮和两个电位端钮，且电位端钮位于电流端钮的内侧，如图 3-29 所示。图中 C1、C2 为电流端钮，P1、P2 为电位端钮。C1、C2 是被测电阻与外电路的连接处，由此引入电流，P1、P2 是毫伏表的连接端钮（因为电阻很小，电压降也小，所以用毫伏表）。这样，毫伏表的读数中不含电流回路接线电阻和 C1、C2 接触电阻的电压降。由于 P1、P2 的接触电阻和毫伏表引线的接线电阻远远小于毫伏表的内阻，因此它们对毫伏表的读数影响极小，可忽略不计。此外，测量时应尽量使用粗短导线连接，以减小接线电阻。所以采用四端接线方法，可以排除接线电阻和接触电阻对测量结果的影响。被测电阻值为

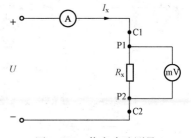

图 3-29　伏安表法测量小电阻的原理电路图

$$R_{\mathrm{x}} = \frac{毫伏表读数}{电流表读数}$$

这是一种间接测量小电阻的方法，其优点是可以在工作状态下测量小电阻，但测量误差较大。

2. 微欧表法

用微欧表可以直接测量微欧级的电阻，目前世界各国都在研制数字微欧表，其优点是操作方便，但成本较高。

3. 电桥法

直流双臂电桥是测量小电阻的常用仪器，是一种比较测量的方法。其优点是可以消除接线电阻和接触电阻的影响，准确度高，但操作较麻烦。

三、大电阻的测量

大电阻是指 1MΩ 以上的电阻。实际工作中最常见的大电阻是绝缘电阻，绝缘电阻即绝缘材料的电阻，例如线圈的绝缘电阻、变压器的绝缘电阻和电机绕组的绝缘电阻等，它是电气设备绝缘性能的重要标志。绝缘性能的好坏关系到系统的正常运行和操作人员的人身安全。由于电气设备在长期的运行中，绝缘材料因发热、受潮、污染、老化等原因而使绝缘电阻降低，漏电流增大，甚至绝缘遭到破坏，造成漏电和短路事故，因此，必须对设备的绝缘电阻进行定期检查；再者，电气设备进行大修后投运前要检查绝缘电阻是否达到规程要求，也必须对绝缘电阻进行测量。而绝缘电阻大小不仅与工作温度、湿度有关，而且与外加电压也有很大关系，并且大多数电气设备在较高的工作电压下运行，因此要求其绝缘材料在高压下应满足规定的绝缘性能。所以，监测绝缘电阻的仪表就必须备有高压电源，不能采用欧姆表或万用表的欧姆挡测量，一方面因为欧姆表和万用表所用的电源电压比较低，在低压下呈现的绝缘电阻值不能反映在高压下绝缘电阻的真正数值；另一方面，绝缘电阻的阻值都比较大，一般几十兆欧或几百兆欧，在这个范围内欧姆表和万用表的刻度很不准确。所以通常采用以下测量方法。

1. 绝缘电阻表法

绝缘电阻表结构简单，携带方便，读数稳定，是测量绝缘电阻的一种很好的方法，实际工作中常用其直接测量各种电气设备的绝缘电阻。

2. 伏安表法

用伏安表法也可以测量大电阻，在此应选用电压表和微安表。由于大电阻表面会有泄漏电流通过，如按传统的伏安法接线，则泄漏电流通过微安表而给测量带来很大误差，使测得

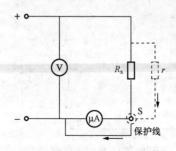

图 3-30 伏安表法测量大电阻

的电阻值远小于被测电阻的实际值（相当于在被测电阻 R_x 两端并联了一个漏电阻 r）。为了解决这个问题，合适的测量电路如图 3-30 所示，在 R_x 的一个端钮周围设置金属环 S，它固定在 R_x 表面泄漏途径的终端，从此金属环引出一根保护线引导泄漏电流绕过微安表直接回到电源，从而消除了泄漏电流对测量的影响。

实际中测量大电阻时，凡有可能存在泄漏途径的地方，均要考虑采用类似的保护措施。

四、接地电阻的测量

1. 接地电阻

为了保证电气设备和人身安全及电力系统的正常运行，有时要将电气设备的某部分与大地相连，称为接地。接地的方法是将金属管、金属棒或金属板（称接地体）等埋入地下，再用导线（称接地线）与电气设备牢固相连。

通常将加到接地体上的电压 U 与通过接地体而流入大地的电流 I 之比称为接地电阻，接地电阻包括接地线、接地体、接地体与土壤间的接触电阻以及大地的散流电阻，这些电阻中前三者都很小，所以接地电阻主要是大地的散流电阻，它与土壤的电导率及接地体的形状数量等有关。当接地体上有电压时，就有电流流入地中。接地电流是从接地体向四周散射的，如图 3-31 所示。因此，离开接地体越远，电流通过的截面积就越大，电流密度就越小，到达一定距离时，电流密度可以认为为零。因电阻与电流通道的截面积成反比，因此土壤电阻随着远离接地体而迅速减小。理论分析和实验证明，接地电阻主要集中在接地体附近很小范围内，距接地体 20m 处的大地电阻将等于零，因此只要测量从接地体起到 20m 远范围内的大地电阻即可。

测量接地电阻的方法很多，可用伏安表法、电桥法等，但工程中常采用接地电阻测量仪进行测量。这里主要介绍接地电阻测量仪的原理和测量方法。

2. 接地电阻测量仪

接地电阻测量仪主要由手摇发电机、电流互感器、电位器以及检流计等构成，附件有两根接地探测针、三根导线。

（1）工作原理。接地电阻测量仪是利用电位差计原理制成的，是利用补偿法来测量接地电阻，其原理如图 3-32 所示。图中 E 为接地电极（被测电极），P 为电位辅助电极，C 为电流辅助电极。它们分别装设在距离接地体不小于 20m

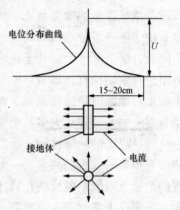

图 3-31 接地电流和电位分布

和 40m 处，被测接地电阻 R_x 位于 E 和 P 之间，不包括电流辅助电极 C 及其接地电阻 R_C。

在测量过程中，摇动手摇发电机，输出电流 I 经电流互感器 TA 的一次绕组、接地电极 E、土壤和电流辅助电极 C 构成一个闭合回路。接地电流在地中流散的结果，形成图 3-32 所示的电位公布。明显可以看出，E 极和 C 极附近的电位急剧下降，电位辅助电极 P 的电位为零，因此 E 和 P 之间的电位为 IR_x。

电流互感器的二次电流为 KI，其中 K 为电流互感器的变比。二次侧经电位器构成回路。电位器的滑动触头经检流计 G 和电位辅助电极 P 相连。调节电位器使检流计指示值为零，则有

$$IR_x = KIR_S$$

所以有

$$R_x = KR_S \qquad (3-13)$$

可见被测电阻值可通过 K 和电位器的电阻 R_S 来确定，而与电流辅助电极 C 的接地电阻无关。

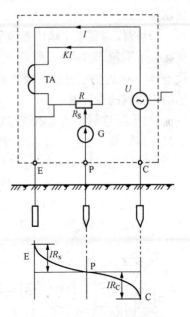

图 3-32 接地电阻测量仪的
原理电路及电位分布图

（2）ZC-8 型接地电阻测量仪。ZC-8 型接地电阻测量仪内附手摇交流发电机作为电源，其测量接线图如图 3-33 所示。它的外形和摇表相似，所以又称为接地摇表。

这种测量仪的端钮有三个和四个两种，其仪表表盘如图 3-33 所示。有四个端钮时，如图 3-33（b）所示，通常可将仪表的 P2 和 C2 短接后再接至被测的接地体。三端钮式测量仪的 P2 和 C2 已在表内部短接，因此只引出一个端钮 E，测量时直接将 E 接至被测接地体即可，如图 3-33（a）所示。端钮 P1 和 C1（或者 P、C）分别接上电位辅助探针 P′ 和电流辅助探针 C′，探针应插在与被测接地体成直线且同一方向 20m 和 40m 的地面上，插入土壤中的深度为探针长度的 2/3，以构成电位和电流辅助电极。

ZC-8 型接地电阻测量仪的面板上带有电位器读数盘（测量标度盘），表盘刻度（即 R_S）为 0~10Ω，倍率挡 K 分别为 ×0.1、×1、×10 和 ×1、×10、×100 两种机型。它们分别可测量 0.1~100Ω 和 1~1000Ω 接地电阻。该表盘的刻度测量范围可扩展为 0.01~100Ω 和 0.1~1000Ω，测量精度较高。利用它可以测量 0.01~1000Ω 的电阻。使用时调节电位器使检流计指零，则被测接地电阻阻值为

$$R_x = KR_S$$

式中　K——倍率挡读数；

R_S——电位器表盘读数。

（3）接地电阻测量仪的使用：

1）测量前先将仪表放平，调节零位调整器，使检流计指针

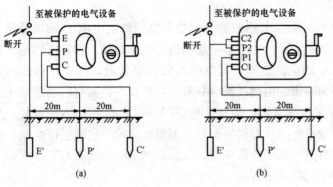

图 3-33 接地电阻测试仪的接线图
（a）三端钮式测量仪接线图；（b）四端钮式测量仪接线图

指示零位。

2）把仪表置于接地体近旁平整的地方，并要远离电场，然后进行接线：用 5m 连接线连接表上端钮 E（或 P2 和 C2）和接地体 E′，用 40m 连接线连接表上端钮 C（或 C1）和离接地体 40m 远的电流辅助探针 C′，用 20m 连接线连接表上端钮 P（或 P1）和离接地体 20m 远的电位辅助探针 P′。

3）根据被测接地电阻值选好倍率挡位，然后缓缓摇动发电机的手柄，同时转动测量标度盘，以调节 R_S，使检流计指针指在中心线处，当检流计接近平衡时，即加快发电机的转速到额定转速（120r/min），再调节测量标度盘，使指针停在零位即可读数。则有

接地电阻 = 倍率×测量标度盘读数

4）测量中若指针所指标度盘上的读数小于 1 时，应将倍率开关放在较小的一挡上重新测量，以取得精确的测量结果。

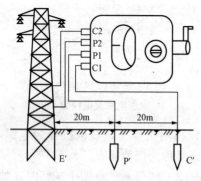

图 3-34　测量小接地电阻时接线

5）被测接地电阻小于 1Ω 时，宜采用四端钮式测量仪（见图 3-34），将端钮 C2 和 P2 的短接片打开，分别用导线接到接地体上，并使端钮 P2 接在靠近接地体一侧，以消除测量时因接线电阻和接触电阻产生的误差。

（4）测量注意事项：

1）不准带电测量接地装置的接地电阻。测试前必须将电气设备或者线路的电源断开，并断开与被测接地体相连的所有连线后方可进行测量。

2）测量接地电阻最好在春季或冬季，因为这个季节气温低雨量少，土壤干燥，土壤电阻率大。如果这个季节测量值合格，则能保证其他季节接地电阻也能在合适值内。要特别注意阴天或雷雨天时，不能测量避雷装置的接地电阻。

3）测试中应防止 P2、C2（或 E）与被测接地体断开的情况，因为此时接地电阻测量仪处于开路状态，摇动手柄时可能使仪表指针损坏。

第六节　电感的测量

实际的电感线圈含有电阻和电感，所以电感的测量包括电感线圈的电阻 R 和电感量 L 的测量。电感线圈根据其心子材料的不同可分为空心电感和铁心电感两类。空心电感是指以空气或其他大量非铁磁性材料为心子的电感线圈，其电感参数 L 是常数，与工作电流的大小无关；铁心电感是指以铁磁材料为心子的电感线圈，只有当它工作在铁磁材料磁滞回线的线性区域时，才可以认为其电感参数 L 是常数，而在一般情况下，其电感 L 不是常数，与工作电流的大小有关。所以在测量铁心电感线圈时，必须使测量电流等于它的工作电流，如果工作时电流有直流分量，则测量时也应加上直流偏置，以保证测量时的状态与工作状态完全一致。因此，两种电感要求采用不同的测量方法。

一、空心电感的测量

由于空心电感线圈的参数是常量，其值与工作电压、电流无关，因此测量方法很多，主

要是用交流电桥进行测量，另外还有伏安表法、三表法和谐振法，下面予以一一介绍。

1. 伏安表法

伏安表法测电感的原理与伏安表法测电阻的相同，其测量线路如图 3-35 所示。线圈端口接入适当的交流电源，用交流电压表、电流表测出线圈两端的电压 U 及通过的电流 I，则有

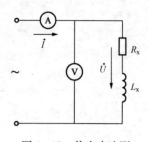

图 3-35　伏安表法测
电感的原理电路图

$$|Z_x| = \frac{U}{I}$$

式中　U——交流电压表读数；

　　　I——交流电流表读数。

然后将交流电源改为直流电源，用直流电压表、电流表测出线圈两端的电压 U_0 及通过的电流 I_0，则有

$$R_x = \frac{U_0}{I_0}$$

式中　U_0——直流电压表读数；

　　　I_0——直流电流表读数。

在低频情况下，线圈的交流电阻和直流电阻基本相同，那么线圈的电感值可计算为

$$L_x = \frac{1}{2\pi f}\sqrt{|Z_x|^2 - R_x^2} \tag{3-14}$$

式中　f——交流电源的频率。

伏安表法测电感的主要特点是：①测量时被测元件可以通过工作电流，这对铁心电感一类的非线性元件非常合适，以便在给定的工作状态下进行测量；②所用设备简单，但测量误差较大，为了减小误差，要求电压表有较大的内阻、电流表有较小的内阻。

2. 三表法

三表法是用电压表、电流表和功率表测量电感，其测量线路如图 3-36 所示，有电压表前接和电压表后接两种。测量时，端口加频率为 f 的交流电源，分别读出电压表读数 U，电流表读数 I 和功率表读数 P 后，再根据交流电路的知识，用下面公式可计算出 R_x 和 L_x 的值，即

$$R_x = \frac{P}{I^2} \tag{3-15}$$

$$L_x = \frac{1}{2\pi f}\sqrt{\left(\frac{U}{I}\right)^2 - R_x^2} \tag{3-16}$$

三表法测电感线圈参数的主要特点是设备简单，但测量误差较大。为了减小误差，一是应采用适当接线方式，图 3-36（a）适用于测量 $|Z|$ 较大的情况，图 3-36（b）适用于测量 $|Z|$ 较小的情况；二是考虑仪表内阻时，可以在计算结果中进行修正。

3. 谐振法

谐振法测量电感的原理是利用 R、L、C 串联谐振的特点，其测量线路如图 3-37 所示。测量时，在电容 C_n 的值一定时调节信号发生器的频率 f 或在电源频率 f 一定时，调节 C_n，使电流表的读数为最大，这时电路达到串联谐振，有

$$\omega_0 L_x = \frac{1}{\omega_0 C_n}$$

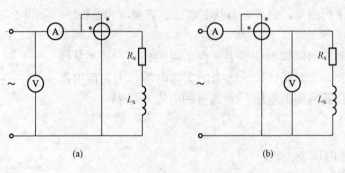

图 3-36　三表法测电感的原理电路图

(a) 电压表前接；(b) 电压表后接

由此可计算出被测电感值为

$$L_x = \frac{1}{\omega_0^2 C_n} = \frac{1}{4\pi^2 f_0^2 C_n} \qquad (3-17)$$

式中　f_0——谐振时信号发生器的频率。

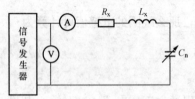

图 3-37　谐振法测电感的原理电路图

串联谐振时，电路的电抗 $X = \omega_0 L - \dfrac{1}{\omega_0 C} = 0$，因而线圈电阻为

$$R_x = \frac{U}{I}$$

式中　U——电压表读数；

　　　I——电流表读数。

　　谐振法通常用于测量高频情况下的电感线圈参数。目前广泛应用的 Q 表就是根据谐振法原理制成的，它能在 50kHz～100MHz 的范围内对 0.1～100mH 的空心电感进行测量，因此广泛地应用于无线电测量中。

　　谐振法测量电感也可以采用桥式电路，如图 3-38 所示。当调节各臂电阻及电容 C_n（或电源频率 f），使电桥平衡时，被测电感所在的桥臂必然发生串联谐振，呈现纯电阻性。若此时电源频率为 f_0，则有

$$R_x = \frac{R_2 R_3}{R_1} \qquad (3-18)$$

$$L_x = \frac{1}{4\pi^2 f_0^2 C_n} \qquad (3-19)$$

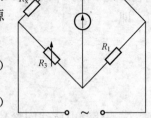

图 3-38　谐振法测电感的桥式电路的原理电路图

4. 电桥法

　　测量电感线圈参数最常用的方法是用交流电桥进行测量。交流电桥的结构及测量原理见第一章。

二、铁心电感的测量

　　铁心电感是非线性元件，其参数与工作电流的大小有关，所以测量时，必须在其工作电流条件下测量。根据工作时电流的不同情况，铁心电感的测量有以下几种不同情形。

　　（1）当铁心电感工作时无直流分量，且其工作电流在铁心磁化曲线的直线段时，可以认为铁心电感工作在线性区，则电感参数为常数，此时可用测量空心电感的方法测量。

（2）当铁心电感工作时无直流分量通过，但铁心电感的工作电流较大时，电感大小与工作电流的非线性不能忽视，此时可采用伏安表法或三表法进行测量，由于这两种测量方法容易做到电感线圈处于工作电流下来测量电感。而不能使用电桥法测量，因为电桥提供的电流一般不一定能满足电感的工作电流要求。

（3）当铁心电感工作时有直流分量通过，则测量时必须加入等值的直流偏置。大多数交流电桥在测量这类电感时允许外加直流偏置电流。图 3-39 为交流电桥引入直流偏置的方法之一。图中，U_s 为直流偏置电源，提供的偏置电流大小用串联的电流表监测，可通过调节电阻 R 来改变；L 为扼流圈，扼制交流分量通过直流电源；C_0、C_1、C_2 为隔直电容，C_n 为标准电容，R_1、R_2、R_n 为桥臂电阻，R_x、L_x 为被测的铁心电感参数。由于 C_2 的隔直作用，电压表读数仅为 R_2 上的交流电压值，它可以监测铁心线圈通过交流分量（即工作电流）的大小。

由于电压表的内阻很高，且检流计支路串联了隔直电容 C_1，因此电桥的平衡条件与没有直流偏置时的平衡条件完全一样。

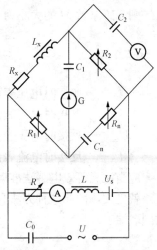

图 3-39 交流电桥引入直流偏置测量铁心电感线圈参数

三、互感的测量

互感测量与电感测量类似，但因为互感线圈的工作状态与两线圈的连接方式以及同名端的位置有关，所以测量时要考虑这些因素。下面介绍几种常用的方法。

1. 伏安表法

伏安表法测量互感系数的实质是利用感应电压来测量，其原理电路图如图 3-40 所示。当在其中一个线圈端口接角频率为 ω 的正弦电压源时，通过的电流为 $\dot{I}$，则由电工理论知，在另一个线圈两端就产生互感电压 $U=\omega MI$，用交流电流表和电压表测出电流 I 和感应电压 U，则两线圈的互感系数为

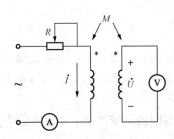

图 3-40 伏安表法测互感的原理电路图

$$M = \frac{U}{\omega I} \qquad (3-20)$$

式中 ω——电源角频率。

伏安表法测量时，为了减小误差，要求电压表的内阻应足够大，电流表的内阻足够小。

2. 等效电感法

等效电感法是利用两互感线圈串联测量互感系数。互感线圈串联连接，有两种接线方式：一种是顺向串联（异名端相接），另一种是反向串联（同名端相接），如图 3-41 所示。两线圈顺接串联后，等效电感为 $L_+=L_1+L_2+2M$，两线圈反接串联后，等效电感为 $L_-=L_1+L_2-2M$。两线圈分别以两种方式串联后，在端口接角频率为 ω 的正弦电压源（见图 3-42），分别用电压表和电流表测出互感线圈的电压和电流，则顺接串联后的等效电感为 $L_+=\frac{U_+}{\omega I_+}$，反接串联后的等效电感为 $L_-=\frac{U_-}{\omega I_-}$，所以有

$$\begin{cases} L_+ = L_1 + L_2 + 2M = \dfrac{U_+}{\omega I_+} \\ L_- = L_1 + L_2 - 2M = \dfrac{U_-}{\omega I_-} \end{cases}$$

则互感系数 M 的大小为

$$M = \frac{L_+ - L_-}{4} = \frac{\dfrac{U_+}{\omega I_+} - \dfrac{U_-}{\omega I_-}}{4} \tag{3-21}$$

式中 U_+——顺接时电压表读数；

　　I_+——顺接时电流表读数；

　　U_-——反接时电压表读数；

　　I_-——反接时电流表读数。

应当注意等效电感法准确度不高，特别是当互感系数 M 较小时，L_+ 和 L_- 数值较接近，误差就更大，因此这种方法只在要求不太高时采用。另外，利用等效电感法可以确定两线圈的同名端。

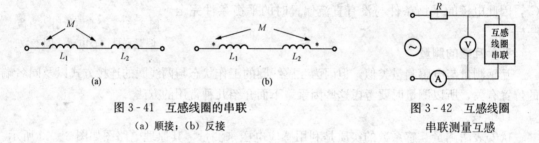

图 3-41　互感线圈的串联

（a）顺接；（b）反接

图 3-42　互感线圈
串联测量互感

第七节　电容的测量

电容的主要作用是储存电能。它由两片金属中间夹绝缘介质构成。由于电容中有绝缘介质，所以存在绝缘电阻，即绝缘介质的损耗。因此，电容的测量主要包括电容量值与电容器损耗（等效电阻）两部分内容。

电容的测量方法很多，通常要根据电容器的不同结构采用不同的测量方法。下面介绍常用的几种方法。

1. 伏安表法

当电容器的介质损耗可以忽略时，可用电压表、电流表分别测出电容 C_x 两端的电压 U 和电流 I，然后计算出被测电容，即

$$C_x = \frac{I}{2\pi f U}$$

式中 f——所用交流电源的频率。

伏安表法适用于测量 $100\text{pF} \sim 1000\mu\text{F}$ 的电容，但测量的准确度较低，一般用于没有专用仪器或测量要求较低的场合。

2. 三表法

用电压表、电流表和功率表也可以测量电容器的电容及等效电阻，其测量方法与电感的

测量相同。

3. 谐振法

用谐振法测量电容的过程与测量电感的相同（可以采用串联谐振，也可以采用并联谐振）。这种方法适用于 100pF 以下的电容测量。

4. 电容电桥法

电容电桥法测量电容的原理如图 3-43 所示，C_x 为被测电容，R_x 为其等效串联损耗电阻。测量时，先根据被测电容的范围，通过改变 R_2 来选取一定的量程，然后反复调节 R_1 和 R_n 使电桥平衡，即检流计读数为零。此时由电桥的平衡条件有

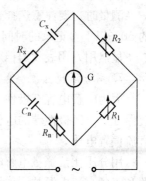

$$C_x = \frac{R_1}{R_2}C_n, \quad R_x = \frac{R_2}{R_1}R_n$$

电容电桥法是一种精确测量电容的方法，但操作较麻烦。

5. 用电容表测量

用电容表可直接测量电容，指针式电容表需外接工频电源，测量范围为 $0.5 \sim 10\mu F$。数字电容表用电池供电，测量范围为数皮法到数千微法。

图 3-43 电容电桥法测量
电容的原理图

6. 用万用表欧姆挡估测电容

当电容的介质损耗可以忽略时，用万用表欧姆挡测量电容是常见方法之一，它可以粗略地测出电容量以及判断电容的好坏。测量时首先将万用表欧姆挡调零，将电容引出线短接，使其充分放电，然后用欧姆表表笔与电容引出线连接，如图 3-44 所示。根据电路原理，电容将被充电，充电电流为

$$i_C = \frac{U}{R_0}e^{-\frac{t}{R_0 C}} \tag{3-22}$$

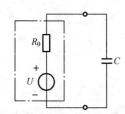

式中　U——万用表电源电压；
　　　R_0——所选欧姆挡的万用表内阻；
　　　C——被测电容器电容量。

所以电容在接通瞬间通过一冲击电流，电流由 0 跃变为 $\frac{U}{R_0}$，使指针向右有较大的偏转，然后电流逐渐减小，指针逐渐返回，最后趋于稳定位置（欧姆挡的无穷大点或某一数值）。电容的容量越大则时间常数越大，过渡过程时间越长，相应指针返回的时间越长；反之，电

图 3-44 万用表欧姆
挡估测电容

容量越小，则指针返回的时间越短。由式（3-22）可知：

当 $t=0$ 时，$i_C(0) = \frac{U}{R_0}$，万用表指针向右偏转到最大位置，对应的电流标度尺分度为 $I(0)$。

当 $t=\tau$ 时，$i_C(\tau) = \frac{U}{R_0}e^{-1} = 0.37i_C(0)$，此时指针向左返回到 $I(0)$ 的 37% 位置。

只要确定出时间 τ，由电路理论知，被测电容为

$$C = \frac{\tau}{R_0} \tag{3-23}$$

　　据此原理，对电容量较大的电容器通过测量可估算出电容量。测量方法是：接通瞬间记下指针偏转到达的最大位置 $I(0)$，同时开始计时（用秒表），当指针返回到 $I(0)$ 的 37％位置时停止计时，则这段时间即为 τ，再由万用表查出所选欧姆挡的仪表内阻 R_0，即可由式（3-23）计算出被测电容器的电容值。

　　测量时，要注意选择合适的欧姆挡，至少应保证指针最大偏转位置 $I(0)$ 超过满刻度尺的 50％以上，记录的时间 t 在 10～100s 之间，否则不易观测。

　　显然用万用表欧姆挡对电容器进行粗略测量很方便，但误差大。

　　7. 用分压比法测电解电容器的电容

　　因为电解电容有极性，一般其引出端钮有"＋"、"－"极性标志，所以在工作和测试时应保证"＋"极性端的电位高于"－"极性端的电位，即测量时一般应对电解电容施加正向直流偏置电压。

　　用分压比法测量电解电容器电容量的接线图如图 3-45 所示。该测量电路是一个直流电源和工频交流电源共同作用的非正弦交流电路。图中 C_n 是已知电容，它与被测电解电容 C_x 串联。直流电压 U_s 为 C_x 提供偏置电压，保证电解电容 C_x 的极性与所加电压的极性相符。被测电容 C_x 的耐压应高于施加在该电容上的直流电压分量和交流电压分量最大值之和。C 是隔直电容，以使电压表的读数中不含直流分量。R 为限流电阻，防止 C_x 击穿时直流电源被短路。电流表 A 用来监视电解电容 C_x 是否被击穿，电压表 V 用来监视自耦调压器的输出电压。

　　当 $R \gg \dfrac{1}{\omega C_x}$ 时，电阻支路的交流分量近似为零，交流电压只加在 C_n 与 C_x 的串联支路上。又由于电容 C 的隔直作用，两只交流电压表的读数 U_n、U_x 分别表示电容 C_n 和 C_x 上交流电压的有效值，即

$$U_n = \frac{I}{\omega C_n}$$

$$U_x = \frac{I}{\omega C_x}$$

式中　I——交流电流分量的有效值；

　　　　ω——交流电源的角频率。

　　将上两式相比，可得

$$C_x = \frac{U_n}{U_x} C_n \tag{3-24}$$

　　测量时，通过调节自耦调压器的输出，读取电压表的读数 U_n 和 U_x 值，然后由式（3-24）求出 C_x 的值。

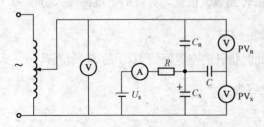

图 3-45　用分压比法测电解电容的接线图

　　值得注意的是电解电容的数值随频率的变化很大，其标称值是指 50Hz 时的电容值，所以测量时电源频率应以 50～100Hz 为宜。

　　这种测量方法简单，但准确度不高。比较精确的测量可以采用电容电桥法测量电解电容，只要在普通的电容电桥的电源支路中串联一直流电源，对被测电解电容施加正向直流偏

置电压，这里就不再详述了。

思 考 题

3-1 用电流表、电压表测量电流、电压时，应如何接线？电表接入电路，对测量结果有什么影响？为了减小测量误差，对它们的内阻有何要求？

3-2 用两只内阻分别为 $200k\Omega$ 和 $2k\Omega$、量程均为 $100V$ 的电压表，分别测量图 3-46 所示电路中电阻两端的电压，试分别计算两只电压表读数、电阻两端的实际电压值和测量结果的相对误差。

3-3 用伏安法测未知电阻的电路如图 3-47 所示。已知电流表读数为 $2mA$，电压表在 $150V$ 量程挡读数为 $100V$，其每伏欧数为 $10k\Omega/V$。试计算：

(1) 测得的电阻值和电阻的实际值；

(2) 由于电压表负载效应引起的相对误差。

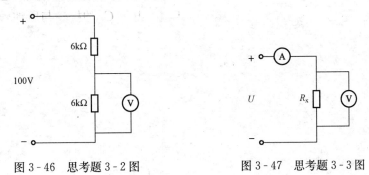

图 3-46 思考题 3-2 图　　　　图 3-47 思考题 3-3 图

3-4 为什么用功率表测量负载功率时，有时还要接入电压表和电流表？

3-5 功率表为什么会发生反转现象？在什么情况下会反转？反转时应如何处理？

3-6 试画出 A、C 两相串功率表的两表法测量三相三线制电路负载有功功率的接线图。并说明测量原理。

3-7 用两表法测量负载为容性的三相三线制对称电路的功率，试画相量图分析：当负载的功率因数角从 $-90°\sim0°$ 变化时，两只功率表读数的变化情况。

3-8 用两表跨相法测量三相三线对称电路的无功功率，若两只功率表的电流线圈分别串入 A、C 两相线路，且知线电压为 $380V$，线电流为 $3A$，负载为容性 $\cos\varphi=0.6$。试画出测量接线图和相量图，并计算两只功率表的读数及三相无功功率。并讨论两只功率表会不会反转？为什么？

3-9 能否用三相四线制有功电能表测量三相三线制电路的有功电能？并说明理由。

3-10 接入二元件三相有功电能表的相序为逆相序（A、C、B），试分析该表的计量是否正确。

3-11 频率、相位和功率因数的测量，除本章介绍的方法外，还有哪些测量方法？

3-12 用伏安法测量阻值为 100Ω 的电阻，若电流表的内阻为 45Ω，电压表的内阻为 $3k\Omega$，试画出测量电路，并说明理由。

3-13 用电压表前接的伏安法测量电阻时，电流表读数为 $2A$，电压表读数为 $60V$。已

知电流表的内阻为 2Ω，试求被测电阻的实际值。

3-14　图 3-48 所示为直流双臂电桥测电阻的接线，请纠正接线错误，并说明理由。

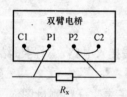

图 3-48　思考题 3-14 图

3-15　测量电阻可以用万用表、绝缘电阻表、单臂电桥、双臂电桥、伏安法等，试述根据电阻的不同，分别选用哪种仪表或方法测量，并举例。

3-16　用万用表测量电阻时，不装电池行吗？测电流、电压时不装电池行吗？能否用万用表的欧姆挡测量电气设备的绝缘电阻？

3-17　用三表法测量空心电感线圈的参数时有两种接线方法，分别适用于哪种情况？

3-18　用三表法测量电感线圈的参数时，三表读数分别为 $P=30\text{W}$，$U=67\text{V}$，$I=1.4\text{A}$，电源频率为 50Hz，试求线圈的电阻 R_x 和电感 L_x。

第四章 电工实验

实验一 电路元器件伏安特性的测量

一、实验目的

(1) 了解线性电阻元件和几种非线性电阻元件的伏安特性。

(2) 学习元器件伏安特性的测试方法，学会用逐点测试法绘制元器件伏安特性曲线。

(3) 熟悉直流仪表及设备的使用方法。

二、实验原理

任何一个二端元器件的伏安特性可用该元器件上的端电压 U 与通过该元器件的电流 I 之间的函数关系 $U=f(I)$ 来表示，即用 $U\text{-}I$ 平面上的一条曲线来表征，这条曲线称为元器件的伏安特性曲线。常见的几种元器件的伏安特性如图 4-1 所示。

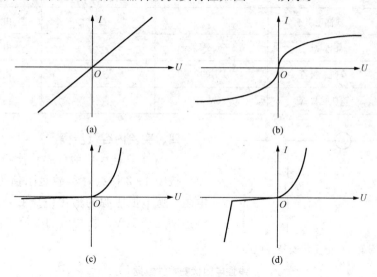

图 4-1 伏安特性曲线

(a) 线性电阻元件；(b) 白炽灯；(c) 普通二极管；(d) 稳压二极管

(1) 线性电阻元件的伏安特性曲线是一条通过坐标原点的直线，如图 4-1 (a) 所示。该直线的斜率只由电阻值 R 决定，其阻值为常数，与元件两端的电压 U 和通过该元件的电流 I 无关。

(2) 白炽灯工作时钨丝处于高温状态，其灯丝电阻随温度的升高而增大，通过白炽灯的电流越大，温度越高，阻值也越大，所以它的伏安特性曲线不是直线，如图 4-1 (b) 所示。

(3) 普通二极管是一个非线性电阻元件，其伏安特性曲线如图 4-1 (c) 所示。正向电压很小时，其正向电流也很小。当正向压降超过某一值时（这个值称为死区电压，一般硅管为 $0.5\sim0.7\text{V}$，锗管为 $0.2\sim0.3\text{V}$），正向电流随电压的增大而急剧增大；反向电压从零开始增加到十几伏至几十伏时，反向电流的增加很小，所以普通二极管具有单向导通性。但反向电压超过某一极限值时，普通二极管将被反向击穿而损坏。

（4）稳压二极管是一种特殊的二极管，其正向特性与普通二极管相似，反向特性却不相同，如图 4-1（d）所示。稳压二极管工作在第四象限，而且工作在击穿区。其特点是当反向电压开始增加时，其反向电流几乎为零，但当反向电压增加到一定值时（这个值为稳压二极管的稳压值），电流将急剧增大，以后其端电压基本维持恒定，不再随外加反向电流的增大而增大。

绘制伏安特性曲线通常采用逐点测试法，即在不同的端电压作用下，测量出相应的电流，然后逐点绘制出伏安特性曲线。

三、实验设备（见表 4-1）

表 4-1 实验一设备

序　号	名　　称	型　号　规　格	数　　量	备　注
1	双路恒压源	0~30V 可调	一台	在主控制屏上
2	直流电压表	数模双显	一块	实验台配置
3	直流电流表	数模双显	一块	实验台配置
4	线性电阻	—	若干	由元件箱提供
5	白炽灯	6.3V	一个	由元件箱提供
6	普通二极管	IN4007	一个	由元件箱提供
7	稳压二极管	2CW51	一个	由元件箱提供

四、实验内容及步骤

1. 测定线性电阻的伏安特性

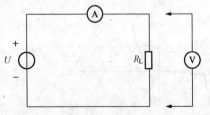

图 4-2 测定线性电阻伏安特性电路

按图 4-2 接线，负载是阻值为 $2k\Omega$ 的线性电阻。调节恒压源的输出电压 U，从 0V 开始缓慢地增加至 10V，将相应的电流表的读数记录在表 4-2 中。

表 4-2 线性电阻伏安特性数据

$U(V)$	0	2	4	6	8	10
$I(mA)$						

2. 测定非线性电阻元件的伏安特性

（1）测定白炽灯泡的伏安特性。将图 4-2 中的电阻 R_L 换成一只 6.3V 的白炽灯泡，重复 1 的步骤，注意电源电压不能超过 6.3V。在表 4-3 中记下相应的电压表和电流表的读数。

表 4-3 非线性白炽灯泡伏安特性数据

$U(V)$	0	1	2	3	4	5	6
$I(mA)$							

（2）测定普通二极管的伏安特性。按图 4-3 接线，普通二极管的型号为 IN4007，R 是

阻值为 200Ω 的限流电阻，由十进制可变电阻箱获得。
测普通二极管的正向特性时，其正向电流不得超过
25mA，普通二极管的正向压降可在 $0\sim0.75V$ 之间
取值，特别是在 $0.5\sim0.75V$ 之间应多取几个测量点；
测反向特性时，将可调稳压电源的输出端正、负极性
互换，调节恒压源输出电压，反向电压可加到 30V。
将相应的电压表和电流表的读数分别记入表4-4和表
4-5中。

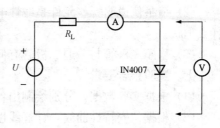

图4-3　测定普通二极管的伏安特性

表4-4　　　　　　　　　　　普通二极管正向特性实验数据

U(V)	0	0.2	0.4	0.45	0.5	0.55	0.60	0.65	0.70	0.75
I(mA)										

表4-5　　　　　　　　　　　普通二极管反向特性实验数据

U(V)	0	-5	-10	-15	-20	-25	-30
I(mA)							

　　（3）测定稳压二极管的伏安特性。将图4-3中的普通二极管换成稳压二极管 2CW51，
测量电压和电流。注意流过稳压二极管的正、反向电流不得超过 $\pm20mA$，将数据分别记入
表4-6和表4-7中。

表4-6　　　　　　　　　　　稳压二极管正向特性实验数据

U(V)	0	0.2	0.3	0.4	0.5	0.55	0.60	0.65	0.70	0.75
I(mA)										

表4-7　　　　　　　　　　　稳压二极管反向特性实验数据

U(V)	0	-1	-1.5	-2	-2.4	-2.6	-3	-3.3	-3.4	-3.5
I(mA)										

　　五、实验注意事项

　　（1）恒压源可通过电压粗调（分段调节）按键和电压微调（连续调节）旋钮调节其输出
电压，并可在显示屏上显示其输出量的大小。通电之前，应使其输出旋钮置于零位，实验时
再缓慢地调节其输出电压的大小。

　　（2）实验过程中，恒压源输出端切勿短路。

　　（3）进行不同的实验时，应先估计电压、电流值的大小，然后再合理选择仪表的量程。
如果量程选得太小，容易损坏仪表；如果选得太大，则容易引起较大的测量误差。

　　（4）改接线路时应注意切断电源。

　　（5）测量二极管正向特性时，限流电阻必须接入，否则将有可能损坏仪器设备。恒压源
的输出电压应由 0V 逐渐增加，并应时刻注意电压表和电流表的读数，特别注意电流表读数
不能超过 25mA。

　　六、思考题

　　（1）什么是线性电阻与非线性电阻？它们的伏安特性有何区别？

(2) 请举例说明哪些元件是线性电阻，哪些元件是非线性电阻，它们的伏安特性曲线是什么形状？

(3) 稳压二极管与普通二极管有何区别？各有何用途？

七、实验报告要求

(1) 根据实验数据，分别绘制出各个元件的伏安特性曲线。

(2) 根据伏安特性曲线，计算线性电阻的电阻值。

(3) 根据实验结果，总结归纳被测元件的特性。

(4) 总结利用逐点测试法绘制曲线的方法。

实验二 滑线变阻器分压与限流特性研究

一、实验目的

(1) 熟悉恒压源、直流电压表、电流表的使用方法。

(2) 了解滑线变阻器的用途，研究滑线变阻器的两种控制作用。

(3) 熟悉滑线变阻器接成分压电路的接线方法及分压原理。

(4) 掌握分压器选择的基本原则。

二、实验原理

滑线变阻器包含两个固定端钮和一个可以来回滑动的滑动触头。改变滑动触头的位置，就可以改变滑线变阻器输出电阻的大小。滑线变阻器在电路中的接线方法不同，可实现不同的控制功能。

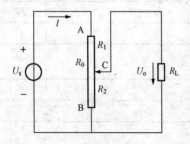

图 4-4 滑线变阻器分压原理图

1. 分压特性

滑线变阻器分压原理如图 4-4 所示。在滑线变阻器的两固定端 A、B 间输入电源电压 U_s，改变滑动触头的位置，那么在滑动端 C 和固定端 B 之间就可输出一组连续可调的电压 U_o，且 U_o 在 $0\sim U_s$ 之间变化，这就是分压电路的原理。

在图 4-4 中，滑动触头将总电阻 R_0 分成 R_1 和 R_2 两部分，R_L 为负载电阻。电路总电阻为

$$R = R_1 + \frac{R_2 R_L}{R_2 + R_L}$$

因此电路总电流 I 为

$$I = \frac{U_s}{R} = \frac{U_s}{R_1 + \dfrac{R_2 R_L}{R_2 + R_L}}$$

负载电阻 R_L 上的压降为

$$U_o = I \frac{R_2 R_L}{R_2 + R_L} = \frac{R_2 R_L U_s}{R_0 R_2 + R_0 R_L - R_2^2} = \frac{\dfrac{R_2}{R_0} \times \dfrac{R_L}{R_0} \times U_s}{\dfrac{R_2}{R_0} + \dfrac{R_L}{R_0} - \left(\dfrac{R_2}{R_0}\right)^2}$$

如果令

$$K = \frac{R_L}{R_0}$$

$$X = \frac{R_2}{R_0}$$

则上式可改写为

$$\frac{U_o}{U_s} = \frac{KX}{K + X - X^2}$$

式中　K——负载电阻 R_L 相对于滑线变阻 R_0 阻值大小的参数；

　　　　X——滑线变阻器电阻 R_0 的滑动触头相对于低电位端的位置参数。

　　由此可见，在给定负载 R_L 和滑线变阻器电阻 R_0 的情况下，即 K 为某一定值时，分压比 U_o/U_s 与滑线变阻器 R_0 滑动触头位置参数 X 有关，它们的函数关系曲线如图 4-5 所示。

　　2. 限流特性

　　滑线变阻器限流原理如图 4-6 所示。当滑动触头的位置发生改变时，电阻 R_1 的阻值发生变化，电路中的总电阻也随着发生改变，从而达到调节电路中电流大小的目的。此时流过负载 R_L 的电流为

$$I = \frac{U_s}{R_1 + R_L}$$

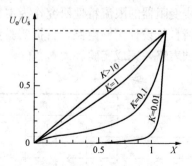

图 4-5　分压特性曲线

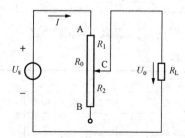

图 4-6　滑线变阻器限流原理图

令　　　　　　$$I_o = \frac{U_s}{R_L}$$

则　　　　　　$$\frac{I}{I_o} = \frac{K}{1 + K - X}$$

　　K、X 定义同前。对于不同的参数 K，电路的限流比 I/I_o 与滑线变阻器 R_0 滑动触头位置参数 X 有关，它们的函数关系曲线如图 4-7 所示。

　　本实验主要讨论滑线变阻器接成分压电路、限流电路时的接线方法，并通过实际测量来检验 U_o/U_s、I/I_o 的函数关系曲线是否与理论曲线相吻合，同时探讨分压电路和限流电路的有关规律。

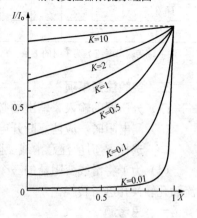

图 4-7　限流特性曲线

三、实验设备（见表 4 - 8）

表 4 - 8   实 验 二 设 备

序　号	名　　称	型　号　规　格	数　量	备　注
1	双路恒压源	0～30V 可调	一台	在主控制屏上
2	直流电压表	数模双显	一块	实验台配置
3	直流电流表	数模双显	一块	实验台配置
4	滑线变阻器	—	一块	—
5	数字万用表	—	一块	—
6	十进制可变电阻箱	—	一只	由元件箱提供

四、实验内容及步骤

（1）用数字万用表测量滑线变阻器的总电阻 R_0。

（2）测定 I_2 及 U_o 的值。

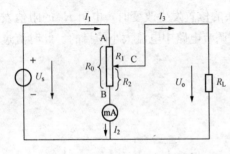

图 4 - 8　分压器原理实验电路

按图 4 - 8 接线，将恒压源的输出电压调至 10V，分别在 $K = R_L/R_0$ 为 5、1 及 0.2 三种情况下，取 $X = R_2/R_0$ 为 0、0.25、0.5、0.75 及 1（用数字万用表测量滑线变阻器的电阻 R_2）时，测量 I_2 及 U_o，并将测得数值记录于表 4 - 9 中。

（3）滑线变阻器的限流特性研究作为本实验的设计部分，请自行设计实验电路，自拟实验步骤及实验数据测试表格，完成实验。

表 4 - 9   实　验　数　据

$K = R_L/R_0$	5					1					0.2				
$X = R_2/R_0$	0	0.25	0.5	0.75	1	0	0.25	0.5	0.75	1	0	0.25	0.5	0.75	1
U_o(V)															
I_2(mA)															
U_o/U_s															
I_2/I_{20}															

注　I_{20} 为输出电流 I_3 为零时的 I_2 值。

五、实验注意事项

（1）分压器的输入、输出端必须选择正确，否则易造成电源短路。

（2）测电阻时，应注意断开电源，且被测电阻必须与电路断开。

（3）选择 R_L 时应注意滑线变阻器的电流不能超过其额定电流，以避免损坏设备。

（4）为了将滑线变阻器的三个端钮接入实验台的直流电路中，需使用实验台上的交、直流插孔转换孔进行转换。

六、思考题

（1）试分析滑线变阻器的用途有几种？请用图配合说明各种用途的接线方式。

（2）滑线变阻器铭牌上都标有电阻值 R 和额定电流值 I_N，试分析 I_N 是根据哪部分电流的大小来决定的?

(3) 在一用作分压器的滑线电阻器的铭牌上标有电阻 220Ω、电流 $1.45A$。试计算在负载电阻 R_L 一定的情况下,输入电压 U_s 取何值该滑线变阻器总是安全的。

(4) 有一滑线变阻器,阻值为 200Ω,额定电流为 $1A$,按图 4-9 接成分压器电路,其中 $U_s = 12V$。当负载电阻 R_L 为零时,滑线变阻器是否会被烧坏?为什么?

(5) 使用分压器时除考虑额定电流值外,还应使输出电压与滑线变阻器的部分电阻呈线性关系。当负载阻值如何选择时,输出电压 U_o 的线性度会比较好?试用直流电路计算方法证明。

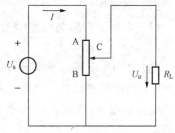

图 4-9 题 (4) 图

七、实验报告要求

(1) 分析总结分压器的额定电流应如何选择。

(2) 令 $K = \dfrac{R_L}{R_0}$,在实验报告中绘制 $U_o/U_s = f(K)$ 及 $I_2/I_{20} = f(K)$ 的曲线,对所得两组曲线加以分析讨论,并由此说明选择分压器时应注意的问题。

(3) 总结分压器选择的原则。

实验三 仪表内阻对测量的影响 (设计型)

一、实验目的

(1) 研究仪表内阻对测量的影响。

(2) 了解测量误差的一般处理方法,学会正确选择合适的电工仪表。

(3) 初步掌握实验电路的设计思想和方法。

二、实验内容及要求

(1) 选择不同内阻的电流表,设计实验电路研究直流电流表内阻对测量的影响。

(2) 选择不同内阻的电压表,设计实验电路研究直流电压表内阻对测量的影响。

(3) 根据实验内容及要求选择合适的实验设备及仪表量程,确定所用电源的大小及电路元件的参数值,拟定实验步骤及实验数据测试表格,并记录测量数据。

三、实验设备 (见表 4-10)

表 4-10   实 验 三 设 备

序 号	名 称	型 号 规 格	数 量	备 注
1	双路恒压源	0~30V 可调	一台	在主控制屏上
2	直流电流表	C_{31}	一块	
3	直流电流表	D_{26}	一块	
4	直流电流表	T_{19}	一块	
5	直流电压表	C_{31}	一块	
6	万用表	MF-30	一块	
7	数字万用表		一块	
8	十进制电阻箱		一只	由元件箱提供

四、实验注意事项

(1) 注意数字万用表的正确使用。

(2) 恒压源的输出端不允许短路。

(3) 换接电流表时应先切断电源。

五、思考题

(1) 电压表内阻与哪些因素有关？如果电压表量程越高，则输入电阻将如何变化？

(2) 一个灵敏度为 $2000\Omega/V$ 的电压表，量程为 25V 及 300V 时内阻各为多大？

(3) 图 4-10 所示的电路中 $R_1 = 2M\Omega$，$R_2 = 5M\Omega$，$U = 15V$，如果将一个量程为 15V、$500\Omega/V$ 的电压表接在 R_2 的两端，则 A 和 B 点间的等效电阻是多少？电压表读数是多少？不接电压表时 R_2 两端的电压是多少？R_1 和 R_2 上的电压测量值总和等于 15V 吗？如果不等为什么？

(4) 电流表内阻的大小与仪表的量程有关系吗？

(5) 用内阻为 1Ω 或 100Ω 的两种电流表分别接入图 4-11 中测量电路中的电流，进行误差分析。

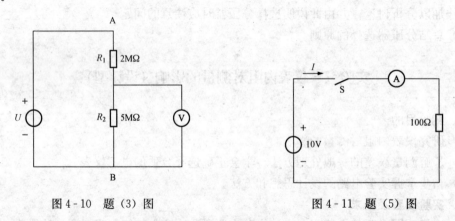

图 4-10 题（3）图   图 4-11 题（5）图

六、实验报告要求

(1) 整理实验数据，对实验数据进行误差分析。

(2) 根据实验数据，分别说明电流表内阻及电压表内阻对测量的影响。

(3) 讨论如何正确选择仪表，才能尽可能减小仪表内阻对测量产生的影响。

(4) 完成思考题。

(5) 总结本次实验的收获和体会。

实验四 电路基本定理的验证

一、实验目的

(1) 验证基尔霍夫定律，理解电路的参考方向，加深对基尔霍夫定律的适用范围和普遍性的认识。

(2) 验证叠加定理和齐次性定理，了解叠加定理的适用场合，加深对线性电路的叠加性和齐次性的认识。

(3) 掌握用电流插头、电流插孔测量各支路电流的方法。

二、实验原理

（一）基尔霍夫定律

1. 基尔霍夫电流定律（KCL）

基尔霍夫电流定律（KCL）指出：在集中参数电路中，任何时刻，对电路中的任一节点，所有支路电流的代数和恒等于 0，即 $\sum i = 0$。

2. 基尔霍夫电压定律（KVL）

基尔霍夫电压定律（KVL）指出：在集中参数电路中，任何时刻，沿任一闭合回路，所有支路电压的代数和恒等于零，即 $\sum u = 0$。

应用基尔霍夫定律时，必须设定电路中元件的电流、电压参考方向。

（二）叠加定理及齐次性定理

1. 叠加定理

叠加定理指出：线性电阻电路中，任一处的电压或电流都是电路中各个独立电源单独作用时，在该处产生的电压或电流的叠加，如图 4-12 所示。

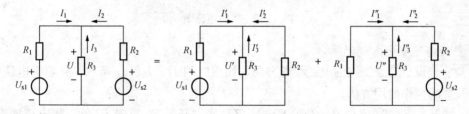

图 4-12 叠加定理原理图

在图 4-12 中，有

$$I_1 = I_1' + I_1'', \quad I_2 = I_2' + I_2'', \quad I_3 = I_3' + I_3'', \quad U = U' + U''$$

应用叠加定理时，应注意各个独立电源单独作用时所得电路各处电流、电压的参考方向应与原电路各电源共同作用时各处所对应的电流、电压的参考方向一致。

2. 齐次性定理

齐次性定理是指当所有激励（电压源和电流源）都同时扩大或缩小 K 倍时，响应分量（电压和电流）也同样扩大或缩小 K 倍。齐次性定理是叠加定理的推广。

叠加性和齐次性都只适用于求解线性电路中的电流、电压。对于非线性电路，叠加性和齐次性都不适用。

三、实验设备（见表 4-11）

表 4-11　　　　　　　　　　　　　实 验 四 设 备

序 号	名 称	型 号 规 格	数 量	备 注
1	双路恒压源	0～30V 可调	一台	在主控制屏上
2	直流电压表	数模双显	一块	实验台配置
3	直流电流表	数模双显	一块	实验台配置
4	电工原理实验箱		一只	与实验台配套
5	直流电流插头		一个	

四、实验内容及步骤

（一）验证基尔霍夫定律

实验电路如图 4 - 13 所示，图中的电压源 U_{s1} 用恒压源 I 路 0～30V 可调电压输出端，并将输出电压调到 10V，U_{s2} 用恒压源 II 路 0～30V 可调电压输出端，并将输出电压调到 5V。

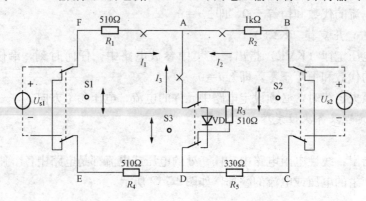

图 4 - 13　实验电路图

1. 验证基尔霍夫电流定律

实验前先设定三条支路的电流参考方向，如图中的 I_1、I_2、I_3 所示，并熟悉电路结构，掌握各开关的操作使用方法。

（1）将开关 S1 投向 U_{s1} 侧，开关 S2 投向 U_{s2} 侧，开关 S3 投向 R_3 侧。将电流插头分别插入 A 节点的三条支路的电流插孔中，读出各个电流值。根据电路中的电流参考方向，确定各支路电流的正、负号，并记入表 4 - 12 中。

（2）开关 S1、S2 的位置保持不变。将开关 S3 投向 VD 侧进行测量，并将测量数据记入表 4 - 13 中。

表 4 - 12　　基尔霍夫电流定律实验数据一

支路电流（mA）	I_1	I_2	I_3
计算值			
测量值			
相对误差			

表 4 - 13　　　基尔霍夫电流定律实验数据二

支路电流（mA）	I_1	I_2	I_3
计算值			
测量值			
相对误差			

2. 验证基尔霍夫电压定律

（1）将开关 S1 投向 U_{s1} 侧，开关 S2 投向 U_{s2} 侧，开关 S3 投向 R_3 侧。用直流电压表分别测量两个电源及各电阻元件上的电压值，将数据记入表 4 - 14 中。测量时电压表的正极接线端应插入被测电压参考方向的高电位端，负极接线端插入被测电压参考方向的低电位端。

表 4 - 14　　　　　　　基尔霍夫电压定律实验数据一

各元件电压（V）	U_{EF}	U_{BC}	U_{FA}	U_{AB}	U_{AD}	U_{DE}	U_{CD}
计算值（V）							
测量值（V）							
相对误差							

（2）开关 S1、S2 的位置保持不变，将开关 S3 投向 VD 侧进行测量，并将测量数据记入表 4-15 中。

表 4-15 基尔霍夫电压定律实验数据二

各元件电压（V）	U_{EF}	U_{BC}	U_{FA}	U_{AB}	U_{AD}	U_{DE}	U_{CD}
计算值（V）							
测量值（V）							
相对误差							

（二）验证叠加定理及齐次性定理

实验电路如图 4-13 所示，将 U_{s1} 调到 10V，U_{s2} 调到 5V，开关 S3 投向 R_3 侧。

（1）U_{s1} 电源单独作用（将开关 S1 投向 U_{s1} 侧，开关 S2 投向短路侧）。

用直流电流表（接电流插头）和直流电压表分别测量各支路电流及各电阻元件两端电压，并将数据记入表 4-16 中。

表 4-16 叠加定理及齐性定理测量数据一

测量参数 实验内容	U_{s1} （V）	U_{s2} （V）	I_1 （mA）	I_2 （mA）	I_3 （mA）	U_{AB} （V）	U_{CD} （V）	U_{AD} （V）	U_{DE} （V）	U_{FA} （V）
U_{s1}单独作用	10	0								
U_{s2}单独作用	0	5								
U_{s1}，U_{s2}共同作用	10	5								
U_{s2}单独作用	0	10								

（2）U_{s2} 电源单独作用（将开关 S1 投向短路侧，开关 S2 投向 U_{s2} 侧）。将测量数据记录在表 4-16 中。

（3）U_{s1} 和 U_{s2} 共同作用时（开关 S1 和 S2 分别投向 U_{s1} 和 U_{s2} 侧）。将测量数据记录在表 4-16 中。

（4）U_{s2} 电源单独作用（将开关 S1 投向短路侧，开关 S2 投向 U_{s2} 侧），将 U_{s2} 的数值调至 10V，将测量数据记录在表 4-16 中并与步骤（2）中的测量数据进行比较，验证齐次性定理。

（5）将开关 S3 投向二极管 VD 侧，即电阻 R_3 换成一只二极管 IN4007，重复步骤（1）～（4）的测量过程，并将数据记入表 4-17 中。

表 4-17 叠加定理及齐性定理测量数据二

测量参数 实验内容	U_{s1} （V）	U_{s2} （V）	I_1 （mA）	I_2 （mA）	I_3 （mA）	U_{AB} （V）	U_{CD} （V）	U_{AD} （V）	U_{DE} （V）	U_{FA} （V）
U_{s1}单独作用	10	0								
U_{s2}单独作用	0	5								
U_{s1}，U_{s2}共同作用	10	5								
U_{s2}单独作用	0	10								

五、实验注意事项

（1）用电流插头测量各支路电流时，应注意电流表的极性及数据表格中"＋、－"号的记录。

（2）电压和电流的测量应分别进行，注意减小电压表及电流表内阻对测量值的影响，同时应注意及时更换仪表的量程。

（3）恒压源两端不允许短路。

（4）电压源单独作用时，去掉另一个电源，只能在实验箱上用开关 S1 或 S2 来控制，而不能直接将电压源短路。

（5）实验所用电流表为数模双显形式。若选择使用指针式电流表进行测量时，要注意连接电流表的电流插头的"＋、－"极性，如果测量时电流表指针反偏，则必须调换电流表极性重新测量，使指针正偏，但读得的电流值必须冠以负号。若选择使用数字电流表进行测量，则直接读数即可。

六、思考题

（1）叠加原理中 U_{s1}，U_{s2} 分别单独作用，在实验中应如何操作？可否将要去掉的电源（U_{s1} 或 U_{s2}）直接短接？

（2）将图 4-13 中的电阻元件 R_3 改为二极管，试问叠加性与齐次性还成立吗？

（3）各电阻元件所消耗的功率能否用叠加原理进行计算？试用实验数据计算，并说明。

（4）总结电路参考方向与实际方向之间的关系。

（5）总结叠加定理及齐性定理适用的条件。

七、实验报告要求

（1）将理论计算值与实际测量值相比较，计算相对误差，并分析产生误差的原因。

（2）根据实验数据，选定实验电路中的任一个节点和任一个闭合回路，验证基尔霍夫电流定律（KCL）及基尔霍夫电压定律（KVL）的正确性。

（3）根据实验数据，验证线性电路的叠加性与齐次性。

（4）回答思考题。

实验五　电源等效变换的研究（设计型）

一、实验目的

（1）加深对电压源和电流源特性的理解。

（2）掌握理想电压源、理想电流源、实际电压源和实际电流源的伏安特性。

（3）掌握电源外特性的测试方法。

（4）掌握实际电源的电压源模型和电流源模型等效变换的条件。

二、实验内容及要求

（1）设计实验电路，测定恒压源的外特性（恒压源可视为是理想电压源）。

（2）设计实验电路，测定实际电压源的外特性。在实验中，可以用一个小阻值的电阻与恒压源相串联来模拟一个实际电压源。

（3）设计实验电路，测定恒流源的外特性（恒流源可视为是理想电流源）。

（4）设计实验电路，测定实际电流源的外特性。在实验中，可以用一大阻值的电阻与恒流源相并联来模拟一个实际电流源。

（5）确定实验方案，设计实验电路，研究实际电源的电压源模型和电流源模型等效变换的条件。

（6）根据实验室提供的仪器设备进行实验电路的设计，确定实验中所用电源的大小及电路中各元件的参数值，选择测量仪表及合适的量程，拟定实验步骤及实验数据表格，并将测量数据填入相应的数据表格内。要求电源外特性的测量不得少于六个测量点。

三、实验设备（见表 4-18）

表 4-18　　　　　　　　　　　　实 验 五 设 备

序　号	名　　称	型 号 规 格	数　量	备　注
1	恒流源	0～200mA 可调	一台	在主控制屏上
2	双路恒压源	0～30V 可调	一台	在主控制屏上
3	直流电压表	数模双显	一块	实验台配置
4	直流电流表	数模双显	一块	实验台配置
5	电　阻	—	若干	由元件箱提供
6	电位器	—	若干	由元件箱提供

四、实验注意事项

（1）在测量电流和电压时，应注意测量仪表的极性，及时更换仪表的量程，勿使仪表超过量程而损坏。

（2）改接线路时，必须关闭电源开关。

（3）实际恒压源在一定的电流输出范围内，具有很小的内阻，因此在实际应用中可将其视为一个理想电压源。

（4）实际恒流源在一定的电压范围内，其输出电流是不变的，因此可将其视为一个理想电压源。

（5）注意恒压源输出端不能短路，恒流源输出端不允许开路。

（6）测量过程中，注意电压和电流的测量不要同时进行，以减小仪表内阻对测量产生的影响。

五、思考题

（1）恒压源的输出端为什么不允许短路？

（2）恒流源的输出端为什么不允许开路？

（3）实际电压源与实际电流源的外特性为什么呈下降变化趋势，下降的快慢受哪个参数影响？

（4）实际电压源与实际电流源等效变换的条件是什么？所谓"等效"是对谁而言？理想电压源与理想电流源能否等效变换？

六、实验报告要求

（1）画出设计电路，写出实验步骤及测试表格，整理实验数据。

（2）根据实验数据绘出实际电压源和实际电流源的外特性曲线。

（3）根据实验结果，验证电源等效变换的条件。

（4）回答思考题。

（5）总结设计实验的心得和体会。

实验六　线性有源单口网络的测量及最大功率传输条件的研究

一、实验目的

（1）验证戴维宁定理，进一步加深对该定理的理解。

（2）学习线性有源单口网络的等效电路参数的测量方法。

（3）理解匹配的概念，掌握最大功率传输的条件。

二、实验原理

1. 戴维宁定理

对于图 4-14（a）所示线性有源单口网络，根据戴维宁定理可以用图 4-14（b）所示的电路来等效。其中，U_{OC} 是图 4-14（a）所示线性有源单口网络端口处的开路电压，R_0 是原单口网络去掉内部独立电源之后，从端口处得到的等效电阻。

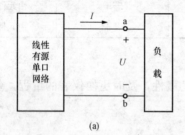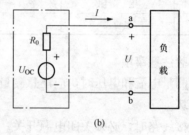

図 4-14　线性有源单口网络的等效

(a) 原电路；(b) 戴维宁等效电路

2. 开路电压的测量方法

（1）直接测量法。将原网络的输出端开路，直接用直流电压表测量即可。

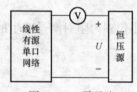

（2）零示法。零示法的测量电路如图 4-15 所示，其原理是用一低内阻的恒压源与被测有源单口网络进行比较，调节恒压源的输出电压，当恒压源的输出电压与有源二端网络的开路电压相等，即电压表的读数为"0"时，将电路断开，测量此时恒压源的输出电压 U，即为被测有源二端网络的开路电压。

图 4-15　零示法

3. 等效电阻 R_0 的测量方法

（1）开路短路法。在线性有源单口网络输出端开路时，用电压表直接测其输出端的开路电压 U_{OC}，然后再将输出端短路，测得短路电流 I_{SC}，则等效电阻为

$$R_0 = \frac{U_{OC}}{I_{SC}}$$

（2）加压求流法。将原网络中的所有独立电源置零，在原网络的端口处施加一已知直流电压 U，测量流入端口的电流 I，则等效电阻 $R_0 = U/I$。

（3）半电压法。如图 4-16 所示，调节负载电阻 R_L 的阻值，当负载电压 U_L 为被测网络开路电压 U_{OC} 的一半时，R_L 的大小（由数字万用表欧姆挡测定）即为被测有源二端网络的等效电阻 R_0 的数值。

4. 最大功率传输条件的研究

负载获得功率的电路图如图 4-17 所示。

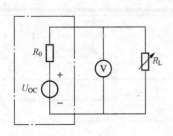

图 4 - 16　半电压法

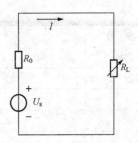

图 4 - 17　负载获得功率的电路图

图 4 - 17 中 U_s 为电源电压，R_0 为电源内阻，R_L 为负载电阻。当满足条件 $R_L = R_0$ 时，负载得到的最大功率为

$$P = P_{max} = \frac{U_s^2}{4R_0}$$

$R_L = R_0$ 称为阻抗匹配。因此，最大功率传输的条件是供电电路必须满足阻抗匹配。

三、实验设备（见表 4 - 19）

表 4 - 19　　　　　　　　　　实 验 六 设 备

序　号	名　　称	型 号 规 格	数　量	备　注
1	恒流源	0～200mA 可调	一台	在主控制屏上
2	双路恒压源	0～30V 可调	一台	在主控制屏上
3	直流电压表	数模双显	一块	实验台配置
4	直流电流表	数模双显	一块	实验台配置
5	电工原理实验箱	—	一只	
6	十进制电阻箱	—	一只	由元件箱提供
7	电　阻	—	若干	由元件箱提供
8	直流电流插头	—	一个	

四、实验内容及步骤

（一）戴维宁定理的验证

实验电路如图 4 - 18 所示，其中恒压源 $U_s = 12V$，恒流源 $I_s = 20mA$，可变电阻 R_L 采用十进制可变电阻箱。

1. 测开路电压 U_{OC} 及短路电流 I_{SC}

（1）断开负载 R_L，用电压表测量开路电压 U_{OC}，将数据记入表 4 - 20 中。将负载 R_L 短路，用电流表测量短路电流 I_{SC}，将数据记入表 4 - 20 中。

（2）利用零示法和半电压法测量开路电压 U_{OC} 和等效电阻 R_0，记入表 4 - 20 中，并取平均值作为戴维宁等效电路的参数。

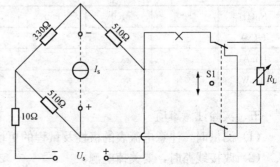

图 4 - 18　戴维宁定理实验图

表 4 - 20　　　　　　　　　　　　测 试 数 据 表

参　数 项　目	U_{OC}(V)	I_{SC}(mA)	R_0 （Ω）
开路短路法			
零示法			
半电压法			
平均值	$\overline{U}_{OC} =$	$\overline{R}_0 =$	

2. 测量线性有源单口网络的外特性

在图 4 - 18 电路中，改变负载电阻 R_L 的阻值，逐点测量对应的电压、电流，将数据记入表 4 - 21 中。

表 4 - 21　　　　　　　　　线性有源单口网络外特性数据

R_L(Ω)	990	900	800	700	600	500	400	300	200	100
U(V)										
I(mA)										

3. 测量戴维宁等效电路的外特性

作出戴维宁等效电路图并按等效电路图重新接线，等效电路图中电压源 U_s 用恒压源的可调稳压输出端，调整到 U_{OC} 数值，内阻 R_0 （取整）选取固定电阻。然后，用电阻箱改变负载电阻 R_L 的阻值，逐点测量对应的电压、电流，将数据记入表 4 - 22 中。

表 4 - 22　　　　　　　线性有源单口网络戴维宁等效电路的外特性数据

R_L(Ω)	990	900	800	700	600	500	400	300	200	100
U(V)										
I(mA)										

（二）最大功率传输条件的研究

按图 4 - 17 所示接线，图中电压源 U_s 用恒压源的可调稳压输出端，调整到 U_{OC} 数值，内阻 R_0 （取整）选取固定电阻。负载电阻 R_L 选用可变电阻箱，从 300～900Ω 改变负载电阻 R_L 的数值，测量对应的电压、电流，将数据记入表 4 - 23 中。

表 4 - 23　　　　　　　　　电路传输功率测试数据

R_L(Ω)	300	400	500	600	700	800	900
U(V)							
I(mA)							
P(mW)							

五、实验注意事项

(1) 测量时，注意电流表的极性及量程的更换。

(2) 改接线路时，要关掉电源。

(3) 注意恒压源输出端不能短路，恒流源输出端不能开路。

六、思考题

（1）试述戴维宁定理。

（2）如何测量线性有源二端网络的开路电压和短路电流？在什么情况下不能直接测量开路电压和短路电流？

（3）比较测量线性有源二端网络开路电压及等效内阻的几种方法的优缺点。

（4）电路传输最大功率的条件是什么？电路传输的功率如何计算？此时电路的效率如何计算？

七、实验报告要求

（1）根据表4-21、表4-22的数据，绘出线性有源二端网络和线性有源二端网络等效电路的外特性曲线。

（2）实验中采用不同测量方法测得的U_{OC}及R_0是否相等？试分析其原因。

（3）根据表4-23的实验数据，计算出对应的负载功率P_L，并画出负载功率P_L随负载电阻R_L变化的曲线，找出电路传输最大功率的条件。

（4）回答思考题。

实验七 受 控 源 的 研 究

一、实验目的

（1）进一步加深对受控源的认识和理解。

（2）熟悉由运算放大器组成受控源电路的方法，了解运算放大器的应用。

（3）测试受控源的外特性及转移参数，掌握受控源特性的测量方法。

二、实验原理

1. 受控源

受控源是一种特殊的"电源"，用来反映电路中某处的电压或电流与另一处的电压或电流的控制与被控制的关系，其电压或电流随网络中另一支路的电压或电流的变化而变化。受控源可分为以下四类，如图4-19所示。

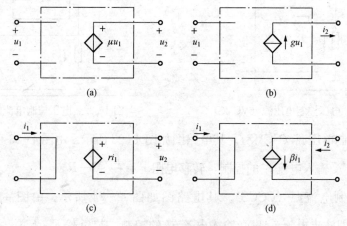

图4-19 受控源

(a) VCVS；(b) VCCS；(c) CCVS；(d) CCCS

μ—转移电压比；g—转移电导；r—转移电阻；β—转移电流比

（1）电压控制电压源（VCVS），如图 4-19（a）所示，其特性为 $u_2 = \mu u_1$；

（2）电压控制电流源（VCCS），如图 4-19（b）所示，其特性为 $i_2 = g u_1$；

（3）电流控制电压源（CCVS），如图 4-19（c）所示，其特性为 $u_2 = r i_1$；

（4）电流控制电流源（CCCS），如图 4-19（d）所示，其特性为 $i_2 = \beta i_1$。

2. 运算放大器

运算放大器的图形符号如图 4-20 所示。运算放大器是一种有源多端元件，有两个输入端，其中"＋"端称为同相输入端，"－"端称为反相输入端，另一个为输出端。

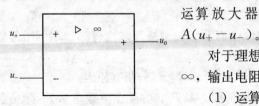

运算放大器电压放大倍数为 A，则输出端电压 $u_o = A(u_+ - u_-)$。

对于理想运算放大器，放大倍数 A 为 ∞，输入电阻为 ∞，输出电阻为零，由此可得出两个特性：

（1）运算放大器的"＋"端与"－"端之间等电位，称为"虚短路"，即 $u_+ = u_-$。

图 4-20 运算放大器的图形符号

（2）运算放大器的输入电流等于零，称为"虚断路"，即 $i_+ = i_- = 0$。

3. 用运算放大器组成的受控源

（1）电压控制电压源（VCVS）。其电路图如图 4-21 所示。由图 4-21 可知，$u_2 = \left(1 + \dfrac{R_2}{R_1}\right) u_1$，可见运算放大器的输出电压 u_2 受输入电压 u_1 控制，转移电压比 $\mu = 1 + \dfrac{R_2}{R_1}$。

（2）电压控制电流源（VCCS）。其电路图如图 4-22 所示。由图 4-22 可知，$i_2 = i_{R1} = \dfrac{u_1}{R_1}$，$i_2$ 只受输入电压 u_1 控制，与负载 R_L 无关（实际上要求 R_L 为有限值），转移电导 $g = \dfrac{i_2}{u_1} = \dfrac{1}{R_1}$。

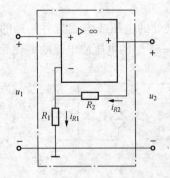

图 4-21 电压控制电压源（VCVS）

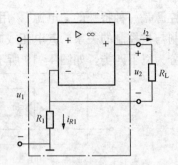

图 4-22 电压控制电流源（VCCS）

（3）电流控制电压源（CCVS）。其电路图如图 4-23 所示。由图 4-23 可知，$u_2 = -R i_1$，可见输出电压 u_2 受输入电流 i_1 的控制，转移电阻 $r = \dfrac{u_2}{i_1} = -R$。

（4）电流控制电流源（CCCS）。其电路图如图 4-24 所示。由图 4-24 可知，$i_2 = -\left(1 + \dfrac{R_1}{R_2}\right) i_1$，即输出电流 i_2 只受输入电流 i_1 的控制，与负载 R_L 无关，转移电流比 $\beta = \dfrac{i_2}{i_1} = -\left(1 + \dfrac{R_1}{R_2}\right)$。

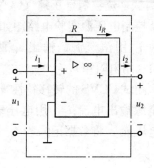

图 4-23 电流控制电压源（CCVS）

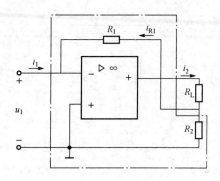

图 4-24 电流控制电流源（CCCS）

三、实验设备（见表 4-24）

表 4-24 实 验 七 设 备

序 号	名 称	型 号 规 格	数 量	备 注
1	恒流源	0～200mA 可调	一台	在主控制屏上
2	双路恒压源	0～30V 可调	一台	在主控制屏上
3	直流电压表	数模双显	一块	实验台配置
4	直流电流表	数模双显	一块	实验台配置
5	十进制电阻箱	—	一只	由元件箱提供
6	电工原理实验箱	—	一只	

四、实验内容及步骤

1. 测试电压控制电流源（VCCS）特性

电压控制电流源实验电路图如图 4-25 所示。图中，u_1 用恒压源的可调电压输出端输出，负载 $R_L = 2k\Omega$（用电阻箱）。

(1) 测试 VCCS 的转移特性 $i_2 = f(u_1)$。调节恒压源输出电压 u_1，用电流表测量对应的输出电流 i_2，将数据记入表 4-25 中。

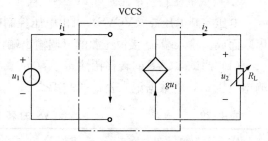

图 4-25 电压控制电流源实验电路图

表 4-25 VCCS 的转移特性数据

u_1(V)	0.5	1	1.5	2	2.5	3	3.5	4	4.5
i_2(mA)									

(2) 测试 VCCS 的负载特性 $i_2 = f(R_L)$。保持 $u_1 = 2V$，改变负载电阻 R_L 的大小，用电流表测量对应的输出电流 i_2，将数据记入表 4-26 中。

表 4-26 VCCS 的 负 载 特 性 数 据

R_L(kΩ)	1	1.5	2	2.5	3	3.5	4	4.5	5
i_2(mA)									

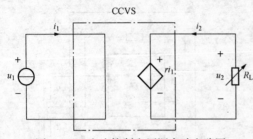

图 4 - 26　电流控制电压源实验电路图

2. 测试电流控制电压源（CCVS）特性

电流控制电压源实验电路图如图 4 - 26 所示，图中 i_1 用恒流源，输出 u_2 两端接负载 $R_L = 2\text{k}\Omega$（用电阻箱）。

（1）测试 CCVS 的转移特性 $u_2 = f(i_1)$。调节恒流源输出电流 i_1，用电压表测量对应的输出电压 u_2，将数据记入表 4 - 27 中。

表 4 - 27　　　　　　　　　　　　　　　CCVS 的 转 移 特 性 数 据

$i_1(\text{mA})$	0	0.05	0.1	0.15	0.2	0.25	0.3	0.4
$u_2(\text{V})$								

（2）测试 CCVS 的负载特性 $u_2 = f(R_L)$。

保持 $i_1 = 0.2\text{mA}$，负载电阻 R_L 用电阻箱，并改变其大小，用电压表测量对应的输出电压 u_2，将数据记入表 4 - 28 中。

表 4 - 28　　　　　　　　　　　　　　　CCVS 的 负 载 特 性 数 据

$R_L(\Omega)$	50	100	150	200	500	1000	2000	6000	8000
$u_2(\text{V})$									

3. 测试电压控制电压源（VCVS）特性

电压控制电压源（VCVS）可由电压控制电流源（VCCS）和电流控制电压源（CCVS）串联而成。输入端 u_1 接恒压源的可调输出端，输出端负载 $R_L = 2\text{k}\Omega$（用电阻箱）。

（1）测试 VCVS 的转移特性 $u_2 = f(u_1)$。调节恒压源输出电压 u_1，用电压表测量对应的输出电压 u_2，将数据记入表 4 - 29 中。

表 4 - 29　　　　　　　　　　　　　　　VCVS 的 转 移 特 性 数 据

$u_1(\text{V})$	1	1.5	2	2.5	3	3.5	4	4.5	5
$u_2(\text{V})$									

（2）测试 VCVS 的负载特性 $u_2 = f(R_L)$。保持 $u_1 = 2\text{V}$，调节可变负载电阻箱 R_L 的大小，用电压表测量对应的输出电压 u_2，将数据记入表 4 - 30 中。

表 4 - 30　　　　　　　　　　　　　　　VCVS 的 负 载 特 性 数 据

$R_L(\Omega)$	50	100	150	200	300	400	500	1000	2000
$u_2(\text{V})$									

4. 测试电流控制电流源（CCCS）特性

电流控制电流源（CCCS）可由电流控制电压源（CCVS）和电压控制电流源（VCCS）串联而成。输入端 i_1 接恒流源，输出端 i_2 接负载 $R_L = 2\text{k}\Omega$（用电阻箱）。

（1）测试 CCCS 的转移特性 $i_2 = f(i_1)$。调节恒流源输出电流 i_1，用电流表测量对应的输出电流 i_2，将数据记入表 4 - 31 中。

表 4 - 31　　　　　　　　　　　　CCCS 的 转 移 特 性 数 据

i_1(mA)	0	0.05	0.1	0.15	0.2	0.25	0.3	0.4
i_2(mA)								

（2）测试 CCCS 的负载特性 $i_2 = f(R_L)$。保持 $i_1 = 0.2\text{mA}$，负载电阻 R_L 用电阻箱，并调节其大小，用电流表测量对应的输出电流 i_2，将数据记入表 4 - 32 中。

表 4 - 32　　　　　　　　　　　　CCCS 的 负 载 特 性 数 据

R_L(Ω)	50	100	150	200	500	1000	2000	6000	8000
i_2(mA)									

五、实验注意事项

（1）实验电路确认无误后，方可接通电源。每次在运算放大器外部换接电路元件时，必须先断开电源。

（2）实验中，运算放大器输出端不能与地端短接，输入端电压不宜过高。

（3）用恒流源供电的实验中，不允许恒流源开路。

六、思考题

（1）什么是受控源？了解四种受控源的缩写、电路模型、控制量与被控量的关系。

（2）受控源与独立源的区别是什么？受控源能否单独作为电路的激励源？

（3）四种受控源中的转移参数 μ、g、r 和 β 的意义是什么？

（4）如何由两个基本的 CCVC 和 VCCS 获得其他两个 CCCS 和 VCVS，它们的输入输出如何连接？

七、实验报告要求

（1）根据实验数据，分别绘出四种受控源的转移特性和负载特性曲线，并求出相应的转移参数 μ、g、r 和 β。

（2）参考实验数据，说明转移参数 μ、g、r 和 β 受电路中哪些参数的影响？如何改变它们的大小？

（3）回答思考题中的（3）、（4）题。

（4）总结对四种受控源的认识和理解。

（5）总结受控源的性质及运算放大器的应用。

实验八　电 阻 的 测 量

一、实验目的

（1）掌握大、中、小电阻的测量方法。

（2）学习直流双臂电桥、直流单臂电桥及绝缘电阻表的使用。

二、实验内容及要求

（1）用直流双臂电桥测量短导线的电阻及电感线圈的直流电阻，并设计一种间接测量小电阻的实验电路。

（2）用数字万用表、直流单臂电桥对照测量十进制电阻箱的五个中值电阻。

（3）用绝缘电阻表测量电缆的绝缘电阻。

（4）根据仪器、仪表使用说明书的要求接线并进行测量。

三、实验设备（见表 4 - 33）

表 4 - 33 实 验 八 设 备

序　号	名　　称	型　号　规　格	数　量	备　　注
1	直流单臂电桥	QJ-23	一台	—
2	直流双臂电桥	QJ-44	一台	—
3	数字万用表	—	一块	—
4	绝缘电阻表	—	一块	—
5	十进制电阻箱	—	一只	由元件箱提供
6	电感线圈	—	一只	—
7	短导线	—	一根	—
8	电缆线	—	一根	—

四、实验注意事项

（1）各种仪器、仪表均应按要求接线并进行测量。

（2）注意掌握各种仪器、仪表的正确使用方法。

五、思考题

（1）电阻是如何分类的？各用什么仪器、仪表测量？

（2）使用数字万用表欧姆挡测电阻时，应该注意些什么？

（3）使用万用表、直流单臂电桥、直流双臂电桥、绝缘电阻表测量电阻时，应该如何操作，还有哪些注意事项？

（4）某同学用 QJ23 型直流单臂电桥测一电阻，所得测量结果为 245.0Ω。另一同学测同一电阻，测量结果为 245Ω。哪一个结果有问题？可能出在什么地方？试加以分析。

（5）试述用绝缘电阻表测量绝缘电阻的过程。

（6）采用什么方法可以减少仪器设备给测量带来的误差？

六、实验报告要求

（1）根据设计要求自拟实验步骤及数据记录表格。

（2）回答思考题。

（3）查找直流电阻其他的测量方法，并进行总结。

实验九　R、L、C元件在交流电路中特性的研究（设计型）

一、实验目的

（1）研究电阻、感抗、容抗与频率的关系，测定它们随频率变化的特性曲线。

（2）了解信号源、交流毫伏表、示波器的工作原理和主要技术性能，学习正确使用信号源、交流毫伏表、示波器的方法。

（3）利用示波器测定 R、L、C 元件的阻抗角频率特性。

二、实验内容及要求

（1）设计一个实验电路，分别测量 R、L、C 元件阻抗的频率特性。其中信号源输出正弦波信号，且在测量过程中应保持信号源输出的有效值保持不变。在 1～5kHz（用频率计测量）之间，取六个频率点用交流毫伏表分别测量各元件电压，计算各频率点的 R、X_L 和 X_C。

（2）用双踪轨迹示波器测量 R、L、C 元件的阻抗角。用双踪轨迹示波器同时观察 U_r（r 为采样电阻）与被测元件两端的电压，测量过程中应保持信号源输出的有效值保持不变。测量正弦波信号一个周期所占格数 n(cm) 和电压与电流的相位差所占格数 m(cm)，计算阻抗角 φ 在 1～5kHz（用频率计测量）之间，取六个频率点进行测量。

（3）自行拟定实验数据记录表格，并将测量数据填入表格中。

三、实验方法提示

（1）为了便于测量 R、L、C 元件的阻抗频率特性，在设计实验电路时应串入测量电流用的采样电阻 r，这样流过被测元件的电流便可由 r 两端的电压 U_r 除以 r 获得，R、X_L 和 X_C 的数值便可以利用被测元件两端电压除以流过被测元件的电流计算得出。

（2）双踪轨迹示波器可以测量 R、L、C 元件的阻抗角。其测量原理可用图 4-27 说明。示波器上同时显示出被测元件两端的电压 u 和流过该元件电流 i 的波形。从荧光屏水平方向上数得一个周期 T 所占的格数 n，相位差 φ 所占的格数 m，则实际的相位差 φ（阻抗角）为

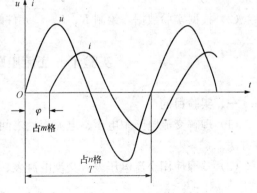

$$\varphi = m \times \frac{360°}{n}$$

将各个不同频率下的阻抗角以频率 f 为横坐标，阻抗角 φ 为纵坐标作图，可以得到阻抗角频率特性曲线。

图 4-27 相位差的观测

四、实验设备（见表 4-34）

表 4-34 实验九设备

序 号	名 称	型 号 规 格	数 量	备 注
1	信号源	含频率计	一台	实验台配置
2	交流毫伏表	—	一块	实验台配置
3	双踪轨迹示波器	GOS-620	一台	—
4	十进制电阻箱	—	一只	由元件箱提供
5	电 阻	—	若干	由元件箱提供
6	电 感	—	若干	由元件箱提供
7	电 容	—	若干	由元件箱提供

五、实验注意事项

(1) 调节各仪器旋钮时，动作不要过猛。实验前须仔细阅读仪器说明书。

(2) 交流毫伏表测量前必须先进行调零。

(3) 实验过程中，信号源输出的正弦波信号的有效值要注意保持不变。

(4) 双踪轨迹示波器应使用双通道模式，将被测元件及采样电阻两端的电压分别接到示波器 CH1 通道和 CH2 通道上，调节示波器有关控制旋钮，使荧光屏上出现两个比例适当且稳定的波形。

(5) 测量元件的阻抗角 φ 时，示波器的"V/cm"和"t/cm"的微调旋钮应旋置"校准位置"。

六、思考题

(1) 测量 R、L、C 元件的阻抗频率特性时，如何测量流过被测元件的电流？为什么要在电路中串联一个采样电阻？

(2) 什么是频率特性？R、L、C 元件的阻抗频率特性有何特点？

(3) 为什么用示波器同时观测 U_r 与被测元件两端电压的波形就可以测得元件的阻抗角？

七、实验报告要求

(1) 根据实验数据，绘制 R、X_L、X_C 与频率关系的特性曲线，并分析它们和频率的关系。

(2) 根据实验数据，绘制 R、L、C 元件的阻抗角频率特性曲线。

实验十　交流电路元件参数的测量

一、实验目的

(1) 理解交流电路中电压、电流相量之间的关系，了解测量正弦交流电路元件参数的几种方法。

(2) 掌握使用交流电压表、交流电流表、功率表（即三表法）测量交流电路元件参数的方法。

(3) 熟悉交流电压表、电流表及自耦调压器等仪器仪表的主要技术特性和使用方法。

(4) 掌握功率表的正确使用方法。

二、实验原理

1. 交流电路元件参数的测量方法

测量交流电路中元件参数的方法通常有三种，即电桥法、谐振法和电表法。其中电表法是先使用电压表、电流表、功率表等表计测量电路相关参数，然后计算出待测元件参数，这种方法属于间接测量法。当工作频率较低时（例如工频），采用电表法较为简便；谐振法适用于高频工作情况下参数的测量；当测量准确度要求较高时，可以采用电桥法进行测量。

2. 三表法测量交流电路元件的参数

在交流电路中，可以用交流电压表、交流电流表及功率表，分别测量出该元件两端的电压 U，流过该元件的电流 I 和该元件所消耗的功率 P，再根据元件在交流电路中的特性，通过计算得到电路元件的参数，这种方法称为三表法。它是测量正弦交流电路参数的基本方法。其测量电路如图 4-28 所示，其中图 4-28 (a) 适用于测量被测阻抗模较大的情况，图

4-28（b）适用于测量被测阻抗模较小的情况。

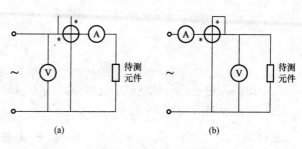

图 4-28　三表法接线图
(a) 电压表前接；(b) 电压表后接

在忽略仪表内阻的情况下，参数的计算公式如下：

电阻元件的电阻为

$$R = \frac{P}{I^2}$$

串联电路复阻抗的模、阻抗角及电抗分别为

$$|Z| = \frac{U}{I}$$

$$\varphi = \arctan \frac{X}{R}$$

$$X = \sqrt{|Z|^2 - R^2}$$

电感元件的感抗及电感分别为

$$X_{\mathrm{L}} = \omega L$$

$$L = \frac{X_{\mathrm{L}}}{2\pi f}$$

电容元件的容抗及电容分别为

$$X_{\mathrm{C}} = \frac{1}{\omega C}$$

$$C = \frac{1}{2\pi f X_{\mathrm{C}}}$$

若考虑仪表内阻，测量结果有误差，在计算时应进行修正。

3. 三电压法测量交流电路元件的参数

用交流电流表和电压表分别测出电路中的电流 I 和电压 U、U_1、U_2，再根据电压相量图计算出元件参数的方法，称为三电压法。图 4-29 是三电压法测量容性负载的电路图。

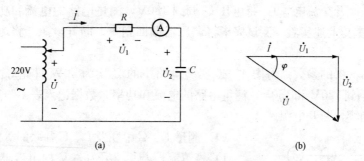

图 4-29　三电压法测量电路图（容性负载）
(a) 测量电路；(b) 相量图

根据相量图，可以计算出 $\cos\varphi$、R 和 C，分别为

$$\cos\varphi = \frac{U_1}{U}$$

$$R = \frac{U_1}{I}$$

$$C = \frac{I}{\omega U_2}$$

三电压法测量感性负载电路中元件参数的方法请自行推导。

三、实验设备（见表 4 - 35）

表 4 - 35　　　　　　　　　　　　实 验 十 设 备

序 号	名 称	型 号 规 格	数 量	备 注
1	三相自耦调压器	—	一台	在主控制屏上
2	交流电压表	—	一块	实验台配置
3	交流电流表	—	一块	实验台配置
4	功率表	—	一块	实验台配置
5	白炽灯	220V、25W	一个	三相交流电路实验箱
6	40W日光灯配用镇流器	—	一只	实验台配置
7	电容器	耐压为630V	若干	由元件箱提供

四、实验内容及步骤

1. 用三表法测量交流电路元件参数

（1）测量白炽灯的电阻。测试电路图如图 4 - 30 所示，图 4 - 30 电路中的 Z 为一个 220V、25W 的白炽灯，用自耦调压器调压，使输出电压 U 为 110V（用交流电压表测量），测量电流和功率，将数据记入表 4 - 36 中。

将电压 U 调到 220V，重复上述实验。测试完毕将调压器调回到零，断开电源。测试数据记入表 4 - 36 中。

（2）测量电容器的容抗。将图 4 - 30 实验电路中的 Z 换为 $4.3\mu F/630V$ 的电容器（注意改接电路时必须断开交流电源），将电压 U 调到 180V，测量电路的电流和功率。再将电压 U 调到 220V，重复上述实验。测试完毕将调压器调回到零，断开电源。将测量结果记入表 4 - 36 中。

（3）测量镇流器的参数。将图 4 - 30 实验电路中的 Z 换为 40W 日光灯配用的镇流器，将电压 U 分别调到 120V 和 150V，测量电路的电流和功率，数据记入表 4 - 36 中。测试完毕将调压器调回到零，断开电源。

（4）测量 L、C 串联及 L、C 并联的等效参数。

1）将镇流器与 $3.2\mu F/630V$ 的电容器串联后接入电路，分别调节输入电压至 150V 和 180V，将电流表和功率表的读数记入表 4 - 36 中。测试完毕将调压器调回到零，断开电源。

2）将两者并联后接入电路，分别调节输入电压至 150V 和 180V，将电流表和功率表的读数记入表 4 - 36 中。

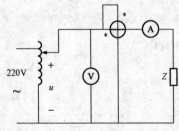

图 4 - 30　三表法测量实验电路图

测试完毕将调压器调回到零，断开电源。

表 4 - 36　　　　　　　　　　　　　　　**测 量 数 据**

被测元件	测 量 值			计算电路等效参数				
	$U(V)$	$I(A)$	$P(W)$	$Z(\Omega)$	$R(\Omega)$	$L(mH)$	$C(\mu F)$	计算平均值
25W 白炽灯	110							
	220							
4.3μF 电容器	180							
	220							
镇流器	120							
	150							
L、C 串联	150							
	180							
L、C 并联	150							
	180							

2. 用三电压法测量交流电路元件参数

测量 R、C 串联电路的参数，实验电路图如图 4 - 29 所示。按表 4 - 37 的测量数据，计算出参数。

表 4 - 37　　　　　　　　　　　　**R、C 串联电路测量数据**

测 量 值				计 算 值		
$I(mA)$	$U(V)$	$U_1(V)$	$U_2(V)$	$\cos\varphi$	$R(\Omega)$	$C(\mu F)$
平均值						

3. 自行设计

用三电压法测量 R、L 串联电路参数的实验电路及测量数据表格，并计算出参数值。

五、实验注意事项

（1）本实验直接用 220V 交流电源供电，实验中要特别注意人身安全，必须严格遵守安全用电操作规程，不可用手直接触摸通电线路的裸露部分，以免触电。必须经指导教师检查后方可通电实验。

（2）注意功率表的正确接线，使用时电压、电流及功率均不能超过其量限。

（3）自耦调压器在接通电源前，应将其手柄置在零位上，输出电压从零开始逐渐升高。每次改接实验线路或实验完毕，都必须先将其旋柄慢慢调回零位后，再断开电源。

六、思考题

（1）在 50Hz 的交流电路中，测得一只空心线圈的 P、I 和 U，如何计算出它的阻值及

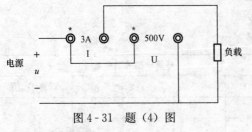

电感量？

（2）如何测量电感的大小？举出几种可行的测量方法，并进行比较。

（3）测量电容有哪些方法？试加以说明。

（4）如何正确连接功率表？图4-31所示的接线方式是否正确？

图4-31　题（4）图

七、实验报告要求

（1）整理实验数据。

（2）回答思考题。

（3）总结功率表与自耦调压器的使用方法。

实验十一　RC选频网络特性测试

一、实验目的

（1）研究 RC 串、并联电路及 RC 双 T 电路的频率特性。

（2）掌握幅频特性和相频特性的测量方法，学会用交流毫伏表和示波器测定 RC 网络的幅频特性和相频特性。

（3）熟悉文氏电桥电路的结构特点及选频特性，加深对常用 RC 网络幅频特性的理解。

二、实验原理

1. 文氏电桥电路

（1）文氏电桥电路的组成。文氏电桥电路是一个 RC 串、并联电路，如图4-32（a）所示。该电路结构简单，具有选择频率的特点，它被广泛地用于 RC 振荡器的选择网络中。

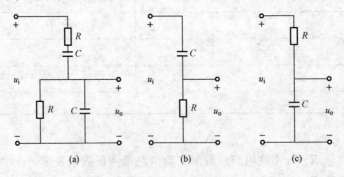

图4-32　文氏电桥电路及低频、高频时的近似等效电路图

当频率较低的情况下，即 $\frac{1}{\omega C} \gg R$ 时，图4-32（a）电路可近似成如图4-32（b）所示的低频等效电路。

当频率较高时，即 $\frac{1}{\omega C} \ll R$ 时，图4-32（a）电路可近似成如图4-32（c）所示的高频等效电路。

（2）文氏电桥电路的频率特性。图4-32所示 RC 串、并联电路的频率特性为

$$H(\mathrm{j}\omega) = \frac{\dot{U}_\text{o}}{\dot{U}_\text{i}} = \frac{1}{3 + \mathrm{j}\left(\omega RC - \dfrac{1}{\omega RC}\right)}$$

其中幅频特性为

$$A(\omega) = \frac{U_\text{o}}{U_\text{i}} = \frac{1}{\sqrt{3^2 + \left(\omega RC - \dfrac{1}{\omega RC}\right)^2}}$$

相频特性为

$$\varphi(\omega) = \varphi_\text{o} - \varphi_\text{i} = -\arctan\frac{\omega RC - \dfrac{1}{\omega RC}}{3}$$

当角频率 $\omega = \dfrac{1}{RC}$ 时，$A(\omega) = \dfrac{1}{3}$，$\varphi(\omega) = 0°$。

当信号频率为 $f_0 = \dfrac{1}{2\pi RC}$ 时，RC 串、并联电路的输出电压 u_o 与输入电压 u_i 同相，其大小是输入电压的 $1/3$，这一特性称为 RC 串、并联电路的选频特性，该电路又称为文氏电桥电路。

文氏电桥电路的幅频特性和相频特性曲线如图 4-33 所示。

2. 文氏电桥电路频率特性的测定

测量频率特性用"逐点描绘法"，图 4-34 是用交流毫伏表和双踪示波器测量 RC 网络频率特性的电路图。

(1) 测量幅频特性。保持信号源输出电压（即 RC 网络输入电压）u_i 恒定，改变频率 f，用交流毫伏表监视 u_i，并测量对应的 RC 网络输出电压 u_o，计算出它们的比值 $A = u_\text{o}/u_\text{i}$，然后逐点描绘出幅频特性。

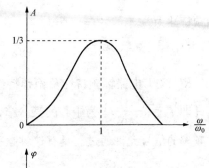
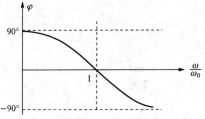

图 4-33 文氏电桥电路的幅频特性和相频特性曲线

(2) 测量相频特性。保持信号源输出电压（即 RC 网络输入电压）u_i 恒定，改变频率 f，用交流毫伏表监视 u_i，用双踪示波器观察 u_o 与 u_i 波形（见图 4-35），若两个波形的延时为 Δt，周期为 T，则它们的相位差 $\varphi = \dfrac{\Delta t}{T} \times 360°$，然后逐点描绘出相频特性。

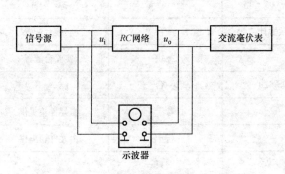

图 4-34 RC 网络频率特性测试电路

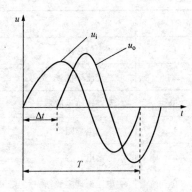

图 4-35 相频特性测试

3. RC 双 T 电路的频率特性

RC 双 T 电路原理图如图 4-36 所示。RC 双 T 网络是一个典型的带阻网络，它的特点是在一个较窄的频率范围内具有显著的带阻特性，网络传递函数为

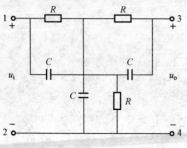

图 4-36　RC 双 T 电路原理图

$$H(j\omega) = \frac{\dot{U}_o}{\dot{U}_i} = \frac{1}{1 + j\dfrac{4\omega RC}{1 - (\omega RC)^2}}$$

当信号频率 $\omega = 1/RC$ 时，幅频特性为

$$A = \frac{1}{\sqrt{1 + \left(\dfrac{4\omega RC}{1 - \omega^2 R^2 C^2}\right)^2}} = 0$$

相频特性为

$$\varphi(\omega) = \arctan\frac{4\omega RC}{(\omega RC)^2 - 1}$$

RC 双 T 电路幅频特性及相频特性如图 4-37 和图 4-38 所示。由图可以看出以 $\omega_0 = \dfrac{1}{RC}\left(即 f_0 = \dfrac{1}{2\pi RC}\right)$ 为中心的某一窄带频率的信号受到阻塞不能通过，ω 大于或小于 ω_0 以外频率的信号允许通过。具有这种频率特性的网络称为带阻网络。

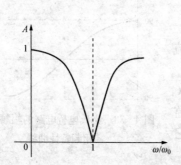

图 4-37　RC 双 T 电路幅频特性

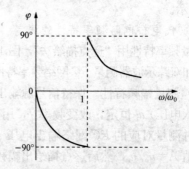

图 4-38　RC 双 T 电路相频特性

三、实验设备（见表 4-38）

表 4-38　　　　　　　　　　　实 验 十 一 设 备

序　号	名　　称	型 号 规 格	数　量	备　注
1	信号源	含频率计	一台	实验台配置
2	交流毫伏表	—	一块	实验台配置
3	双踪轨迹示波器	GOS-620	一台	—
4	电　阻	—	若干	由元件箱提供
5	电　容	—	若干	由元件箱提供
6	电工原理实验箱	—	一只	—

四、实验内容及步骤

1. 测量 RC 串、并联电路的幅频特性

实验电路图如图 4-34 所示。其中 RC 网络按图 4-32（a）接线。图中的参数 $R=2\text{k}\Omega$，$C=0.22\mu\text{F}$，信号源输出正弦波电压作为电路的输入电压 u_i，调节信号源输出电压幅值，使 $U_i=2\text{V}$。

改变信号源正弦波输出电压的频率 f（由频率计读得），并保持 $U_i=2\text{V}$ 不变（用交流毫伏表监视），测量输出电压 u_o（可先测量 $A=\dfrac{1}{3}$ 时的频率 f_0，然后再在 f_0 左右选几个频率点，测量 u_o），将数据记入表 4-39 中。

在图 4-34 的 RC 网络中，选取另一组参数：$R=200\Omega$，$C=2.2\mu\text{F}$，重复上述测量，将数据记入表 4-39 中。

表 4-39　　　　　　　　　　**RC 串、并联电路的幅频特性数据**

$R=2\text{k}\Omega$ $C=0.22\mu\text{F}$	$f(\text{Hz})$							
	$u_o(\text{V})$							
$R=200\Omega$ $C=2.2\mu\text{F}$	$f(\text{Hz})$							
	$u_o(\text{V})$							

2. 测量 RC 串、并联电路的相频特性

实验电路图如图 4-34 所示，保持信号源的输出 $U_i=2\text{V}$ 不变。RC 网络的参数 $R=2\text{k}\Omega$，$C=0.22\mu\text{F}$。将输入、输出信号分别接至示波器 CH1 通道、CH2 通道，改变信号源的频率 f，按实验原理中测量相频特性的说明，测量输入信号和输出信号间的相位差。将实验数据记入表 4-40 中。

选取另一组参数：$R=200\text{k}\Omega$，$C=2.2\mu\text{F}$，重复上述测量，将数据记入表 4-40 中。

表 4-40　　　　　　　　　　**RC 串、并联电路的相频特性数据**

$R=2\text{k}\Omega$ $C=0.22\mu\text{F}$	$f(\text{Hz})$							
	$T(\text{ms})$							
	$\Delta t(\text{ms})$							
	φ							
$R=200\Omega$ $C=2.2\mu\text{F}$	$f(\text{Hz})$							
	$T(\text{ms})$							
	$\Delta t(\text{ms})$							
	φ							

3. 测定 RC 双 T 电路的幅频特性

用同样方法可以测量 RC 双 T 电路的幅频特性。RC 双 T 电路实验电路图如图 4-39 所示。参照实验步骤 1 进行测量，将实验数据记入自拟的数据表格中。

五、实验注意事项

（1）由于信号源内阻的影响，注意在改变输出信号的频率时，应同时调节其输出电压大

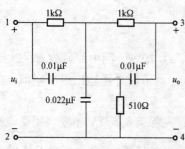

图 4-39 RC 双 T 电路实验电路图

小，保持信号源的输出 $U_i = 2V$ 不变。

（2）测量幅频特性时，须先测出中心频率 f_0，然后在中心频率 f_0 两侧依次选取八个测试点。

六、思考题

（1）根据两组电路参数，估算 RC 串、并联电路在输入电压 u_i 与输出电压 u_0 同相时的电路频率。

（2）推导 RC 串、并联电路的幅频、相频特性的数学表达式。

（3）试定性分析 RC 双 T 电路的幅频特性。

七、实验报告要求

（1）根据表 4-27 和表 4-28 实验数据，绘制 RC 串、并联电路的两组幅频特性和相频特性曲线，找出谐振频率和幅频特性的最大值，并与理论计算值比较。

（2）根据实验三的实验数据，绘制 RC 双 T 电路的幅频特性，并说明幅频特性的特点。

实验十二 日光灯电路及功率因数的提高

一、实验目的

（1）了解日光灯电路的工作原理，学习日光灯的安装接线。

（2）了解提高感性负载功率因数的方法。

（3）进一步加深对交流电路中电压、电流相位关系的理解。

二、实验原理

（一）提高感性负载功率因数的方法

在供电系统中，为了降低输电线路的电压降和功率损耗，提高电源设备的利用率，常常需要提高负载的功率因数。通常提高感性负载功率因数的方法是在负载两端并联适当容量的电容器，其原理图如图 4-40（a）所示。由相量图 4-40（b）可以看出，并联电容器后，由于电容器的电流 $\dot{I}_C$ 在相位上超前电压 90°，与感性负载的无功电流相位相反，抵消了一部分无功电流，从而使总电流 $\dot{I}'$ 比原总电流 $\dot{I}$ 减小，φ' 比 φ 减小，即提高了功率因数。

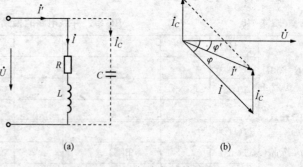

图 4-40 提高功率因数的方法
（a）原理图；（b）相量图

（二）日光灯电路结构及工作原理

1. 日光灯电路的组成

日光灯电路由灯管、镇流器、启辉器等三部分组成。

（1）灯管是一根抽成真空的玻璃管，内壁涂以荧光粉，管内两端各装有灯丝，灯丝的作用是发射电子，管内充有惰性气体氩气和少量汞蒸气。灯管必须在高压下点燃而在低压下工作，可近似认为是电阻负载。

（2）镇流器是一个铁心线圈，它与日光灯的灯丝相串联，是一个电感很大的感性负载，在灯管点燃瞬间产生足够高的电压（自感电动势），帮助灯管点燃。在正常工作时，它对灯管起分压限流作用。

（3）启辉器由一个充有氖气的小玻璃泡（即辉光管）和一个小电容组成。用铝壳封装，其内部结构如图4-41所示。启辉器在电路中起自动开关的作用，电容能减少电极断开时的火花。

2. 日光灯电路的工作原理

日光灯电路的工作原理如图4-42所示。当接通电源后，日光灯尚未工作，电源电压全部加在启辉器上。在辉光管中引起辉光放电，产生大量热量，加热了双金属片，使其膨胀伸展与固定触头接触。一个较大的电流流经镇流器线圈、日光灯灯丝及辉光管。电流通过灯丝，灯丝被加热，并发生大量电子，灯管处于待导电状态。同时，辉光管内两触头接通时接触电压为零，辉光放电停止，不再产生热量，双金属片冷却，两触头分开。在触头分开的瞬间，回路中的电流因突然切断，立即使镇流器两端产生脉冲高电压，此电压与电源电压叠加而作用在灯管两端，使管内电子形成高速电子流撞击气体分子电离而产生弧光放电，日光灯便点燃。点燃后，电路中的电流以灯管为通路，电源电压按一定比例分配于镇流器及灯管上，灯管上的电压（约110V）低于启辉器辉光放电电压（其额定电压为220V），启辉器不再产生辉光放电。启辉器处于断开的状态。此时镇流器起电感器的作用，可以限制和稳定灯管电流。

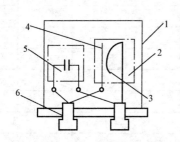

图4-41 启辉器内部结构示意图

1—外壳；2—辉光管；3—双金属片；
4—固定触头；5—电容器；6—插头

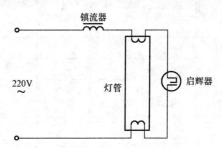

图4-42 日光灯电路的工作原理图

三、实验设备（见表4-41）

表4-41　　　　　　　　　　　实 验 十 二 设 备

序　号	名　　称	型 号 规 格	数　量	备　注
1	三相自耦调压器	—	一台	在主控制屏上
2	交流电压表	—	一块	实验台配置
3	交流电流表	—	一块	实验台配置
4	功率表	—	一块	实验台配置
5	40W日光灯组件	—	一套	在主控制屏上
6	电容器箱	耐压630V	若干	由元件箱提供
7	交流电流插头	—	一个	

四、实验内容及步骤

（1）按图4-43组成实验电路。开关S断开，调节自耦变压器的输出电压为220V，观察日光灯的启动过程。测量总电流 I、有功功率 P、各元件电压、负载电流 I_L 及 $\cos\varphi$，测量结果记入表 4 - 42 中。

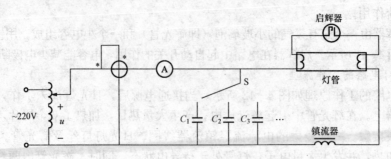

图 4 - 43　日光灯电路实验电路图

（2）保持自耦变压器的输出电压 220V 不变，闭合开关 S 接入电容，从小到大增加电容容量值，测量不同电容值时的总电流 I、有功功率 P、各元件电压及负载电流 I_L、电容器电流 I_C 及 $\cos\varphi$，并记入表 4 - 42 中。

表 4 - 42　　　　　　　　　　提高感性负载功率因数实验数据

$C(\mu F)$	$P(W)$	$U(V)$	$U_C(V)$	$U_L(V)$	$U_D(V)$	$I(A)$	$I_C(A)$	$I_L(A)$	$\cos\varphi$
0									
0.47									
1									
1.47									
2.2									
2.67									
3.2									
3.67									
4.3									
4.77									
5.3									
5.87									
6.5									
7.5									

五、实验注意事项

（1）接好实验电路后，必须经指导教师检查方可通电，务必注意用电安全。

（2）注意日光灯电路的正确接线，镇流器必须和灯管串联，以免烧坏灯管。日光灯不能启辉时，应检查启辉器及其接触是否良好。

（3）本实验使用交流电流插头测量两个支路的电流 I_C 及 I_L，应特别注意将扩展电流插孔正确引入实验电路的方法。

（4）注意功率表的接线方法及自耦调压器的正确使用。测试结束后，应先将调压器旋转手柄旋转至零位，再切断交流电源。

（5）在实验过程中，一直要保持自耦变压器的输出电压为 220V，以便对实验数据进行比较。

六、思考题

（1）负载功率因数较低时对供电系统有何影响？

（2）采用并联电容器提高感性负载的功率因数时，负载上的电流和功率是否改变？为什么通常只把功率因数提高到 0.9 左右，而不是 1？

（3）提高线路功率因数为什么通常采用并联电容器法，而不用串联电容器法？

七、实验报告要求

（1）整理实验数据，计算出日光灯电路并联不同电容时的功率因数。绘制出 $\cos\varphi = f(C)$ 的曲线。

（2）根据三表法原理计算 40W 日光灯的基本参数。

（3）整理实测数据，分析说明日光灯电路并联电容器后，电路中哪些电量变化，哪些电量不发生变化，并说明原因。

（4）回答思考题。

实验十三　RLC 串联谐振电路的研究（设计型）

一、实验目的

（1）观察 RLC 串联电路谐振现象。

（2）理解电路发生串联谐振的条件、特点，掌握电路品质因数的物理意义。

（3）测定 RLC 串联电路在不同品质因数 Q 值下的幅频特性曲线。

（4）提高设计实验的能力。

二、实验内容及要求

（1）设计一个 RLC 串联谐振电路，找出电路的谐振频率 f_0，并观察电路谐振时的现象。

（2）测定 RLC 串联谐振电路的谐振曲线。为了准确方便地绘制谐振曲线，要求利用实验方法确定谐振频率 f_0，在谐振点两侧按频率递增或递减规律改变信号频率，依次各选取六个测量点（注意测试点应选取合理），逐点测出电阻电压 U_R、电感电压 U_L、电容电压 U_C 及回路电流 I。

（3）测定不同品质因数 Q 值下的 RLC 串联电路谐振曲线，并观察其变化情况。测试中保持 L、C 值不变，R 取两个不同数值以改变电路的 Q 值。

（4）根据以上要求，自拟实验步骤及数据测试表格，并将测量数据记入表格中。

三、实验设备（见表 4-43）

表 4-43　　　　　　　　　　实 验 十 三 设 备

序　号	名　　称	型 号 规 格	数　量	备　注
1	信号源	含频率计	一台	在主控制屏上
2	交流毫伏表	—	一块	实验台配置
3	电阻元件	—	若干	由元件箱提供
4	电感元件	—	若干	由元件箱提供
5	电容元件	—	若干	由元件箱提供

四、实验注意事项

（1）测试中选择信号源输出正弦波信号。每次改变信号源频率后，应注意调整信号源输出电压，使其输出电压维持在 2V 不变。

（2）测试频率点的选择应在靠近谐振频率附近多取几点，要注意选点的疏密程度应得当。

（3）在测量 U_L 和 U_C 数值前，应增大交流毫伏表的量限，而且在测量 U_L 与和 U_C 时，注意信号源与测量仪表（交流毫伏表）公共地线的接法，毫伏表的"＋"端接在电感与电容的公共点上。

（4）注意信号源和交流毫伏表的正确使用。

五、思考题

（1）在串联谐振电路中，已知信号源的输出电压为 3V，$L=10\text{mH}$，$C=0.2\mu\text{F}$，十进制电阻箱取 $R=51\Omega$。计算谐振频率 f_0 和电流 I_0，并验证电阻箱是否安全（电阻箱额定功率为 0.2W）。若信号源的输出电压增大为 5V，结果又会怎样？

（2）在实验中，可以用哪些方法判断电路已处于谐振状态？测试谐振点的方法有哪些？

（3）改变电路的哪些参数可以使电路发生谐振，电路中 R 的数值是否影响谐振频率？

（4）当 RLC 串联电路发生谐振时，电感两端的电压 U_L 会大于信号源输入电压吗？为什么？

（5）电路谐振时，电阻电压 U_R 与输入电压 U 是否相等？U_L 和 U_C 是否相等？试分析原因。

（6）要提高 RLC 串联电路的品质因数，电路参数应如何改变？

六、实验报告要求

（1）根据实验测量数据，在同一坐标中绘出不同 Q 值时的电流幅频特性曲线。

（2）根据实验测量数据，计算出电路 Q 值，并说明不同 Q 值对谐振曲线的影响。

（3）若以 $\eta=\dfrac{\omega}{\omega_0}$ 为横坐标，I/I_0 为纵坐标所作出的一条曲线，称为串联谐振电路通用曲线。其中 $I_0=\dfrac{U}{R}$ 为电路谐振时的电流值，η 称为相对角频率，它表示了角频率 ω 偏离谐振角频率 ω_0 的程度；$I(\eta)/I_0$ 称为相对抑制比，它表示了电路对非谐振电流的抑制能力。

对实验测量数据进行处理，绘出不同 Q 值下的 $\dfrac{I}{I_0}$-η 通用谐振曲线。

（4）总结 RLC 串联谐振电路的主要特点。

实验十四　互感电路的测试

一、实验目的

（1）学会测定互感线圈同名端、互感系数以及耦合系数的方法。

（2）理解两个线圈的相对位置及不同导磁材料对互感系数的影响。

二、实验原理

一个线圈因另一个线圈中的电流变化而产生感应电动势的现象称为互感现象，这两个线圈称为互感线圈，用互感系数（简称互感）M 来衡量互感线圈的这种性能。互感的大小除了与两线圈的几何尺寸、形状、匝数及导磁材料的导磁性能有关外，还与两线圈的相对位置有关。

1. 判断互感线圈同名端的方法

图 4-44 为具有磁耦合的两线圈。根据同名端的定义，当两个线圈的电流分别从端钮 a 和 c 流进时，如果每个线圈的自感磁通和互感磁通的方向一致，磁通相助，则端钮 a、c 就称为同名端。同名端与线圈的绕向有关。判别耦合线圈的同名端在理论分析和工程实际中都具有很重要的意义，可以采用实验的方法进行同名端的判断。

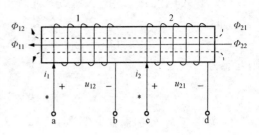

图 4-44 互感线圈的同名端

（1）直流法。如图 4-45 所示，将一个线圈通过开关与直流电源相串联，把直流毫安表接到另一个线圈上。在开关 S 闭合瞬间，有随时间增大的电流从电源正极流入与之串联的线圈，如果毫安表指针正偏，则 1、3 为同名端；若毫安表指针反偏，则 1、4 为同名端。

（2）交流法。如图 4-46 所示，将两个线圈 N1 和 N2 的任意两端（如 2、4 端）连在一起，在其中的一个线圈（如 N1）两端加一个交流低电压，另一线圈（如 N2）开路。用交流电压表分别测出端电压 U_{13}、U_{12} 和 U_{34}，若 U_{13} 是两个绕组端电压 U_{12} 与 U_{34} 之差，则 1、3 是同名端；若 U_{13} 是两线圈端电压之和，则 1、4 是同名端。

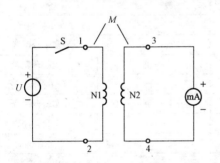

图 4-45 直流法判断同名端电路

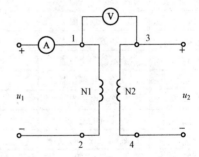

图 4-46 交流法判断同名端电路

（3）等效电感法。设两个耦合线圈的自感分别为 L_1 和 L_2，互感为 M。若将两个线圈顺接（即两个线圈的异名端相连），其等效电感为 $L_{eq} = L_1 + L_2 + 2M$；若将两个线圈反接（即两个线圈的同名端相连），其等效电感为 $L'_{eq} = L_1 + L_2 - 2M$。

如果两个线圈顺接与反接时施加相同的交流电压，则顺接时的电流小，反接时的电流大。同理，若流过相同的电流，则顺接时端口电压高，反接时端口电压低。据此可以判断两线圈的同名端。

2. 两线圈互感 M 的测定

互感 M 有两种测量方法，下面分别予以介绍。

（1）互感电动势法。在图 4-46 电路中，互感线圈的 N1 侧施加低压交流电压 U_1，线圈的 N2 侧开路。测出 I_1 及线圈的 N2 侧开路电压 U_{20}。根据互感电动势 $E_{2M} \approx U_{20} = \omega I_1 M$，可以推导出互感 M 等于

$$M = \frac{U_{20}}{\omega I_1}$$

(2) 等效电感法。用三表法分别测出两个耦合线圈顺接和反接的等效电感 L_{eq} 和 L'_{eq}，即

$$L_{\mathrm{eq}} = L_1 + L_2 + 2M, \quad L'_{\mathrm{eq}} = L_1 + L_2 - 2M$$

则互感为

$$M = \frac{L_{\mathrm{eq}} - L'_{\mathrm{eq}}}{4}$$

3. 耦合系数 K 的测定

两个互感线圈的耦合程度可用耦合系数 K 来表示，其表达式为

$$K = M / \sqrt{L_1 L_2}$$

式中　L_1——N1 线圈的自感系数；

L_2——N2 线圈的自感系数。

它的测定原理如图 4-46 所示，先在 N1 侧加低压交流电压 U_1，测出 N2 侧开路时的电流 I_1；然后再在 N2 侧加电压 U_2，测出 N1 侧开路时的电流 I_2，根据自感电动势 $E_L \approx U = \omega L I$，可分别求出自感 L_1 和 L_2。若已知互感 M，便可计算出 K 值。

三、实验设备（见表 4-44）

表 4-44　　　　　　　　　　　实　验　十　四　设　备

序　号	名　称	型　号　规　格	数　量	备　注
1	双路恒压源	0～30V	一台	在主控制屏上
2	直流数字电压表	0～200V	一块	实验台配置
3	直流数字毫安表	0～200mA	一块	实验台配置
4	交流三相调压器	—	一台	在主控制屏上
5	交流电压表	—	一块	实验台配置
6	交流电流表	—	一块	实验台配置
7	互感线圈、铁棒、铝棒	—	—	—
8	电　阻	510Ω/8W	—	由元件箱提供
9	发光二极管	—	—	由元件箱提供

四、实验内容及步骤

1. 测定互感线圈的同名端

(1) 直流法。实验电路图如图 4-47 所示，R 为 510Ω/8W 线绕电阻。将线圈 N1、N2 同心式套在一起，并放入铁心。将直流恒压源输出 U 调至 5V，N2 侧直接接入 2mA 量程的毫安表。将铁心迅速地拔出和插入，通过观察毫安表正、负读数的变化，来判定 N1 和 N2 两个线圈的同名端。

(2) 交流法。实验电路图如图 4-48 所示，将小线圈 N2 套在线圈 N1 中，并在两线圈中插入铁心，将端子 2、4 连接。由于加在 N1 上的

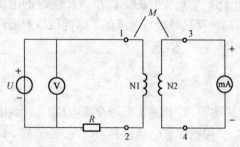

图 4-47　直流法测互感线圈的同名端

电压很低（仅 2V 左右），直接用控制屏内调压器很难调节，因此电路中串入变压器 T 来扩展调压器的调节范围。图中 W、N 为主屏上的自耦调压器的输出端，T 为 220/36V 变压器，将 T 的高压端接自耦调压器的输出，低压端串联电流表后接至线圈 N1。

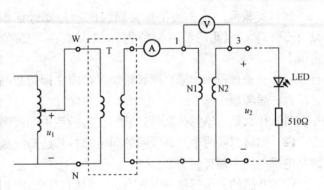

图 4-48　交流法测定互感线圈的同名端

接通电源前，应首先检查自耦调压器是否调至零位，确认后方可接通交流电源，令变压器 T 输出一个很低的电压（2V 左右），使流过电流表的电流小于 1.5A，然后用交流电压表测量 U_{13}，U_{12}，U_{34}，判定同名端。

拆去 2、4 连线，并将 2、3 相接，重复上述步骤，判定同名端。

2. 测定两线圈的互感 M

在图 4-48 电路中（去掉 1、3 端子间的电压表），将互感线圈的 N2 侧开路，N1 侧施加 2V 左右的交流电压 U_1，测出并记录 U_1、I_1 及 N2 侧的开路电压 U_{20}。将测试数据记入表 4-45 中。

3. 测定两线圈的耦合系数 K

在图 4-48 所示电路中（去掉 1、3 端子间的电压表），N1 开路，互感线圈的 N2 侧施加 2V 左右的交流电压 U_2，测出并记录 U_2、I_2 及 N1 侧的开路电压 U_{10}。将测试数据记入表 4-45 中。

表 4-45　　　　　　　　　测 量 数 据 表 格

电压、电流测量值			计 算 值		
U_1(V)	I_1(A)	U_{20}(V)	L_1	互感 M	耦合系数 K
电压加在 N1 侧					
U_{10}(V)	I_2(A)	U_2(V)	L_2	互感 M	
电压加在 N2 侧					

4. 研究影响互感大小的因素

在图 4-48 电路中，线圈 N1 侧加 2V 左右交流电压，N2 侧接入发光二极管 LED 与 510Ω 电阻串联的支路。

（1）将铁心慢慢地从两线圈中抽出和插入，观察 LED 亮度及各表读数的变化，记录变化现象。

（2）将两线圈改为并排放置，并改变其间距，观察 LED 亮度及各表读数的变化，记录变化现象。

（3）改用铝棒替代铁棒，重复步骤（1）、（2），观察 LED 亮度及各表读数的变化，记录变化现象。

五、实验注意事项

（1）整个实验过程中，注意流过线圈 N1 的电流不超过 1.5A，流过线圈 N2 的电流不得超过 1A。

（2）测定同名端及其他实验中，都应将小线圈 N2 套在大线圈 N1 中，并行插入铁心。

（3）实验前，首先要检查自耦调压器，要保证手柄置在零位，因实验时所加的电压只有 2～3V，因此调节时要特别仔细、小心，要随时观察电流表的读数，不得超过规定值。

（4）实验过程中如果出现异常情况，应立即切断电源。

六、思考题

（1）什么是自感？什么是互感？在实验室中如何测定？

（2）如何判断两个互感线圈的同名端？若已知线圈的自感和互感，两个互感线圈相串联的总电感与同名端有何关系？

（3）互感的大小与哪些因素有关？它们如何影响互感的大小？

七、实验报告要求

（1）总结测定互感线圈同名端的方法。

（2）本实验用直流法判断同名端是通过插、拔铁心时观察毫安表的正、负读数变化来确定的，说明其原理。

（3）回答思考题。

实验十五　三相电路电压、电流的测量

一、实验目的

（1）熟悉三相交流电路三相负载星形连接和三角形连接的方式。

（2）验证星形电路和三角形电路的线电压与相电压，线电流与相电流之间的关系。

（3）观察三相四线制供电系统中线的作用。

（4）了解三相交流电源电压相序，学习其测定方法。

二、实验原理

1. 三相负载及连接

三相负载可分为对称三相负载和不对称三相负载。三相电源向负载供电时，三相负载有星形（又称"Y"形）或三角形（又称"△"形）两种连线方式，如图 4-49 所示。

本实验主要研究三相对称电源，电阻性负载作星形、三角形连接时，电路在多种工作状态下的电压和电流关系。

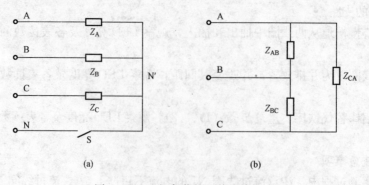

图 4-49　三相负载的两种连接方式

（a）星形连接；（b）三角形连接

（1）星形连接时的三相负载。当三相对称负载作星形连接时，线电压 U_L 等于相电压 U_{ph} 的 $\sqrt{3}$ 倍，线电流 I_L 等于相电流 I_{ph}，即

$$U_L = \sqrt{3}U_{ph}$$
$$I_L = I_{ph}$$

流过中线的电流 $I_N = 0$，负载中性点 N' 的电位与电源中性点 N 的电位相等，即 $U_{NN'} = 0$，所以就对称负载而言，中线不起作用，可以去掉。

对于三相不对称星形连接的负载，线电压 U_L 与相电压 U_{ph} 之间不存在 $\sqrt{3}$ 倍关系，其关系为

$$\dot{U}_{AB} = \dot{U}_A - \dot{U}_B$$
$$\dot{U}_{BC} = \dot{U}_B - \dot{U}_C$$
$$\dot{U}_{CA} = \dot{U}_C - \dot{U}_A$$

负载中性点 N' 的电位与电源中性点 N 的电位不相等，即 $U_{NN'} \neq 0$。

三相不对称负载作"Y"连接时，必须采用"Y_N"接法，中线必须连接牢固。若中线断开，三相负载电压不对称，导致负载轻的那一相的相电压过高，使负载遭受损坏，负载重的一相相电压又过低，使负载不能正常工作。

（2）三角形连接时的三相负载。当三相对称负载作三角形连接时，线电压 U_L 等于相电压 U_{ph}，线电流 I_L 等于相电流 I_{ph} 的 $\sqrt{3}$ 倍，即

$$U_L = U_{ph}$$
$$I_L = \sqrt{3}I_{ph}$$

对于三相不对称三角形连接的负载，线电流 I_L 与相电流 I_{ph} 不存在 $\sqrt{3}$ 倍的关系，其关系为

$$\dot{I}_{AB} = \dot{I}_A - \dot{I}_B$$
$$\dot{I}_{BC} = \dot{I}_B - \dot{I}_C$$
$$\dot{I}_{CA} = \dot{I}_C - \dot{I}_A$$

线电压与相电压关系为

$$U_L = U_{ph}$$

当不对称负载作三角形连接时，只要电源的线电压 U_L 对称，则加在三相负载上的电压仍是对称的，对各相负载工作没有影响。

2. 相序的测定

三相电源的相序表明了三相正弦交流电压到达最大值的先后次序。图 4-50 所示为相序指示电路，用以测定三相交流电路中电源电压的相序。该电路由一个电容器和两个功率相等的白炽灯组成星形不对称三相负载。如果电容器接在 A 相，则亮度较大的白炽灯为 B 相，亮度较暗的白炽灯为 C 相（相序是相对的，任何一相均可作为 A 相，但 A 相确定之后，B 相和 C 相也随之确定了）。其原理分析从略。

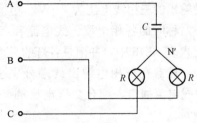

图 4-50　测定相序的实验电路图

三、实验设备（见表 4 - 46）

表 4 - 46 　　　　　　　　　　　　实 验 十 五 设 备

序　号	名　称	型 号 规 格	数　量	备　注
1	三相自耦调压器	—	一台	在主控制屏上
2	交流电压表	—	一块	实验台配置
3	交流电流表	—	一块	实验台配置
4	三相白炽灯组	—	一	由元件箱提供
5	交流电流插头	—	一个	—

四、实验内容及步骤

1. 三相负载为星形连接

按图 4 - 51 所示将白炽灯组连接成星形负载，并接至三相电源。旋转三相调压器的旋转手柄，调节调压器的输出，使输出的三相线电压为 220V。

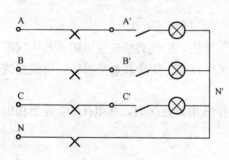

图 4 - 51　负载星形连接实验电路

（1）在有中线的情况下（即三相四线制），测量三相负载对称和不对称时的各相电流、中线电流，并测量负载各线电压、相电压和电源中性点 N 到负载中性点 N′ 的电压 $U_{NN'}$，将数据记入表 4 - 46 中，并观察各灯亮暗程度是否一致，注意观察中线的作用。

（2）在无中线的情况下（即三相三线制），测量三相负载对称和不对称时的各相电流，各线电压、相电压和 $U_{NN'}$，将数据记入表 4 - 47 中。

表 4 - 47 　　　　　　　　　　　负载为星形连接时的实验数据

中线连接	每相灯组数			线电压（V）			相电压（V）			相电流（A）			中线电流 I_0（A）	中性点间电压 $U_{NN'}$（V）	亮度观察
	A相	B相	C相	$U_{A'B'}$	$U_{B'C'}$	$U_{C'A'}$	$U_{A'N'}$	$U_{B'N'}$	$U_{C'N'}$	I_A	I_B	I_C			
有	1	1	1												
	1	2	1												
	1	断	2												
无	1	1	1												
	1	2	1												
	1	断	1												

2. 三相负载为三角形连接

按图 4 - 52 改接线路，将白炽灯组连接成三角形，并接至三相电源。调节三相调压器的输出电压，使输出的三相线电压为 220V。测量三相负载对称和不对称时的各相电流、线电流和各相电压，将数据记入表 4 - 48 中，并记录各灯的亮度。

注意在三相电源出线端分别引入 A 线、B 线、C 线电流插口，配合交流电流插头实现对线电流的测量。

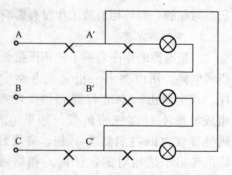

图 4 - 52　负载三角形连接实验电路

表 4 - 48　　　　　　　　　　　负载为三角形连接时的实验数据

每相灯组数			相电压（V）			线电流（A）			相电流（A）			观察亮度
A−B	B−C	C−A	$U_{A'B'}$	$U_{B'C'}$	$U_{C'A'}$	I_A	I_B	I_C	$I_{A'B'}$	$I_{B'C'}$	$I_{C'A'}$	
1	1	1										
1	2	1										

3. 三相交流电源电压相序的测定

（1）按图 4 - 50 所示接线。其中一相负载为 $4.7\mu F/630V$ 电容器，另两相负载分别为 25W 白炽灯。合上三相电源后，观察两只白炽灯的亮度，判断三相交流电源电压的相序。

（2）断开三相交流电源，将三相交流电源的任意两相电源线对调，负载保持不变。然后合上三相电源，观察两只白炽灯的亮度，判断三相交流电源电压的相序。

五、实验注意事项

（1）本实验采用输出可调的三相交流电源，经调压器输出线电压为 220V。实验时要注意人身安全，不可触及导电部件，防止意外事故发生。

（2）每次接线完毕，同组同学应自查一遍，确认正确无误后由指导教师检查后方可接通电源。实验中必须严格遵守"先接线、后通电"，"先断电、后拆线"的安全实验操作规则。

（3）接通三相交流电源之前，三相调压器的旋转手柄必须在 0V 的位置，通电后缓慢地将调压器手柄沿顺时针方向旋转，调节输出电压至所需电压值。实验完毕时应注意先将调压器的旋转手柄转回 0V 的位置，再切断三相电源。

（4）实验中若出现异常现象，应立即切断电源，找出故障原因，排除故障后方可继续实验。

六、思考题

（1）本次实验中为什么要通过三相调压器将线电压调节为 220V 的使用？

（2）当负载为星形连接时，$U_L = \sqrt{3}U_{ph}$ 在什么条件下成立？当三角形连接时，$I_L = \sqrt{3}I_{ph}$ 在什么条件下成立？

（3）分析三相不对称星形连接负载在无中线情况下，当某相负载开路或短路时会出现什么情况？如果接上中线，情况又如何？

（4）在三相交流电源电压相序的测定电路中，设电容的容抗与白炽灯的电阻相等，且均为 R，试分析其原理。

（5）说明在三相四线制供电系统中中线的作用。中线上能安装熔断器吗？为什么？

七、实验报告要求

（1）根据实验数据，总结三相对称负载为星形连接时的线电压与相电压、线电流与相电流之间的关系。

（2）根据实验数据，总结三相对称负载为三角形连接时的线电压与相电压、线电流与相电流之间的关系。

（3）用实验数据和观察到的现象，总结三相四线制供电系统中中线的作用。

（4）不对称负载作三角形连接时，能否正常工作？实验能否证明这一点？根据不对称负载为三角形连接时的实验数据，画出各相电压、相电流和线电流的相量图，并验证实验数据的正确性。

实验十六　三相电路功率的测量

一、实验目的
（1）了解三相电路有功功率的测量方法。
（2）掌握两表法测量三相电路有功功率的方法。
（3）学习使用一表法测量对称三相电路无功功率的方法。

二、实验原理
在电力系统中，需要对系统中用电设备消耗的有功功率和无功功率进行测量。由于绝大多数的用电设备采用三相电源供电，因此对三相功率的测量就显得非常重要。

由于三相电路连接方式、负载对称情况不同，功率的测量方法也不尽相同。

1. 测量三相负载的有功功率

根据三相负载连接方式及对称情况的不同三相负载的有功功率可以采用一表法、两表法和三表法来测量。

（1）三表法。其电路图如图 4 - 53 所示。对于三相四线制供电的星形三相不对称负

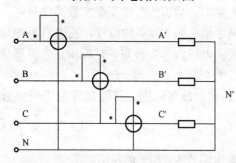

图 4 - 53　三表法测量三相有功功率

载（即 YN 接法），可用三只有功功率表分别测量各相负载的有功功率 P_A、P_B、P_C，则三相负载的总有功功率为三只有功功率表读数之和，即

$$\sum P = P_A + P_B + P_C$$

（2）一表法。对于星形连接的三相对称负载，显然有 $P_A = P_B = P_C$，若用一只单相有功功率表测量 A 相的有功功率为 P_A，则三相总有功功率等于单相有功功率的 3 倍，即

$$P = 3P_A$$

（3）两表法。三相三线制供电系统中，不论三相负载是否对称，也不论负载是星形接法还是三角形接法，都可按图 4 - 54 所示的电路采用两只有功功率表测量三相负载的总有功功率。若两只有功功率表的读数为 P_1、P_2，可以证明三相电路负载总有功功率 P 等于两只有功功率表读数 P_1 和 P_2 的代数和，即

$$P = P_1 + P_2$$

采用两表法测量三相电路负载总有功功率时，功率表的连接特点为：两只功率表的电流线圈分别串接于任意两相相线中，其极性端（I_*）接在靠近电源侧；而电压线圈的极性端（U_*）各自接在电流线圈的极性端（I_*）上，电压线圈的非极性端必须同时接在没有接入功率表的第三相相线上。

2. 测量三相对称负载的无功功率

对于三相三线制对称负载，可用一只功率表测得三相负载的总无功功率 Q。其测试电路图如图 4 - 55 所示。

图中功率表测量的是 A 相电流与 B、C 相的电压，功率表的读数为

$$P_A = U_{BC} I_A \cos(90° - \varphi_A) = \sqrt{3} U_A I_A \sin\varphi_A$$

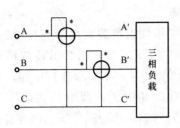

图 4 - 54　两表法测量三相有功功率

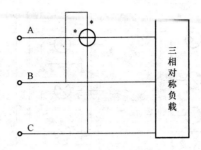

图 4 - 55　三相对称负载的无功功率测量

在三相电路中，三相对称负载无功功率的定义为

$$Q = 3U_A I_A \sin\varphi_A$$

因此有

$$Q = \sqrt{3}P_A$$

即对称三相负载总的无功功率为图示功率表读数的$\sqrt{3}$倍。

三、实验设备（见表 4 - 49）

表 4 - 49　　　　　　　实 验 十 六 设 备

序　号	名　　称	型 号 规 格	数　量	备　注
1	三相自耦调压器	—	一台	在主控制屏上
2	交流电压表	—	一块	实验台配置
3	交流电流表	—	一块	实验台配置
4	三相白炽灯组	220V，25W	一套	由实验箱提供
5	功率表	—	两块	实验台配置
6	电容器	2.2μF，4.3μF	各三只	由实验箱提供

四、实验内容及步骤

1. 测量三相四线制供电系统中星形负载（即 YN 接法）的三相有功功率

（1）用一表法测量三相对称负载的有功功率。其实验电路图如图 4 - 56 所示。检查接线无误后，接通三相电源开关，将调压器的输出由 0V 调到 220V（线电压），按表 4 - 50 的要求进行测量及计算，将数据记入表中。

（2）用三表法测量不对称三相负载功率。本实验用一只功率表接入电路分别测量每相功率，将数据记入表4 - 50 中。

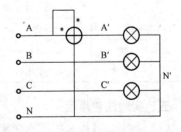

图 4 - 56　一表法测量三相有功功率

表 4 - 50　　　　　　三相四线制负载星形连接实验数据

负载情况	开 灯 盏 数			测 量 数 据			计算值
	A相	B相	C相	P_A(W)	P_B(W)	P_C(W)	$\sum P$(W)
YN 接对称负载	1	1	1				
YN 接不对称负载	1	2	1				

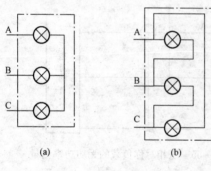

图 4-57　三相灯组负载接法

(a) 三相负载为星形接法；
(b) 三相负载为三角形接法

2. 用两表法测量三相三线制供电系统中三相负载的有功功率

（1）测量三相灯组负载为星形连接时的功率。如图 4-57（a）所示，将三相灯组负载接成星形后，再按实验电路图 4-54 所示连接电路，检查接线无误后，接通三相电源，调节三相调压器的输出，使线电压为 220V，按表 4-51 的内容进行测量计算，并将数据记入表中。

（2）测量三相灯组负载为三角形连接时的功率。如图 4-57（b）所示，将三相灯组负载改成三角形接法，按实验电路图 4-54 所示连接电路，用两表法分别测量三相负载对称和不对称两种情况下的功率，数据记入表 4-51 中。

表 4-51　　　　　三相三线制三相负载有功功率实验数据

负 载 情 况	开 灯 盏 数			测 量 数 据		计算值
	A 相	B 相	C 相	P_1(W)	P_2(W)	$\sum P$(W)
星形接法对称负载	1	1	1			
星形接法不对称负载	1	2	1			
三角形接法对称负载	1	1	1			
三角形接法不对称负载	1	2	1			

3. 一表法测量三相对称负载的无功功率

按图 4-55 所示电路接线，每相负载均由电容器组成，并由开关控制其接入。检查接线无误后，接通三相电源，将调压器的输出线电压调到 220V，读取功率表的读数，并计算三相无功功率，记入表 4-52 中。

表 4-52　　　　　　无功功率测量数据

三 相 负 载 情 况			测量值	计算值
A 相负载	B 相负载	C 相负载	P_A(W)	$Q=\sqrt{3}P_A$(var)
2.2μF 电容	2.2μF 电容	2.2μF 电容		
4.3μF 电容	4.3μF 电容	4.3μF 电容		

五、实验注意事项

（1）本实验直接采用三相交流电源，实验过程中应特别注意用电安全。

（2）每次实验完毕，均需将三相调压器旋钮调回零位。如要改变接线，均需重新接通三相电源，以确保人身安全。

（3）接通三相交流电源之前，三相调压器的旋转手柄必须在 0V 的位置，通电后缓慢地将调压器手柄沿顺时针方向旋转，调节输出电压至所需电压值。实验完毕时应注意先将调压器的旋转手柄转回 0V 的位置，再切断三相电源。

（4）实验中若出现异常现象，应立即切断电源，找出故障原因，排除故障后方可继续实验。

（5）三相交流电源必须与三相灯组负载箱要求的电压等级相配合。

六、思考题

（1）说明两表法测量三相电路有功功率的原理。画出两表法另外两种接线方法的电路图。

（2）说明一表法测量三相对称负载无功功率的原理。画出另外两种接线方法的电路图。

（3）如何用两只功率表测量三相对称负载的无功功率？画出接线图并加以分析。

七、实验报告要求

（1）整理实验数据和结果。

（2）总结三表法和两表法测量三相电路有功功率的适用范围。

（3）总结、分析三相电路有功功率和无功功率的测量原理及电路特点。

实验十七 单相电能表的校验

一、实验目的

（1）了解单相交流电能表的结构及工作原理。

（2）掌握电能表的接线方法。

（3）学会测定电能表的技术参数和基本的校验方法。

二、实验原理

1. 电能表的校验

感应系电能表主要用于测量交流电路中的电能，其具体结构和原理见第一章。按照国家相应的检验制度和规程，新制造的电能表及运行使用中的电能表都应进行校验。电能表的校验就是对电能表是否合格作出鉴定。通过校验如果发现电能表的某些特性达不到规定的要求，就应利用电能表的调整装置进行调整，使其合乎标准要求。

在一般性校验中，一个重要项目就是测定电能表的基本误差。瓦秒法是常用的测定误差的方法，其原理是用一只标准功率表（瓦特表）检测电路的功率并使之保持不变，再用一只标准计时器测量时间 t，然后可确定误差为

$$\gamma = \frac{W - Pt}{Pt} \times 100\%$$

式中 W——被校验电能表的指示值。

本实验中用瓦秒法校验电能表的常数。

2. 电能表的技术指标

（1）电能表常数。电能表铝盘的转数 N 与负载消耗的电能 W 成正比，即

$$C = \frac{1}{K} = \frac{N}{W}$$

电能表常数 C 表示 1kW·h 的电能所对应的铝盘转过的转数，一般在电能表表面上标明，其单位是 r/(kW·h)。例如"1950r/(kW·h)"表示每度电所对应的铝盘转数为 1950r/min。

（2）电能表灵敏度。在额定电压、额定频率及负载功率因数为 1 的条件下，把负载电流从零增大到铝盘开始转动时的最小电流值 I_{min} 与额定电流 I_N 的百分比，称为电能表的灵敏度，表示为

$$S = \frac{I_{\min}}{I_N} \times 100\%$$

式中　I_N——电能表的额定电流。

（3）电能表的潜动。当负载电流等于零时，电能表仍出现缓慢转动的现象称为潜动。检定电能表的潜动时，先切断电能表的电流回路，当调节调压器的输出电压为电能表额定电压的 110% 时，观察铝盘的转动是否超过一周。凡超过一周者，判为潜动不合格的电能表。

三、实验设备（见表 4 - 53）

表 4 - 53　　　　　　　　　　　　　　实 验 十 七 设 备

序　号	名　　称	型 号 规 格	数　量	备　注
1	功率表	—	一块	实验台配置
2	交流电压表	—	一块	实验台配置
3	交流电流表	—	一块	实验台配置
4	单相电能表	—	一块	
5	白炽灯	—	若干	由实验箱提供
6	三相调压器	—	一台	在主控制屏上
7	秒表	—	一块	
8	电位器	10kΩ/3W	一块	由实验箱提供

四、实验内容及步骤

1. 记录被校验电能表的额定数据和技术指标

额定电流 I_N =　　　额定电压 U_N =　　　电能表常数 C =

2. 用功率表、秒表法校验电能表常数

按图 4 - 58 接线，电能表的接线与功率表的相同，其电流线圈与负载串联，电压线圈与负载并联。线路经指导教师检查后，接通电源，将调压器的输出电压调到 220V，按表 4 - 53

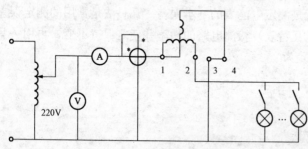

图 4 - 58　电能表的检定

的要求接通灯组负载，用秒表定时记录电能表铝盘的转数，并记录各表的读数。为了数圈数的准确起见，可将电能表铝盘上的一小段红色标记刚出现（或刚结束）时作为秒表计时的开始。此外，为了能记录整数转数，可先预订好转数，待电能表铝盘刚转完此转数时，作为秒表测定时间的终点，将所有数据记入表 4 - 54 中。

表 4 - 54　　　　　　　　　　校验电能表准确度数据

负载情况 （40W白炽灯只数）	测　量　值					计　算　值			
	U(V)	I(A)	P(W)	时间（s）	转数 N	实测电能 W(kW·h)	计算电能 W(kW·h)	$\Delta W/W$	电能表 常数 C
6									
8									

为了准确和熟悉起见，可重复多做几次。

3. 检查灵敏度

电能表铝盘刚开始转动的电流往往很小，通常只有 $0.5\%I_N$，将图 4-58 的灯组负载拆除，换接一个高阻抗的可变电阻器电阻（10kΩ/3W 电位器），调节其阻值，记下使电能表铝盘刚开始转动的最小电流值 I_{min}，然后通过计算求出电能表的灵敏度。请同学们自行估算其误差。

作此实验前应使电能表转盘的着色标记处于可看见的位置。由于负载很小，转盘的转动很缓慢，必须细心观察。

4. 检查电能表潜动是否合格

将图 4-58 中的负载切断，即断开电能表的电流线圈回路，调节调压器的输出电压为额定电压的 110%（即 242V），仔细观察电能表的铝盘是否有转动，一般允许有缓慢的转动，但应在不超过一转的任一点上停止，这样，电能表的潜动为合格，反之则不合格。

五、实验注意事项

（1）实验时，同组同学要密切配合，秒表定时，读取转数步调要一致，以确保测量的准确性。

（2）注意功率表和电能表的接线。

（3）实验中用到 220V 交流电源，操作时应注意安全。凡需改动接线，必须切断电源，接好线后，经指导教师检查无误后才能通电。

六、思考题

（1）查找有关资料，了解电能表的基本结构、工作原理。

（2）怎样将单相电能表接入实际电路？有哪些错误的接法，会造成什么样的后果？

（3）了解电能表的基本技术指标和基本的检定方法。

七、实验报告要求

（1）整理实验数据，计算出电能表的各项技术指标。

（2）对被校电能表的各项技术指标作出评价。

实验十八　一阶 RC 电路暂态过程的研究

一、实验目的

（1）研究一阶 RC 电路的零状态响应、零输入响应的基本规律和特点。

（2）学习用示波器观察一阶电路响应和测量时间常数的方法。

（3）了解电路参数对时间常数的影响，理解时间常数 τ 与响应变化速度的关系。

（4）建立有关微分电路和积分电路的基本概念，了解微分电路和积分电路的特点。

二、实验原理

1. 一阶 RC 电路的响应

如果电路中的储能元件只有一个独立的电容或一个独立的电感，则相应微分方程是一阶微分方程，称为一阶电路。一阶电路通常由一个动态元件电感 L 或电容 C 和若干个电阻元件构成，如图 4-59 所示。

（1）一阶 RC 电路的零状态响应。在图 4-59 中，当开关 S 在位置 1 时，$u_C=0$，电容上初始储能为零。当开关由

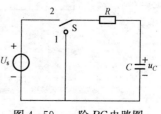

图 4-59　一阶 RC 电路图

位置 1 投向位置 2 时，直流电源通过电阻 R 向电容 C 充电，此时电路的响应为零状态响应。电容上的电压为

$$u_C(t) = U_s - U_s e^{-\frac{t}{\tau}} = U_s(1 - e^{-\frac{t}{\tau}})$$

$u_C(t)$ 变化曲线如图 4-60 所示，将 u_C 上升到 $0.632U_s$ 所需要的时间称为时间常数 τ，且 $\tau = RC$。

（2）一阶 RC 电路的零输入响应。在图 4-59 中，当开关 S 在位置 2 且电路达到稳定时，$u_C = U_s$，当开关由位置 2 投向位置 1 时，电容 C 通过电阻 R 放电，此时电路的响应为零输入响应，电容上的电压为

$$u_C(t) = U_s e^{-\frac{t}{\tau}}$$

$u_C(t)$ 变化曲线如图 4-61 所示，将 u_C 下降到 $0.368U_s$ 所需要的时间称为时间常数 τ，同理 $\tau = RC$。

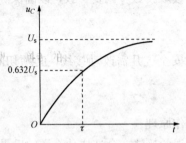 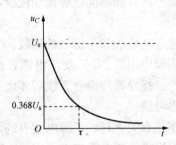

图 4-60　零状态响应 $u_C(t)$ 变化曲线　　　　图 4-61　零输入响应 $u_C(t)$ 变化曲线

（3）一阶 RC 电路的方波响应。由于动态网络的过渡过程是十分短暂的单次变化过程，对于时间常数 τ 较大的电路，可以使用慢扫描长余辉示波器来观察光点移动的轨迹。但为了能用普通的示波器观察过渡过程和测量有关的参数，需使这种单次变化的过程重复出现。由于方波电压信号可看成是由定时开关控制接通和关断的直流信号，只要方波的周期足够长，在方波作用期间或在方波间隙期间内，电路的暂态过程基本结束（只需 $T/2 > 5\tau$）。也就是说，只要方波的周期 T 远大于电路的时间常数 τ，则在方波电压的前半周期（$0 \sim T/2$）内，电路的响应为零状态响应；在方波电压的后半个周期（$T/2 \sim T$）内，电路的响应为零输入响应，并可在示波器的荧光屏上形成稳定的响应波形，如图 4-62（b）所示。

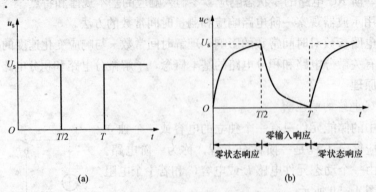

图 4-62　方波信号激励下的一阶 RC 电路的响应

（a）激励信号；（b）响应曲线

2. 一阶 RC 电路时间常数 τ 的测量

如图 4 - 63 所示，在示波器荧光屏上显示的电容 C 充电曲线上，记录幅值上升到终值的 63.2%所对应的 A 点的横坐标在 t 轴上所占格数为 n，此时 t 轴时基 t/div 挡位数值为 D_{X}，则该电路的时间常数 $\tau = n \times D_{\mathrm{X}}$。

3. 微分电路和积分电路

一阶 RC 电路在不同激励条件下，当电路的元件参数和输入信号的周期之间存在某种特定的关系时，即可构成简单的微分电路和积分电路。这两种电路均起着波形转换的作用。它们是一阶 RC 电路的两种典型情况。

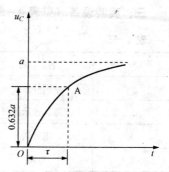

图 4 - 63 测量一阶 RC 电路
时间常数 τ

（1）在方波信号的激励下，当满足 $\tau = RC \leqslant T/2$，且响应为 u_R 时，响应和激励之间呈微分关系，$u_R \approx RC \dfrac{\mathrm{d}u_i}{\mathrm{d}t}$，即构成图 4 - 64 所示的微分电路。微分电路的输入、输出波形如图 4 - 65 所示。

从图 4 - 65 中可以看到，利用微分电路可以实现从方波到尖脉冲波形的转换，改变 τ 的大小可以改变脉冲宽度。

（2）当满足 $\tau = RC \geqslant T/2$，且响应为 u_C 时，响应和激励之间呈积分关系，$u_C \approx \dfrac{1}{RC}\int u_i \mathrm{d}t$，即构成图 4 - 66 所示的积分电路。积分电路的输入、输出波形如图 4 - 67 所示。可见，利用积分电路可以实现从方波到三角波波形的转变。

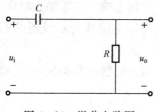

图 4 - 64 微分电路图

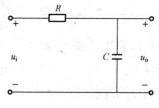

图 4 - 66 积分电路图

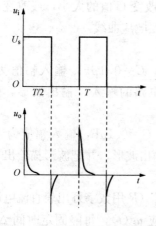

图 4 - 65 RC 微分电路波形图

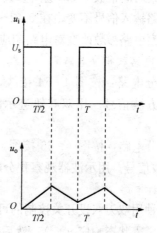

图 4 - 67 RC 积分电路波形图

三、实验设备（见表 4 - 55）

表 4 - 55   实 验 十 八 设 备

序　号	名　　称	型 号 规 格	数　量	备　注
1	信号源	含频率计	一台	实验台配置
2	双踪轨迹示波器	GOS-620	一台	—
3	电容器	—	若干	由元件箱提供
4	电阻	—	若干	由元件箱提供

四、实验内容及步骤

一阶 RC 电路实验电路图如图 4 - 68 所示，图中电阻 R、电容 C 从元件箱上选取。

1. 调节实验所需的方波信号

将信号源的"波形选择"开关置于"方波信号"位置上，调节信号源的调节旋钮（包括"频段选择"开关、频率粗调和频率细调旋钮）使其输出频率为 1kHz 的方波信号。将信号源输出端通过专用电缆线与示波器的 CH1 通道相连接，用双踪轨迹示波器测量方波信号的幅值为 4V，观察并描绘电路激励信号（方波）的波形。

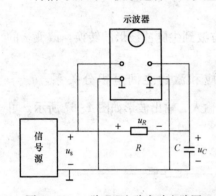

图 4 - 68 一阶 RC 电路实验电路图

2. 测量一阶 RC 电路的响应

按照图 4 - 68 连接实验电路，测量一阶 RC 电路在不同时间常数时的零状态响应和零输入响应。将电路的输出相应信号通过专用电缆线与示波器的 CH2 通道相连接。

（1）选择 R、C 元件，令 $R = 10\text{k}\Omega$，$C = 0.01\mu\text{F}$，用示波器观察激励 u_s 与响应 u_C 变化规律，描绘响应的波形 $u_\text{C}(t)$。

（2）测量并记录时间常数 τ，并与理论值进行比较。

（3）观察时间常数 τ（即电路参数 R、C）对暂态过程的影响。

保持电路输入信号不变，在 $0.01 \sim 0.1\mu\text{F}$ 范围内改变 C 值的大小，或改变 R 的阻值大小，定性观察电路参数改变对电路响应的影响，并描绘响应曲线。

3. 微分电路和积分电路

（1）微分电路：按图 4 - 64 接线，令 $R = 100\Omega$，$C = 0.1\mu\text{F}$，输入幅值为 4V、频率为 1kHz 的方波信号。用双踪轨迹示波器观察微分电路的输入、输出波形，并把波形描绘出来。

（2）积分电路：按图 4 - 66 接线，令 $R = 10\text{k}\Omega$，$C = 0.1\mu\text{F}$，输入幅值为 4V、频率为 1kHz 的方波信号。用示波器观察积分电路的输入、输出波形，并把波形描绘出来。

*4. 设计电路

设计一种用双刀双投开关控制的可以充放电的 RC（R 用数字万用表直流电压挡的内阻）电路。先测定零状态响应 $u_\text{C}(t)$，然后测定零输入响应 $u_\text{C}(t)$，每隔固定时间 Δt 记录一次，每组数据至少测试三次，取算术平均值。自拟实验步骤和记录表格。（选做）

五、实验注意事项

（1）调节仪器各旋钮时，动作不要过猛。实验前，需熟读双踪轨迹示波器的使用说明，特别是观察双踪轨迹示波器时，要特别注意开关、旋钮的操作与调节。

（2）调节双踪轨迹示波器时，要注意触发源开关和触发电平调节旋钮的配合使用，使显示波形稳定。

（3）信号源的接地端与双踪轨迹示波器的接地端要连在一起（称共地），以防外界干扰而影响测量的准确性。

六、思考题

（1）用普通示波器观察一阶 RC 电路零输入响应和零状态响应时，为什么激励必须是方波信号？

（2）已知一阶 RC 电路的 $R=20\text{k}\Omega$，$C=0.5\mu\text{F}$，试计算时间常数 τ，并根据 τ 值的物理意义，拟定测量 τ 的方案。

（3）在一阶 RC 电路中，当 R、C 的大小变化时，对电路的响应有何影响？

（4）何谓积分电路和微分电路，它们必须具备什么条件？它们在方波激励下，其输出信号波形的变化规律如何？这两种电路有何功能？

七、实验报告要求

（1）根据实验观测结果，绘出一阶 RC 电路充、放电时 u_C 与激励信号对应的变化曲线，由曲线测得 τ 值，并与理论计算结果作比较，分析误差原因。

（2）根据实验观测结果，归纳、总结积分电路、微分电路形成的条件。

（3）回答思考题。

实验十九　二阶电路动态过程的研究

一、实验目的

（1）观察二阶动态电路的过渡过程。

（2）研究电路参数对二阶动态电路响应的影响。

（3）学习二阶电路衰减系数、振荡频率的测量方法。

二、实验原理

可用二阶微分方程来描述的电路称为二阶电路。简单而典型的二阶电路是 RLC 串联电路和 RLC 并联电路，本实验仅对 RLC 并联电路进行研究。

1. 响应性质

图 4-69 所示为 RLC 并联电路。在图 4-69（a）中，动态元件的储能为零，开关于 $t=0$ 时闭合，闭合后电路的响应为零状态响应。在图 4-69（b）中，动态元件的储能不为零，开关于 $t=0$ 时断开，断开后电路的响应为零输入响应。

对于上述 RLC 并联电路，无论是零输入响应，还是零状态响应，根据电路理论可知，改变电路参数 R、L 或 C，

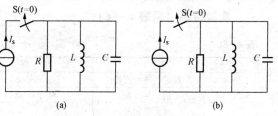

图 4-69　RLC 并联电路

(a) 零状态响应；(b) 零输入响应

电路过渡过程的性质将会有以下三种：

(1) 若 $\dfrac{1}{2RC} > \dfrac{1}{\sqrt{LC}}$，则电路过渡过程的性质为过阻尼的非振荡过程。

(2) 若 $\dfrac{1}{2RC} = \dfrac{1}{\sqrt{LC}}$，则电路过渡过程的性质为临界阻尼过程。

(3) 若 $\dfrac{1}{2RC} < \dfrac{1}{\sqrt{LC}}$，则电路过渡过程的性质为欠阻尼振荡过程。

2. 零状态响应与零输入响应的实现

过渡过程一般是短暂的一次过程，如用普通电子示波器来观察过渡过程，就应使过渡过程周期性地重复出现，因此可采用周期性的方波脉冲（见图 4-70）作为激励电源。只要方波电压的半个周期 $T/2$ 远大于电路过渡过程持续的时间，那么，在方波电压的前半个周期（$0\sim T/2$）内，就相当于电路的零状态响应；在方波电压的后半个周期（$T/2-T$）内，就相当于电路的零输入响应。

3. 衰减系数与振荡频率的测量

欠阻尼响应的衰减振荡角频率 ω_d 和衰减系数 δ 的测定如图 4-71 所示。

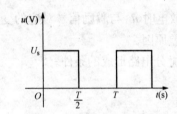

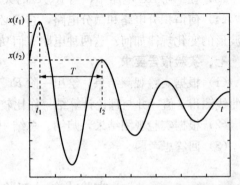

图 4-70　方波电压信号　　　　图 4-71　欠阻尼响应的振荡周期和衰减系数的测定

设在 t_1 和 t_2 时刻响应 $x(t)$ 出现两个相邻的极大值 $x(t_1)$ 与 $x(t_2)$，则振荡角频率为

$$\omega_d = \frac{2\pi}{T} = \frac{2\pi}{t_2 - t_1}$$

由于

$$x(t_1) = Ae^{-\delta t_1}, \quad x(t_2) = Ae^{-\delta t_2}$$

所以有

$$\frac{x(t_1)}{x(t_2)} = e^{-\delta(t_1 - t_2)} = e^{\delta(t_2 - t_1)}$$

因此衰减系数为

$$\delta = \frac{1}{T}\ln\frac{x(t_1)}{x(t_2)}$$

式中　T——振荡周期。

三、实验设备（见表 4-56）

表 4-56　　　　　　　　　　实验十九设备

序　号	名　称	型号规格	数　量	备　注
1	双踪轨迹示波器	GOS-620	一台	—
2	信号源	频率可调	一台	实验台配置
3	可变电阻箱	—	二台	—
4	可变电容箱	—	一台	—
5	可变电感箱	—	一台	—

四、实验内容及步骤

二阶电路实验电路图如图 4-72 所示。图中 $R_1=10k\Omega$，$L=15mH$，$C=0.01\mu F$，R_2 为 10kΩ 可调电阻。激励端接最大值 $U_m=2V$，$f=1kHz$ 的方波脉冲信号，并同时用同轴电缆将激励信号和响应信号接至双踪示波器的 Y_A 和 Y_B 两个输入口。

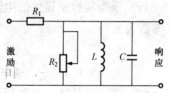

图 4-72　二阶电路实验电路图

（1）调节可变电阻器 R_2，观察二阶电路的零输入响应和零状态响应由过阻尼过渡到临界阻尼，最后过渡到欠阻尼的变化过程，分别定性描绘响应的变化波形。

（2）调节 R_2 使示波器荧光屏上呈现稳定的欠阻尼响应波形，定量测定此时电路的衰减系数 δ 和振荡角频率 ω_d，并将数据记入表 4-57 中。

（3）改变电路参数，按表 4-57 中的数据重复步骤（2）的测量，仔细观察改变电路参数时 δ 与 ω_d 的变化趋势，并将数据记入表 4-57 中。

表 4-57　　　　　　　　　　　二阶电路暂态过程实验数据

电路参数 试验次数	元 件 参 数				测 量 值	
	$R_1(k\Omega)$	R_2	$L(mH)$	$C(\mu F)$	δ	ω_d
1	10		15	0.001		
2	10	调至欠 阻尼状态	15	0.0033		
3	10		15	0.01		
4	30		15	0.01		

五、实验注意事项

（1）调节可变电阻器 R_2 时，要细心、缓慢，临界阻尼状态要找准。

（2）在双踪轨迹示波器上同时观察激励信号和响应信号时，显示要稳定，如激励信号和响应信号不同步，则可采用外同步法（看双踪轨迹示波器说明）触发。

六、思考题

（1）什么是二阶电路的零状态响应和零输入响应？它们的响应性质和哪些因素有关？

（2）RLC 并联电路产生等幅振荡的条件是什么？

（3）如果方波脉冲的频率提高（如 2kHz），所观察到的波形仍然是零输入响应和零状态响应吗？

七、实验报告要求

（1）根据观察结果，在方格纸上描绘二阶电路过阻尼、临界阻尼和欠阻尼的响应波形。

（2）测算欠阻尼振荡曲线上的衰减系数 δ、振荡周期 T 和振荡角频率 ω_d。

（3）归纳、总结电路元器件参数对响应的影响。

实验二十　二端口网络的设计及参数的测定（设计型）

一、实验目的

（1）掌握简单二端口网络的设计和制作。

（2）掌握二端口网络 Z 参数及 A 参数的测试方法。

（3）验证二端口网络等效电路的等效性。

二、实验内容及要求

（1）根据实验室提供的电阻元件，设计一个无源双口网络（非 T 形），并要求该网络的 Z 参数为

$$\begin{bmatrix} 201 & 110 \\ 110 & 178 \end{bmatrix}\Omega$$

（2）选定元件，在电路板上连接所设计的电路。

（3）测定 Z 参数，并与设计要求的值进行比较。

（4）测定 A 参数，并与由设计要求的 Z 参数计算出的 A 参数进行比较。

（5）由测定的 Z 参数或 A 参数，计算出该双口网络的 T 形等效电路参数，并用电阻元件组成 T 形电路，然后测出 T 形等效电路的 Z 参数和 A 参数，验证 T 形等效电路的等效性。

（6）根据实验要求，拟定各项任务的实验步骤、数据表格。

三、实验设备（见表 4 - 58）

表 4 - 58 实 验 二 十 设 备

序　号	名　　称	型　号　规　格	数　　量	备　　注
1	可调直流稳压电源	—	一台	—
2	数字直流电压表	—	一只	—
3	数字直流电流表	—	一只	—
4	万用表	—	一只	—
5	电路连接板	—	一块	—
6	电阻元件	5.1, 68, 91, 110, 130, 180, 510, 600Ω	若干	—

四、实验注意事项

（1）设计的实验线路要求安全可靠、操作方便。

（2）在换接实验线路时，应先将稳压电源的输出调到零，然后断开电源，防止将稳压电源的输出端短路。

五、思考题

（1）二端口网络的参数与外加电压或电流的大小有关吗？

（2）如何利用 Z 参数计算 A 参数？

（3）如何利用 Z 参数或 A 参数计算 T 形等效电路参数？

六、实验报告要求

（1）画出满足设计要求的二端口网络及其 T 形等效电路的电路图，并表明各元件参数。

（2）列出测试数据表格，并计算出结果。

（3）根据实验数据验证二端口网络与 T 形电路的等效性。

（4）回答思考题。

实验二十一 用示波器测定交流磁滞回线

一、实验目的

(1) 加强对铁磁物质磁化规律的认识。

(2) 熟悉用示波器观测磁滞回线的方法。

二、实验原理

1. 磁滞回线

铁磁材料在反复磁化过程中的磁感应强度 B 与磁场强度 H 的关系，不是起始磁化曲线关系，而是磁滞回线关系，如图 4-73 所示。图中闭合曲线 abcdefa 为磁滞回线。

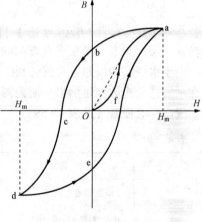

2. 示波器显示磁滞回线的原理

利用示波器，可以在较高频率下测定交流磁滞回线。实验原理如图 4-74 所示。当变压器一次绕组中通有磁化电流 i_1 时，铁心中便会产生磁场。根据安培环路定律可得

$$Hl = N_1 i_1$$

式中　H——铁心（铁磁材料）中的磁场强度；

l——铁心磁路平均长度；

N_1——变压器一次绕组匝数；

i_1——一次绕组电流。

图 4-73　磁滞回线

电阻 R_1 两端电压为

$$u_1 = R_1 i_1 = \frac{R_1 l}{N_1} H$$

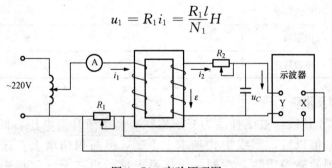

图 4-74　实验原理图

可见，u_1 与磁场强度 H 成正比。如果将电压 u_1 接到示波器 X 轴输入端，则电子束在水平方向的偏转正比于磁场强度 H。为了减小电压波形的畸变对测量的影响，R_1 应选用比较小的电阻。

因交变磁场 H 在铁心中产生交变的磁感应强度 B，因而二次绕组内产生感应电动势 ε，其大小为

$$\varepsilon = \frac{\mathrm{d}\Phi}{\mathrm{d}t} = N_2 S \frac{\mathrm{d}B}{\mathrm{d}t} \tag{4-1}$$

式中　N_2——二次绕组匝数；

　　　　　S——铁心截面积。

忽略自感电动势后，对于二次绕组，有

$$\varepsilon = u_C + i_2 R_2 \tag{4-2}$$

式中　i_2——二次绕组电流；

　　　u_C——电容电压。

　　若 $R_2 \gg \dfrac{1}{2\pi fC}$，则 $u_C \ll R_2 i_2$，于是式（4-2）简化为

$$\varepsilon \approx R_2 i_2 \tag{4-3}$$

由式（4-1）及式（4-3），可得电容两端电压为

$$u_C = \frac{1}{C}\int i_2\,\mathrm{d}t = \frac{1}{C}\int \frac{N_2 S}{R_2}\cdot\frac{\mathrm{d}B}{\mathrm{d}t}\cdot\mathrm{d}t = \frac{N_2 S}{CR_2}B \tag{4-4}$$

　　式（4-4）表明，电压 u_C 与试件中的磁感应强度 B 成正比。如果将电压 u_C 接到示波器 Y 轴输入端，则电子束在垂直方向的偏转正比于磁感应强度 B。

　　由于水平偏转板和垂直偏转板上的电压分别与磁场强度 H 和磁感应强度 B 成正比，所以在示波器荧光屏上显示出交流磁滞回线。

　　三、实验设备（见表 4-59）

表 4-59　　　　　　　　　　　　实 验 二 十 一 设 备

序　号	名　　称	型 号 规 格	数　量	备　注
1	双踪轨迹示波器	GOS-620	一台	—
2	铁心线圈（或磁环）	—	一只	—
3	调压器	—	一只	—
4	滑线变阻器	—	一只	—
5	电阻箱	—	一只	—
6	电容箱	—	一只	—

　　四、实验内容及步骤

　　（1）按图 4-74 接线，被测样品为变压器铁心，逐渐升高电压，回线面积也逐渐增大，电压增到某一值以后，回线形状基本上不变，但面积稍增大，这就是铁心饱和时的回线。将观察到的磁滞回线，在同一坐标系上描绘出三个（包括未饱和与饱和的回线）。

　　（2）从零开始逐渐升高输出电压，使磁滞回线由小变大，分别记录每条磁滞回线顶点坐标，描在坐标纸上，并将所描各点连成曲线，得出基本磁化曲线。

　　（3）将线圈 N1 及 N2 绕在空心骨架上，把不同的铁磁材料插入空心中，观察不同材料的磁滞回线。

　　五、实验注意事项

　　（1）R_2 比 $\dfrac{1}{2\pi fC}$ 不能过大，否则会使 u_C 值过小。

　　（2）铁磁材料在刚开始的几个磁化（$H_m \rightarrow -H_m \rightarrow H_m$）循环内，每一个循环 B 和 H 不

一定沿相同的路径进行，只有经过十几次反复磁化（称为"磁锻炼"）以后，每次循环的回路才相同，从而形成一个稳定的磁滞回线。只有经"磁锻炼"后所形成的磁滞回线，才能代表该材料的磁滞性质。

六、思考题

(1) 铁磁材料的磁化过程有何特点？

(2) 调节输出电压时，为什么电压必须从零逐渐增大到某一值？

(3) 铁磁材料有哪几种？其磁滞回线各有何特点？

七、实验报告要求

(1) 用同一比例尺画出未饱和、接近饱和与饱和的三个交流磁滞回线。

(2) 用同一比例尺画出不同材料的交流磁滞回线。

(3) 在坐标纸上画出基本磁化曲线。

实验二十二 回 转 器 的 研 究

一、实验目的

(1) 了解回转器的结构及基本特性。

(2) 学习回转器参数的测试方法。

(3) 了解回转器的应用。

二、实验原理

1. 回转器

理想回转器是一个无源非互易线性二端口器件，其图形符号如图 4 - 75 所示。它的端口电压与电流的关系为

$$u_1 = -ri_2, \quad u_2 = ri_1$$

或

$$i_1 = gu_2, \quad i_2 = -gu_1$$

式中 r、g——分别为回转电阻和回转电导，简称回转常数。

如图 4 - 76 所示，当回转器的输出端 2-2′ 接入不同阻抗 Z_L 时，从输入端 1-1′ 看入的等效入端阻抗为

$$Z_{in} = \frac{\dot{U}_1}{\dot{I}_1} = \frac{-r\dot{I}_2}{\dot{I}_1} = \frac{-r\dot{I}_2}{\dot{U}_2/r} = \frac{-r^2 \dot{I}_2}{\dot{U}_2} = \frac{-r^2 \dot{I}_2}{-Z_L \dot{I}_2} = \frac{r^2}{Z_L}$$

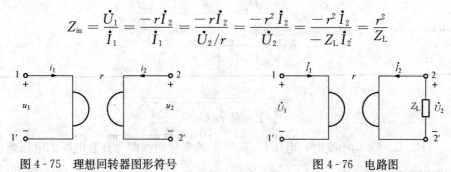

图 4 - 75 理想回转器图形符号　　　　　图 4 - 76 电路图

(1) 输出端接入纯电阻 R_L 时，有

$$Z_i = \frac{r^2}{R_L}$$

即输入端的等效入端阻抗为一纯电阻，其等值电阻为 $\dfrac{r^2}{R_L}$。

（2）输出端接入纯电容 C 时，有

$$Z_i = \frac{r^2}{Z_L} = \frac{r^2}{\dfrac{1}{j\omega C}} = j\omega C r^2 = j\omega L_{eq}$$

即输入端的等效入端阻抗为感性，其等效电感为 $L_{eq} = r^2 C$。

（3）输出端接入纯电感 L 时，有

$$Z_i = \frac{r^2}{Z_L} = \frac{r^2}{j\omega L} = \frac{1}{j\dfrac{\omega L}{r^2}} = \frac{1}{j\omega C_{eq}}$$

即输入端的等效入端阻抗为容性，其等效电容为 $C_{eq} = \dfrac{L}{r^2}$。

可见回转器具有阻抗逆变作用。

2. 回转器的应用

在电子电路特别是集成电路中，制造一个电容元件比制造电感元件容易得多，通常可以用一带有电容负载的回转器来获得一个较大的电感负载。如图 4-77 所示，用其等效电感与电容组成并联电路。如果 ω、L、C_1 满足一定的条件，电路发生并联谐振，此时输入端电压、电流同相。可测试并联电路的频率特性。

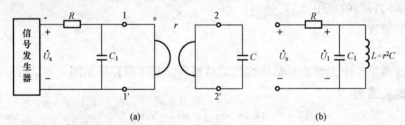

图 4-77 并联电路图

由欧姆定律知，电容 C_1 两端电压为

$$\dot{U}_1 = \frac{\dot{U}_s}{R + \dfrac{j\omega L \cdot \dfrac{1}{j\omega C_1}}{j\omega L + \dfrac{1}{j\omega C_1}}} \cdot \frac{j\omega L \cdot \dfrac{1}{j\omega C_1}}{j\omega L + \dfrac{1}{j\omega C_1}}$$

则

$$U_1 = \frac{U_s}{\sqrt{1 + R^2 \left(\omega C_1 - \dfrac{1}{\omega L} \right)^2}}$$

当 U_s、R、L、C_1 均不变时，电压 U_1 随频率的变化曲线即为并联电路的电压谐振曲线。当发生并联谐振时，有 $\omega C_1 = \dfrac{1}{\omega L}$，电容上电压 U_1 最大，即为电源电压 U_s。如果只改变电阻 R，其他条件不变，则 R 越大，曲线越尖，电路的选择性越好。

三、实验设备（见表 4 - 60）

表 4 - 60　　　　　　　　　　实 验 二 十 二 设 备

序　号	名　　称	型 号 规 格	数　量	备　注
1	回转器实验电路板	—	一块	—
2	信号源	频率可调	一台	在主控制屏上
3	双踪轨迹示波器	GOS-620 模拟	一台	—
4	交流毫伏表	数模双显	一块	在主控制屏上
5	电阻箱	—	一台	—

四、实验内容及步骤

1. 测定回转器的回转电阻 r

（1）测定回转电阻的实验电路图如图 4 - 78 所示，信号源输入电压 u_s 采用正弦激励，频率可固定在 1kHz，输出电压为 1～2V，采样电阻 $R=1k\Omega$，2-2′ 端接纯电阻负载，由电阻箱实现。

（2）调节 R_L 为不同值时，用交流毫伏

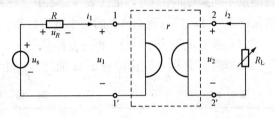

图 4 - 78　测定回转电阻的实验电路图

表分别测量 U_1、U_2 和 U_R 值，计算出 I_1、I_2 和回转电阻 r，将数据记入表 4 - 61 中。

表 4 - 61　　　　　　　　　　测定回转电阻的数据

R_L(kΩ)	测　量　值			计　　算　　值			
	U_1(V)	U_2(V)	U_R(V)	I_1(mA)	I_2(mA)	$r'=\dfrac{U_1}{I_2}(\Omega)$	$r''=\dfrac{U_2}{I_1}(\Omega)$	$r=\dfrac{r'+r''}{2}(\Omega)$
0.5								
1								
1.5								
2								
3								
4								
5								

2. 模拟电感元件

实验电路图如图 4 - 78 所示，将 R_L 用纯电容负载 C 代替，且 $C=0.1\mu F$。

（1）用示波器观察 u_1 和 i_1 的相位关系，并画出波形。i_1 的波形可以通过观察采样电阻 R 上的电压 u_R 来实现，因为电阻上电压与电流同相。

（2）用交流毫伏表测量频率为 200～1kHz 时的 U_1 和 U_R 值，计算出 I_1 和等效电感 L_{eq}，将数据记入表 4 - 62 中。

表 4 - 62　　　　　　　　　　测 量 数 据

f(Hz)	测 量 值			计 算 值		
	U_1(V)	U_R(V)	I_1(mA)	$L'_{eq}=\dfrac{U_1}{\omega I_1}$(H)	$L_{eq}=r^2C$(H)	$\Delta L=L'_{eq}-L_{eq}$
200						
500						
1000						

3. 用回转器模拟电感与电容器组成并联谐振电路

（1）实验电路图如图 4 - 77（a）所示，信号源采用正弦激励，输出有效值恒为 2V，$C=0.1\mu F$，$C_1=1\mu F$，采样电阻 $R=1k\Omega$，由低到高改变信号发生器的输出频率，用交流毫伏表测量不同频率时的 U_1，记入表 4 - 63 中。注意要仔细找出 U_1 最大时的信号源频率（即为谐振频率 f_0），并与理论计算的频率进行比较。

（2）改变电阻 $R=3k\Omega$，再重复测量一次，将数据记入表 4 - 63 中。

（3）画出 R 取不同值时的 u_1-f 曲线，讨论对电路的影响。

表 4 - 63　　　　　　　　　　测 量 数 据

f(Hz)			f_0			
U_1(V) （$R=1k\Omega$）						
U_1(V) （$R=3k\Omega$）						

五、实验注意事项

（1）为了使运算放大器工作在线性区，应减小输入信号的幅值，该实验中输入电压幅值始终保持 2V；回转器的 u、i 波形只有是正弦波时，说明回转器工作正常。

（2）实验前要仔细阅读示波器的工作原理，了解其使用方法。

（3）由于运算放大器并不是理想运放，所以用公式计算回转常数时，可能有差别，应取平均值。

（4）防止运算放大器输出对地短路。

六、思考题

（1）什么是回转器？用阻抗方程说明回转器输入和输出的关系。

（2）什么是回转常数？如何测定回转电阻？

（3）说明回转器的阻抗逆变作用及其应用。

（4）实验内容 1、2 中，为什么要用采样电阻？

七、实验报告要求

（1）根据实验数据，计算出该回转器的回转电阻。

（2）画出实验内容 2 中观察到的 u_1 和 i_1 的波形，说明回转器的阻抗逆变作用，并计算等效电感。

（3）根据实验内容 3 中的数据，指出谐振频率，并画出 R 取不同值时的 u_1-f 曲线（即

u_1 的幅频特性），并对此作出理论解释，阐述其对电路的影响。

(4) 从各实验结果中总结回转器的性质、特点和应用。

实验二十三　负阻抗变换器的设计及其应用研究（设计型）

一、实验目的

(1) 掌握负阻抗变换器的组成原理，学习负阻抗变换器的设计和制作。

(2) 加深对负阻抗概念的认识，了解负阻抗变换器的特性。

(3) 掌握负阻抗变换器的各种测试方法及其应用。

二、实验内容及要求

(1) 利用实验室所提供的设备，设计一电流倒置型负阻抗变换器 INIC，并要求电流增益为 5。

(2) 按设计电路，将元器件焊接在电路板上。

(3) 测量所设计的负阻抗变换器 INIC 的负电阻阻值；输入端加稳压源，负载用电阻 R_L 实现，改变电阻 R_L 的值，分别测量输入端电压、电流，自拟表格记录，由此计算出负电阻阻值；与理论设计值比较。

(4) 测定负电阻的伏安曲线；负载电阻 R_L 取一定值，调节稳压源 U_s 的输出电压，分别用电压表和毫安表测量 INIC 在不同输入电压 U_1 时的输入电流 I_1，自拟表格记录；绘制出负电阻的伏安特性曲线 $U_1 = f(I_1)$。

(5) 观察阻抗变换及相位。

用 $0.1\mu F$ 的电容（串一电阻 500Ω）和 $100mH$ 的电感（串 500Ω）分别作为负载，用低频信号源（正弦波形，$f = 1kHz$）作为输入电源，调节低频信号使有效值小于 $1V$，并用双踪轨迹示波器观察、记录输入电压和电流以及输出电压和电流的相位差。

三、实验设备（见表 4-64）

表 4-64　　　　　　　　　实 验 二 十 三 设 备

序　号	名　　　称	型 号 规 格	数　　量	备　　注
1	直流稳压电源	0～30V	一台	在主控制屏上
2	信号源	频率可调	一台	在主控制屏上
3	理想运算放大器	HA17358	一个	—
4	双踪轨迹示波器	GOS-620 模拟	一台	—
5	直流电压表	数模双显	一块	在主控制屏上
6	直流毫安表	数模双显	一块	在主控制屏上
7	交流毫伏表	数模双显	一块	在主控制屏上
8	电阻、电容、电感元件	不同大小	若干	EEL-51、EEL-52 元件箱
9	焊接工具	—	一套	—
10	电路板	—	一块	—

四、实验注意事项

(1) "理想运算放大器"本身需接入 $\pm 12V$ 直流工作电源，接线时不要接错，否则将损坏元器件，且防止运算放大器输出端短路。

（2）实验前要仔细阅读双踪示波器的工作原理及使用说明，掌握其使用方法。以便在实验中能正确判断 u、i 相位关系，区别同相、反相、超前、滞后等。

（3）务必做好实验前的预习工作，明确本实验内容的原理及测试方法。

（4）实验中，注意电路元器件参数及信号源输出电压不要超过限定范围。

五、思考题

（1）什么是负阻抗变换器？有哪两种类型？具有什么性质？

（2）负阻抗变换器通常用什么电路组成？如何实现负阻抗变换？

（3）说明负阻抗变换器实现阻抗变换的原理和方法。

六、实验报告要求

（1）画出设计电路图。

（2）根据实验内容，整理实验数据，完成要求的计算，并画出负电阻的伏安特性曲线。

（3）根据设计要求（5）的实验数据，解释观察到的现象，说明负阻抗变换器实现阻抗变换的功能。

（4）回答思考题。

实验二十四　万用表的设计及装配（综合设计型）

一、实验目的

（1）了解万用表的特性、组成及原理。

（2）设计、安装万用表。

二、实验内容及要求

（1）本实验所设计的万用表应能测量直流电流、直流电压、交流电压和电阻等四种量。要求每种量的挡位均为三挡，直流挡误差不大于 $\pm 2.5\%$，交流挡误差不大于 $\pm 4\%$。

（2）由给定的磁电系表头（内阻为 R_c，满偏电流为 I_m），参考图 4 - 79，设计量程为 5、50、500mA 的直流电流挡多量程测量电路，并计算出各挡的分流电阻。

图 4 - 79 中的 R_1、R_2、R_3 分别是量程为 I_{N1}、I_{N2}、I_{N3} 时的总分流电阻，计算公式分别为

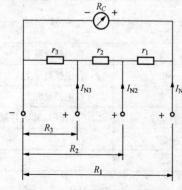

图 4 - 79　直流电流挡多量程
测量电路图

$$R_1 = \frac{I_m R_C}{I_{N1} - I_m}, \quad R_2 = \frac{I_{N1}}{I_{N2}} R_1, \quad R_3 = \frac{I_{N1}}{I_{N3}} R_1$$

三个分流电阻 r_1、r_2、r_3 分别为

$$r_1 = R_1 - R_2, \quad r_2 = R_2 - R_3, \quad r_3 = R_3$$

（3）由给定的磁电系表头，参考图 4 - 80，设计量程为 10、50、250V 的直流电压挡多量程测量电路，并计算出各挡的分压电阻。

图 4 - 80 中 R_1、R_2、R_3 分别是量程为 U_{N1}、U_{N2}、U_{N3} 时的总电阻，计算公式分别为

$$R_1 = \frac{U_{N1}}{U_C} R_C, \quad R_2 = \frac{U_{N2}}{U_C} R_C, \quad R_3 = \frac{U_{N3}}{U_C} R_C$$

三个分压电阻 r_1、r_2、r_3 分别为

$$r_1 = R_1 - R_C, \quad r_2 = R_2 - R_1, \quad r_3 = R_3 - R_2$$

（4）由给定的磁电系表头，参考图 4-81，设计量程为 10、50、250V 的交流电压挡多量程测量电路，并计算出各挡的分压电阻。

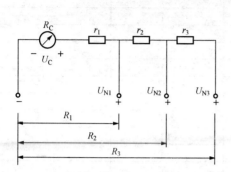

图 4-80　直流电压挡多量程测量电路图

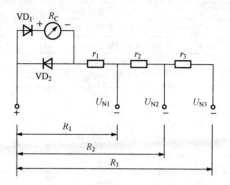

图 4-81　交流电压挡多量程测量电路图

图 4-81 中 R_1、R_2、R_3 分别是量程为 U_{N1}、U_{N2}、U_{N3} 时的总电阻，计算公式分别为

$$R_1 = \frac{\dfrac{U_{N1}}{2.22}}{I_{av}}, \quad R_2 = \frac{\dfrac{U_{N2}}{2.22}}{I_{av}}, \quad R_3 = \frac{\dfrac{U_{N3}}{2.22}}{I_{av}}$$

式中　I_{av}——表头满偏时流过的整流电流的平均值。

三个分压电阻 r_1、r_2、r_3 分别为

$$r_1 = R_1 - R_C, \quad r_2 = R_2 - R_1, \quad r_3 = R_3 - R_2$$

（5）由给定的磁电系表头，参考图 4-82，设计含有 $R \times 1\Omega$、$R \times 10\Omega$、$R \times 100\Omega$ 三个倍率挡的欧姆挡，并计算出各个电阻值。

欧姆挡的标度尺是以 R 值来刻度，即读数为 $R \times 1$ 挡的测量值。三个量限共用一条标度尺，各挡的测量值分别等于标度尺读数×电阻倍率。标度尺的中心电阻就是 $R \times 1$ 挡的仪表总内阻，其余各挡的中心电阻分别等于标度尺的中心电阻乘以各挡的倍率。取电源电压 1.5V（计算时取电压下限 1.2V），中值电阻分别为 20Ω、200Ω 和 $2k\Omega$，先确定 R_0，再根据多量程直流电流表计算出分流电阻 r_1、r_2、r_3，然后根据每个中值电阻计算出 R_1、R_2、R_3。

（6）画出符合要求的万用表原理电路，给出各元器件参数值。

（7）根据所设计的万用表原理电路及计算出的参数值，选定电阻元件，并在电路板上按设计电路将电阻元件、表头、电位器、转换开关等安装焊接好。注意表头要有保护，应采用两个二极管反向并联并与电容并联，用于限制表头两端的电压，起保护表头的作用，使表头不至于因电压、电流过大而烧坏。

（8）根据设计电路，绘制各电量不同量程挡的标度尺分度。

（9）校验设计是否符合要求。

（10）列写各项实验任务步骤，绘制实验数据表格。

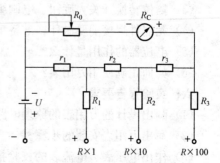

图 4-82　多量程欧姆挡测量电路图

三、实验设备（见表 4 - 65）

表 4 - 65　　　　　　　　　　实验二十四设备

序　号	名　　　称	型 号 规 格	数　　量	备　　注
1	磁电系直流微安表头	$46.2\mu A$，$2.54k\Omega$	一套	—
2	面板（含表箱）	—	一个	—
3	挡位转换开关	12 挡位	一个	—
4	电刷组件	—	一个	—
5	印制电路板	—	一个	—
6	电位器（含旋钮）	$1k\Omega$	一个	—
7	二极管	—	四只	—
8	电解电容	—	一只	—
9	电阻元件	—	若干	—
10	表棒	黑、红各一只	两个	—
11	铭牌	—	一个	—
12	电池	1.5V	一节	—
13	电池正负极板	—	两个	—
14	保险丝管	0.5A	一个	—
15	保险丝夹	—	两个	—
16	焊接工具	—	一套	—
17	螺钉、螺母等附加部件	—	—	—
18	信号发生器	—	一台	在主控制屏上
19	直流稳压电源	—	一台	在主控制屏上
20	直流电压表	数模双显	一块	在主控制屏上
21	直流电流表	数模双显	一块	在主控制屏上
22	交流电压表	数模双显	一块	在主控制屏上

四、实验注意事项

（1）根据测量值选电阻元件时，误差要小于±5％。

（2）焊接电路板时，首先要掌握基本的焊接方法。

（3）实验时应先计算出各电阻，再连线焊接，确认无误后，再通电。

（4）校验万用表时，注意万用表的正确使用。

五、思考题

（1）按设计要求的（2）～（5）内容，设计测量电路，并计算出各电阻值。

（2）用欧姆挡测电阻时，为什么要调零？

（3）挡位转换开关大旋钮、电刷组件如何安装？

（4）元器件焊接前要做什么准备工作，焊接的要求是什么？

（5）电位器的作用是什么？

（6）如何正确使用万用表？

六、实验报告要求

（1）画出设计的万用表的原理电路，给出各元器件参数值。

（2）写出万用表安装的步骤。

（3）作出电压表、电流表的校验报告。

（4）给出结果分析及实验收获。

第五章 电路的仿真实验

　　虚拟电路实验台是一种利用在计算机上运行电路仿真软件来模拟进行硬件实验的工作平台。由于仿真软件可以逼真地模拟各种电路元器件以及仪器仪表，从而不需要任何真实的元器件与仪器，就可以进行电路、数字电路和模拟电路课程中的各种实验。它具有界面形象直观、操作方便、分析功能强大、成本低、效率高、易学易用以及便于自学、便于开展综合性或设计性实验等优点，实现了"软件即仪器"、"软件即元器件"。由于计算机性价比不断提高，使得这一技术得以走进大学的实验室。加拿大交换图像技术有限公司（Interactive Image Technologies LTD）推出的 Electronics WorkBench（简称 EWB）作为虚拟实验室的软件平台是近年来国际著名的 EDA 软件平台。使用虚拟测试仪器对电路进行仿真实验如同置身于实验室使用真实仪器测试电路，既解决了购买大量元器件和高档仪器的高昂费用，又避免了仪器损坏等不利因素。随着人们对这一技术的了解与接受，其在电路实验中的地位将会越来越重要。

第一节　Multisim7.0软件的基本使用方法

一、Multisim7.0软件的基本界面

1. Multisim7.0软件的用户界面

启动 Multisim7.0软件，可以看到图 5-1 所示的 Multisim7.0软件的用户界面。

图 5-1　Multisim7.0 软件的用户界面

Multisim7.0软件的基本界面主要有菜单栏、常用工具栏、元件工具栏和仪器工具栏、电路的工作区窗口和仿真开关等组成。

注：在默认状态下，电路的工作区窗口是黑色的；基于本书的目的，我们使用了白色。

2. Multisim7.0软件的元件工具栏

Multisim7.0软件提供了非常丰富的元件箱，为电路仿真实验提供了极大的方便。图5-2为元件工具栏。

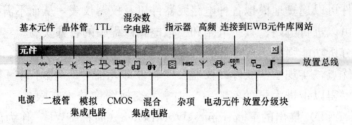

图5-2　元件工具栏

为了使用方便，Multisim7.0软件还提供了图5-3所示的虚拟工具栏，右击就可以打开虚拟工具栏中的各类元件箱的元件族。下面仅列举几个电路仿真常用的元件族。

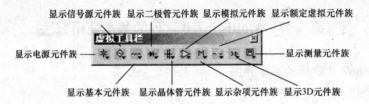

图5-3　虚拟工具栏

（1）电源元件族。图5-4所示为虚拟工具栏的电源元件族。

（2）基本元件族。图5-5所示为虚拟工具栏的基本元件族。

（3）测量元件族。图5-6所示为虚拟工具栏的测量元件族。

图5-4　电源元件族

图5-5　基本元件族

图5-6　测量元件族

3. Multisim7.0软件的常用测试仪器工具栏

Multisim7.0软件提供了常用测试仪器工具栏，其图标如图5-7所示。

常用测试仪器工具栏包括万用表、函数信号发生器、功率表、示波器、扫频仪、字信号发生器、逻辑分析仪、失真分析仪和网络分析仪等。

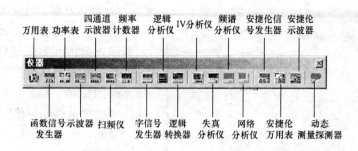

图 5-7　常用测试仪器工具栏的图标

二、Multisim7.0 软件的基本操作

（一）电路的建立

1. 选取或取消元器件

选取元器件时，首先在元器件工具栏中单击所需元器件的图标，打开该元件族，从中找出所需元器件的图标，单击该元件，然后将该图标拖拽到电路工作区。可通过双击该元器件弹出对话框后对元器件的参数进行设置。

在对某个元器件进行参数设置、移动、旋转及删除等操作之前都要先将其选中。要选中某个元器件可单击该元器件，该元器件即呈红色，表示该元器件已被选中。如要同时选中多个元器件时，可以按住 Ctrl 键并单击选中这些元件。若要同时选中一组相邻的元器件可用鼠标在适当的位置拖拽，画出一个矩形框，则框内所有元器件将被选中。若要取消选中状态，只要在电路工作区域的空白处单击即可。

2. 元器件的移动、旋转和翻转

要移动一个元器件，只要拖拽该元器件即可。要移动一组元器件，必须先用前述的方法选中这些元器件，然后用鼠标左键拖拽其中的任意一个元器件，则所有选中的部分就会一起移动。元器件被移动后，与其相连接的导线就会自动重新排列。选中元器件后，也可使用箭头键使之做微小的移动。为了使电路便于连接、布局合理，常常需要对元器件进行旋转或翻转操作。先将元器件选中，单击工具栏中的"旋转""垂直翻转""水平翻转"等图标按钮；也可右击弹出快捷菜单，选择"水平翻转"、"垂直翻转"、"顺时针 90°"以及"逆时针 90°"等命令。

3. 元器件之间连线的操作

元器件之间连线的操作主要包括导线的连接、弯曲导线的调整、导线颜色的改变及连接点的使用。大部分元器件具有很短的凸出线（端点），当鼠标指向端点时，端点会出现小黑点，只要将元器件的端点用鼠标左键拖拽到另一元器件的端点，当出现小黑点时，松开左键，这样就完成了元器件之间连线的操作，导线的排列由系统自动完成。

删除和改动元件之间连线，先选定该导线，右击，在弹出菜单中选"删除"。或者用鼠标将导线的端点拖拽离开它与元器件的连接点。

说明：①连接点是一个小圆点，存放在无源元件库中，一个连接点最多可以连接来自四个方向的导线，而且连接点可以赋予标识；②向电路插入元器件，可直接将元器件拖拽放置在导线上，然后释放即可插入电路中。

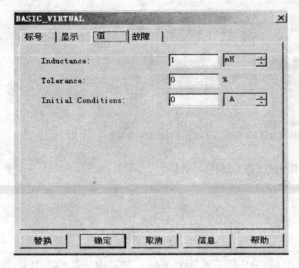

图 5-8　元件属性对话框

4. 元器件参数的设定

选中要设定参数的元器件，双击该元器件，弹出元器件属性对话框，如图 5-8 所示。元器件属性有多种设置选项，如元件的标号、显示、数值和故障等特性，可根据电路的具体要求逐项设定。

说明：①标号（Reference ID）通常由系统自动分配，必要时可以修改，但必须保证编号的唯一性；②故障选项可提供人为设置元器件的隐含故障，包括无故障、开路、短路以及漏电等设置。

在较复杂的电路中，需要设置一些节点，右击，在弹出菜单中可设置该节点的标号及颜色等。

（二）常用仪器的操作

Multisim7.0 软件除了提供存放在虚拟工具栏的测量元件族（或元件工具栏中指示器）中的电压表和电流表外，还提供了一些虚拟仪器，主要有万用表、函数信号发生器、功率表、示波器、扫频仪、字信号发生器、逻辑分析仪、失真分析仪以及网络分析仪等。

下面仅介绍电路仿真中常用的仪器。

1. 电压表和电流表

从元件工具栏的指示器中，选定图 5-9 所示的电压表或电流表，用鼠标拖拽到电路工作区中，通过旋转操作可以改变其引出线的方向。拖拽仪器图标可以移动仪器的位置，电路工作区中不使用的仪器可以删除，与该仪器相连的导线会自动消失。双击电压表或电流表可以在弹出对话框中设置工作参数，如设置表计的内阻，用于测量直流和交流信号等。电压表和电流表可以多次选用。

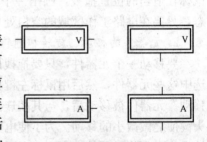

图 5-9　两种引出线方向的
电压表和电流表

2. 数字万用表

数字万用表的量程可以自动调整。图 5-10 是数字万用表的图标和面板，可以用来测量电阻、交直流电压和电流，其电压、电流挡的内阻，电阻挡的电流和分贝挡的标准电压值可以根据需要设置，但其数值必须大于零。从打开的面板上单击设置按钮，弹出数字万用表内部参数设置对话框，然后输入相应参数。

图 5-10　数字万用表的图标和面板

3. 函数信号发生器

函数信号发生器可以产生正弦波、三角波及方波三种基本波形。其图标和面板如图5-11所示，双击图标，可以打开函数信号发生器面板。

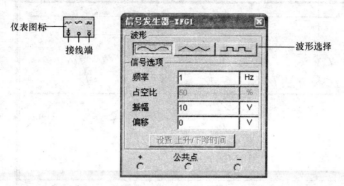

图 5-11　函数信号发生器的图标和面板

信号发生器可设置的参数有频率，调整范围为 0.1Hz～999MHz；占空比，调整范围为 1%～99%，用于改变三角波和方波正负半周的比率，对正弦波不起作用；幅值，调整范围为 0.001μV～999kV，用于改变波形的峰值；偏置电压，调整范围为 −999～999kV，用于给输出波形加上一个直流偏置电平。

输出信号可以从三个接线端的任意两个端口输出，"公共点"端为接地端；分别使用"＋"、"－"接线端与"公共点"端输出的是幅值相等、相位相反的两路信号，信号的峰—峰值为幅值的 2 倍。若信号由"＋"端和"－"端引出，则其峰—峰值是幅值的 4 倍。

4. 示波器

在此仅以双通道示波器为例进行说明。双通道示波器的图标如图 5-12 所示，双击图标，可以打开图 5-13 所示的双通道示波器面板。双通道示波器用于测量电信号幅度大小和频率的变化，也可用于两个波形的比较。当电路被激活后，若将双通道示波器的探头移到其他测试点时不需要重新激活该电路，屏幕上的显示将被自动刷新为新测试点的波形。无论是在仿真过程中还是仿真结束后都可以改变双通道示波器的设置，屏幕显示将自动刷新。

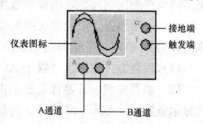

图 5-12　双通道示波器的图标

双通道示波器面板上可设置的参数主要有以下几项：

（1）时基控制。时基控制的设置用于调整示波器横坐标或 X 轴的数值。为了获得易观察的波形，时基的调整应与输入信号的频率成反比，即输入信号频率越高，时基就越小，设置范围为 0.10ns/div～1s/div。一般取输入信号频率的 1/5～1/3 较为合适。

（2）X 轴偏置。该设置可改变信号在 X 轴上的初始位置；该值为 0 时信号将从屏幕的基边缘开始显示，正值从起始点往右移；设置范围为 −5.00～5.00。

（3）工作方式。Y/T 作方式用于显示以时间（T）为横轴的波形；A/B 和 B/A 工作方式用于显示频率和相位差。若要仔细分析所显示的波形，在仪器分析选项的对话框里可选中"每屏暂停"方式，要继续观察下一屏，移至别的测试点时不需要重新激活该电路，屏幕上的显示将被自动刷新为新测试点的波形。

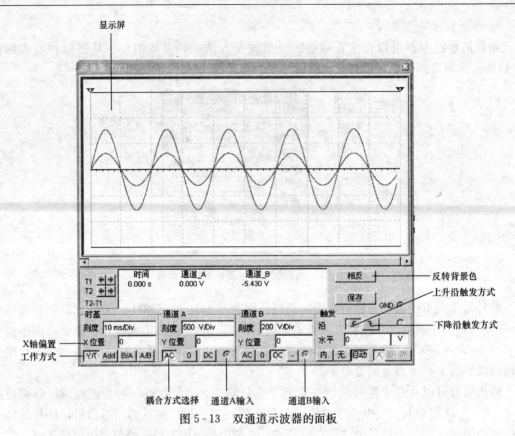

图 5-13 双通道示波器的面板

（4）接地。如果被测电路已经接地，那么示波器可以不再接地。

（5）电压灵敏度。该设置决定了纵坐标的比例尺，若在 A/B 或 B/A 工作方式时也可以决定横坐标的比例尺。该项设置范围为 0.01mV/div～5kV/div。

（6）Y 轴偏置。该设置可改变 Y 轴起始点的位置，相当于给信号叠加了直流电平；当该值设为 0.00 时，Y 轴的起始点位于原点；该项设置范围为 -3.00～3.00。

（7）耦合方式选择。当置于 AC 耦合方式时，仅显示信号中的交流分量。

（8）触发控制。若要首先显示正斜率波形或上升信号，可单击上升沿触发按钮；若要首先显示负斜率波形或下降信号，可单击下降沿触发按钮。

（9）触发电平。触发电平是指显示波形的起点电平值，它必须小于被测信号的幅值，否则屏幕上将没有波形显示。该项设置范围为 -5.00～5.00。

（10）触发信号。触发信号分内、外触发信号两种。内触发是由通道 A 或 B 的信号来触发示波器内部的锯齿波扫描电路；外触发是由示波器面板上的外触发输入口输入一个触发信号。如果需要显示扫描基线，则应选择 AUTO 触发方式。

5. 波特图仪

波特图仪类似于实验室的扫频仪，可以用来测量和显示电路的幅度频率特性和相位频率特性。

在使用波特图仪时，必须在电路的输入端输入交流信号，但对其信号频率的设定并无特殊要求，频率测量的范围由波特图仪的参数设置决定。

波特图仪有 IN 和 OUT 两对端口，分别接电路的输入端和输出端。每对端口从左到右分别为＋V端和－V端，其中IN端口的＋V端和－V端分别接电路输入端的正端和负端，OUT端口的＋V端和－V端分别接电路输出端的正端和负端。

（三）电路实验常用元器件

Multisim7.0软件带有丰富的元器件模型库，电路实验常用元器件的符号，与国内电路教材中元器件符号有些不同，这是需要在使用中注意的。在电路仿真实验中要用到的元器件及其参数的意义说明如下。

1. 电源

电路实验经常用到Multisim7.0软件中的电源有直流电压源、直流电流源、交流电压源、交流电流源、电压控制电压源、电压控制电流源、电流控制电压源和电流控制电流源，各种电源的默认设置值和设置值范围如表5-1所示。

表5-1　　　　　　　　　　　　　Multisim7.0软件中的常用电源

电源名称	参数	默认设置值	设置范围
直流电压源	电压 U	12V	$\mu V \sim kV$
直流电流源	电流 I	A	$\mu A \sim kA$
交流电压源	电压	120V	$\mu V \sim kV$
	频率	60Hz	Hz～MHz
	相位	0	Deg
交流电流源	电流	A	$\mu A \sim kA$
	频率	60Hz	Hz～MHz
	相位	0	Deg
电压控制电压源	电压增益 E	V/V	mV/V～kV/V
电压控制电流源	互导 G	1S	mS～MS
电流控制电压源	互阻 R	1Ω	$m\Omega \sim M\Omega$
电流控制电流源	电流增益 F	1A/A	mA/A～kA/A

2. 基本元器件

电路实验经常用到Multisim7.0软件中的基本元器件有电阻、电容、电感、线性变压器、按键和延迟开关。各种元器件的默认设置值和设置值范围如表5-2所示。

表5-2　　　　　　　　　　　　Multisim7.0软件中的常用基本元器件

元件名称	参数	默认设置值	设置范围
电阻	电阻值 R	kΩ	Ω～MΩ
电容	电容 C	μF	pF～F
电感	电感 L	mH	$\mu H \sim H$
线性变压器	磁滞电感 L_M	5H	mH～10H
	一次绕组 R_p	0	0.01Ω～10Ω
	二次绕组 R_S	0	0.01Ω～10Ω
开关	键	Space	A～Z, 0～9, Enter, Space
延迟开关	导通时间 T_{on}	0.5s	ps～s
	断开时间 T_{off}	0s	ps～s

（四）Multisim7.0 软件的几种基本分析功能

1. 直流工作点分析

计算直流工作点并报告每个节点的电压。在进行直流工作点分析时，电路中的数字器件对地将呈高阻态。

2. 交流频率分析

在给定的频率范围内，计算电路中任意节点的小信号增益及相位随频率的变化关系。可用线性或对数（十倍频或二倍频）坐标，并以一定的分辨率完成上述频率扫描分析。在对模拟电路中的小信号电路进行交流频率分析时，数字器件对地呈高阻态。

3. 瞬态分析

在给定的起始与终止时间内，计算电路中任意节点上电压随时间的变化关系（分析时电路的初始状态可由用户设定，也可由程序自动进行直流分析，以直流分析结果作为电路的初始状态）。

4. 傅里叶分析

在给定的频率范围内，对电路的瞬态响应进行傅里叶分析，计算出该瞬态响应的直流分量、基波分量以及各次谐波分量的幅值与相位。

5. 噪声分析

对指定的电路输出节点、输入噪声源以及扫描频率范围，计算所有电阻与半导体器件所产生的噪声的均方根值。

6. 失真分析

对给定的任意节点以及扫频范围、扫频类型（线性或对数）与分辨率，计算总的小信号稳态谐波失真以及互调失真。

第二节　直流电路的网孔电流法的仿真实验（综合实验）

一、实验目的

（1）熟悉电路仿真实验上机操作的基本过程，掌握 Multisim7.0 软件分析电路的基本方法。

（2）在多网孔电路中求解网孔电流。

（3）根据网孔电流值确定每条支路的电流，并比较测量数据与计算值。

二、实验原理

网孔电流法是以网孔电流为未知量，应用基尔霍夫电压定律列写 $b - n + 1$ 个网孔电压方程的电路求解方法。

网孔电流法仿真实验的原理电路图如图 5 - 14 所示。

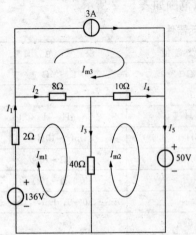

图 5 - 14　网孔电流法仿真
实验的原理电路图

三、实验任务

（1）计算网孔电流。

（2）应用 Multisim7.0 电路仿真软件，建立图 5 - 15 所示的测试电路图，并测量网孔电流和各支路电流。

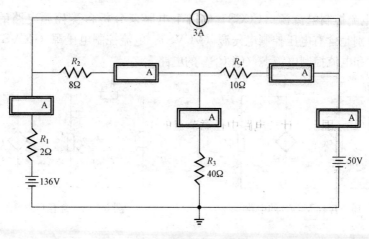

图 5-15 测试电路图

（3）从测试电路中读出各支路电流，确定各网孔电流，将测量数据填入表5-3中。

表 5-3 网孔电流法的实验结果记录表

支路电流	I_1(A)	I_2(A)	I_3(A)	I_4(A)	I_5(A)
网孔电流	I_{m1}（A）		I_{m2}（A）		I_{m3}（A）

（4）用基尔霍夫电压定律验证网孔电流法的正确性。因为网孔电流法是以基尔霍夫电压定律来求网孔的电压和，以网孔2为例，进行验证。其方法是：网孔2闭合路径中各元器件两端接直流电压表，测量各电压值，是否满足基尔霍夫电压定律。测量电路及相应表格请读者自己设计。

四、实验要求

（1）复习与本试验有关的理论知识，预习 Multisim7.0 软件的使用。

（2）熟悉实验电路的接线，清楚实验的原理和过程并比较测量值与计算值。

（3）掌握实验电路的电流、电压的测量方法，注意其实际方向。

（4）分析实验结果。考虑用网孔法电源时，能否用基尔霍夫电流定律来校验？

（5）实验完成后，总结 Multisim7.0 电路仿真软件的操作技巧。

第三节 含有受控源电路的仿真实验

一、实验目的

（1）掌握 Multisim7.0 软件进行电路的创建和常用仪器的使用。

（2）掌握电压表和电流表的使用方法，研究仪表内阻对电路测量的影响。

（3）掌握受控源特性的测量方法，加深对受控源的理解。

二、实验原理

本实验通过含有电压控制电压源（VCVS）、电流控制电压源（CCVS）、电压控制电流源（VCCS）、电流控制电流源（CCCS）的四个电路来分析含受控源电路的特性。图 5-16～图 5-19 分别是含有电压控制电压源（VCVS）、电流控制电压源（CCVS）、电压控制电流源（VCCS）和电流控制电流源（CCCS）的电路。

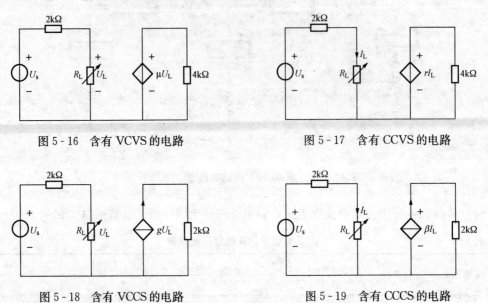

图 5-16　含有 VCVS 的电路　　　　　　　　图 5-17　含有 CCVS 的电路

图 5-18　含有 VCCS 的电路　　　　　　　　图 5-19　含有 CCCS 的电路

在图 5-16～图 5-19 所示的电路中，电阻 R_L 的调节范围都是在 1～2kΩ 之间，电压源电压 $U_s=20V$，电压控制电压源的控制系数 $\mu=5$，电流控制电压源的控制系数 $r=4\Omega$，电压控制电流源的控制系数 $g=4S$，电流控制电流源的控制系数 $\beta=20$。

三、实验任务

1. 测试电压控制电压源（VCVS）特性

图 5-16 所示为含有电压控制电压源（VCVS）的电路，其 Multisim7.0 软件仿真实验电路图如图 5-20 所示。测试电压控制电压源的受控特性的实验步骤如下所述：

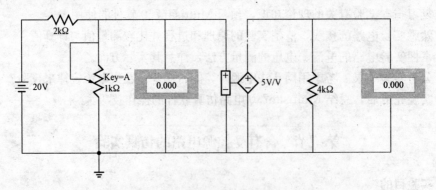

图 5-20　含有 VCVS 电路的仿真实验电路图

（1）改变可调电阻 R_L 的数值，观察受控源的电压变化。

（2）改变电压源方向和数值，观察受控源的电压变化。

（3）改变受控电压源的控制系数 μ，观察受控源的电压变化。

（4）将实验结果记录在表 5-4 中。

表 5 - 4　　　　　　　　　　　　　**含有 VCVS 电路的实验结果记录表**

电路参数	R_L 的阻值（kΩ）			电压源数值（V）			受控源的控制系数 μ		
电压表 PV1(V)									
电压表 PV2(V)									

2. 测试电流控制电压源（VCVS）特性

图 5 - 17 所示为含有电压控制电压源（VCVS）的电路，其 Multisim7.0 软件仿真实验电路图如图 5 - 21 所示。测试电流控制电压源的受控特性的实验步骤如下所述：

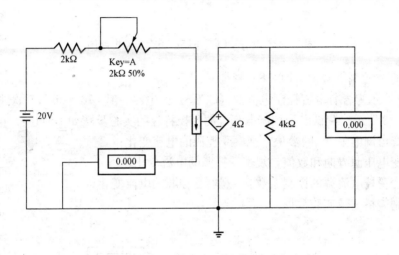

图 5 - 21　含有 CCVS 电路的仿真实验电路图

（1）改变可调电阻 R_L 的数值，观察受控源的电压变化；

（2）改变电压源方向和数值，观察受控源的电压变化；

（3）改变受控电压源的控制系数 r，观察受控源的电压变化；

（4）将实验结果记录在表 5 - 5 中。

表 5 - 5　　　　　　　　　　　　　**含有 CCVS 电路的实验结果记录表**

电路参数	R_L 的阻值（kΩ）			电压源数值（V）			受控源的控制系数 r		
电流表 PA1(A)									
电压表 PV2(V)									

3. 测试电压控制电流源（VCCS）特性

图 5 - 18 所示为含有电压控制电压源（VCCS）的电路，其 Multisim7.0 软件仿真实验电路图如图 5 - 22 所示。测试电压控制电流源的受控特性的实验步骤如下所述：

（1）改变可调电阻 R_L 的数值，观察受控源的电流变化；

（2）改变电压源方向和数值，观察受控源的电流变化；

（3）改变受控电流源的控制系数 g，观察受控源的电流变化；

（4）自制表格记录实验数据。

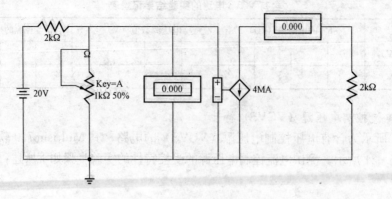

图 5-22 含有 VCCS 电路的仿真实验电路图

4. 测试电流控制电流源（CCCS）特性

图 5-19 所示为含有电流控制电流源（CCCS）的电路，其 Multisim7.0 软件仿真实验电路图如图 5-23 所示。测试电压控制电流源的受控特性的实验步骤如下所述：

（1）改变可调电阻 R_L 的数值，观察受控源的电流变化；

（2）改变电压源方向和数值，观察受控源的电流变化；

（3）改变受控电流源的控制系数 β，观察受控源的电流变化；

（5）自制表格记录实验数据。

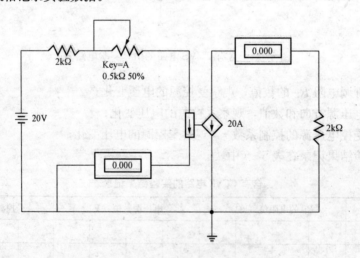

图 5-23 含有 CCCS 电路的仿真实验电路图

四、实验要求

（1）改变实验电路中元器件的参数，并进行测试，记录测量结果。

（2）设计一个含有一个受控源的电阻电路，用电压表、电流表进行测量，记录测量结果，并与理论计算结果进行比较。

（3）设计一个含有两个受控源的电阻电路，用电压表、电流表进行测量，记录测量结果，并与理论计算结果进行比较。

第四节　谐振电路的仿真实验

一、实验目的

（1）利用计算机分析谐振电路的特性。

（2）了解谐振现象，加深对谐振电路特性的认识。

（3）研究电路参数对串联谐振电路的影响。

（4）掌握测绘通用谐振曲线的方法。

（5）掌握 Multisim7.0 软件中信号发生器、示波器等常用仪器的使用。

二、实验原理

1. 谐振电路的特性

图 5-24 所示的 RLC 串联电路中，电路复阻抗 $Z = R + \mathrm{j}\left(\omega L - \dfrac{1}{\omega C}\right)$，当 $\omega L = \dfrac{1}{\omega C}$ 时，

$Z = R$，$\dot{U}$ 与 $\dot{I}$ 同相，即端口呈现电阻性质时，则该一端口网络处于谐振状态。通过调节网络参数或电源频率，能发生谐振的电路称为谐振电路。谐振是线性电路在正弦稳态下的一种特定的工作状态。电路发生串联谐振，谐振角频率 ω_0 为

$$\omega_0 = \frac{1}{\sqrt{LC}} \tag{5-1}$$

谐振频率 f_0 为

$$f_0 = \frac{1}{2\pi\sqrt{LC}} \tag{5-2}$$

固定式（5-1）或式（5-2）中的任意两项，调节另一项，使电路满足式（5-1）或式（5-2）就能发生谐振。实验中通过示波器观察端口电压与端口电流的波形，当两者同相位时为电路的谐振点。调节频率时对应谐振的信号源频率为电路的谐振频率 f_0；调节电容时对应谐振的电容为谐振电容 C_0；调节电感时对应谐振的电感为谐振电感 L_0。可见，要使电路发生谐振，可以通过改变 f、C 或 L 来达到。

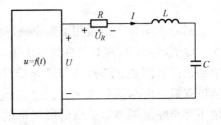

图 5-24　RLC 串联谐振电路图

我们定义谐振时感抗 $\omega_0 L$ 或容抗 $\dfrac{1}{\omega_0 C}$ 为特性阻抗 ρ。特性阻抗 ρ 与电阻 R 的比值为品质因数，即

$$Q = \frac{\rho}{R} = \frac{\omega_0 L}{R} = \frac{1}{\omega_0 CR} \tag{5-3}$$

2. RLC 串联谐振的特点

（1）谐振时电路的阻抗最小。当端口激励 U_s 一定时，谐振电路中的电流达到最大值，该值的大小仅与电阻的值有关，与电感和电容的值无关。图 5-25 所示为 RLC 串联电路中的电流 I 随 ω 变化的波形。实验中，在调节频率或电容的同时，使用电流表监测回路电流，当电流达到最大值时即为谐振点。

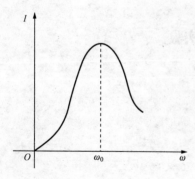

图 5-25 电流 I 随 ω 变化的波形

（2）谐振时电感与电容的电压有效值相等、相位相反，电抗的两端电压为零。电阻的电压等于总电压。电路的品质因数 $Q = \dfrac{U_L}{U} = \dfrac{U_C}{U}$，由于谐振时电感及电容上的电压远远大于总电压 U，因此 $Q \gg 1$。

实验中若能保证信号源的输出电压为 1V 的情况下，调节信号源的频率，当找出谐振点时，用交流电压表测得的谐振电容两端的电压 U_C 就是 Q 值。

3. RLC 串联电路的通用谐振幅频特性曲线

RLC 串联电路的电流是电源频率的函数，即

$$I(\omega) = \frac{U}{|Z(\omega)|} = \frac{U}{\sqrt{R^2 + \left(\omega L - \dfrac{1}{\omega C}\right)^2}}$$

$$= \frac{\dfrac{U}{R}}{\sqrt{1 + Q^2 \left(\dfrac{\omega}{\omega_0} - \dfrac{\omega_0}{\omega}\right)^2}}$$

$$= \frac{I_0}{\sqrt{1 + Q^2 \left(\eta - \dfrac{1}{\eta}\right)^2}} \tag{5-4}$$

式中 $I_0 = \dfrac{U}{R}$，$\eta = \dfrac{\omega}{\omega_0}$。将式（5-4）两边同时除以 I_0，得到通用谐振幅频特性为

$$\frac{I(\omega)}{I_0} = \frac{1}{\sqrt{1 + Q^2 \left(\eta - \dfrac{1}{\eta}\right)^2}} \tag{5-5}$$

对应不同 Q 值的通用谐振幅频特性曲线如图 5-26 所示。

Q 值越大，幅频特性曲线越尖锐，通频带越窄，电路的选择性越好。在恒压源供电时，电路的品质因数、选择性与通频带只取决于电路本身的参数，而与信号源无关。定义通用谐振曲线幅值下降至峰值的 0.707 倍时所对应的频率为截止频率 f_C，幅值大于峰值的 0.707 倍所对应的频率范围称为通频带 Δf，经理论推导可得

$$\Delta f = f_2 - f_1 = \frac{f_0}{Q} \tag{5-6}$$

实验中当测得通用谐振曲线后，可根据式（5-6）计算品质因数 Q。还可以通过曲线的纵坐标 $\dfrac{I}{I_0} = \dfrac{1}{\sqrt{2}}$ 处作一条平行于 η 轴的直线（见图 5-26），则品质因数 $Q = \dfrac{1}{\eta_2 - \eta_1}$。

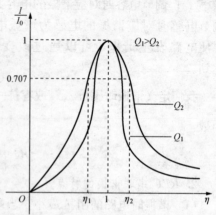

图 5-26 对应不同 Q 值的通用
谐振幅频特性曲线

三、实验任务

1. 定性观察 RLC 串联电路的谐振现象，确定电路的谐振点

RLC 串联谐振电路仿真实验电路图如图 5 - 27 所示，其中信号源为低频函数信号发生器。

（1）固定 R、L、C 的值，并使信号源的输出电压为 10V。改变信号源的频率，通过示波器或电压表、电流表监视电路，观察电路的谐振现象，寻找谐振点，确定电路的谐振频率。

（2）信号发生器的输出电压 10V 保持不变，频率调至 $f_0 = 500$Hz。调定电感值，记录此时的电阻及电感值。调节电容，通过示波器或电压表、电流表监测电路，定性观察电路的谐振现象，寻找谐振点，记录此时的谐振电容值。

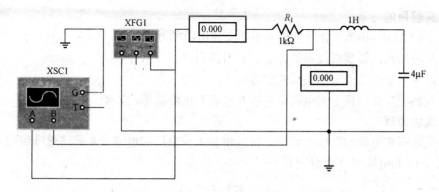

图 5 - 27 RLC 串联谐振电路的仿真实验电路图

2. 测定 RLC 串联电路的通用谐振曲线

取电感 $L = 1$H，电容 $C = 4\mu$F。固定信号源的输出电压为 10V。调节电源的频率，测量回路电流。测量点以谐振频率 f_0 为中心，左右各扩展至少取六个测量点。将以上测量结果记录于表 5 - 6 中。用示波器定性观察在调节频率的过程中，端口电压波形与端口电流波形的相位关系，了解当频率从小到大变化时，RLC 串联一端口网络从容性电路到感性电路的转变过程。

表 5 - 6   **RLC 串联谐振电路的实验结果记录表**

频率 f(Hz)				f_0			
频率 f/f_0				1			
测量值 I(A)							
计算值 I/I_0				1			

四、判断方法与实验注意事项

1. 判断 RLC 串联电路已达到谐振状态的方法

（1）观察端口电流，当端口电流最大时电路发生谐振。

（2）观察电容和电感串联后的两端电压，当电压最小时电路发生谐振。

（3）用示波器观察端口的电压、电流，当端口的电压、电流同相位时电路发生谐振。

2. 实验注意事项

（1）注意各采样量之间的公共端问题。

（2）注意串联电路中的电流可通过用示波器来观察电阻上的电压得到，注意电压与电流之间的参数关系以及参考方向关系。

（3）电压表的电阻值栏设置为"1M"，方式选为"AC"。

（4）电流表的电阻值栏设置为"1p"，方式选为"AC"。

（5）函数信号发生器的电压设定为正弦交流信号，幅值为10V。

第五节　非正弦电路的仿真实验

一、实验目的

（1）掌握 Multisim7.0 软件分析非正弦交流电路的基本方法。

（2）复习用示波器观察波形的方法，并对波形进行分析比较。

（3）加深对非正弦有效值关系式的理解。

（4）观察非正弦周期电流电路中电感及电容对电流波形的影响。

二、实验原理

在非正弦周期电流电路的计算中，常常将非正弦电压和电流分解成傅里叶级数，如非正弦电压以 $u(t)$ 和电流 $i(t)$ 可分别写为

$$u(t) = U_0 + \sum_{k=1}^{\infty} A_{km}\cos(k\omega t + \psi_{uk}) \tag{5-7}$$

$$i(t) = I_0 + \sum_{k=1}^{\infty} A_{km}\cos(k\omega t + \psi_{ik}) \tag{5-8}$$

非正弦电压和电流的有效值 U 和 I 可分别表示为

$$I = \sqrt{I_0^2 + I_1^2 + I_2^2 + I_3^2 + \cdots} = \sqrt{I_0^2 + \sum_{k=1}^{\infty} I_k^2} \tag{5-9}$$

$$U = \sqrt{U_0^2 + U_1^2 + U_2^2 + U_3^2 + \cdots} = \sqrt{U_0^2 + \sum_{k=1}^{\infty} U_k^2} \tag{5-10}$$

式中　　　U_0、I_0——非正弦电压和电流的恒定分量；

U_1、I_1 和 U_k、I_k——基波电压、电流和各次谐波电压、电流的有效值。

若将一非正弦电压作用于 RL 串联电路，由于电感 L 对高次谐波呈现大的电抗（$X_L = \omega L$），因而电流中谐波次数越高者越不明显，其结果是电流波形比电压波形更接近于正弦波形。

若将一非正弦电压作用于 RC 串联电路，则由于电容 C 对高次谐波呈现小的电抗 $\left(X_C = \dfrac{1}{\omega C}\right)$，因而使得电流中谐波次数越高者越显著，其结果是电流波形比电压波形更偏离正弦波形。

三、实验任务

非正弦周期电流电路的仿真实验电路图如图 5-28 所示。

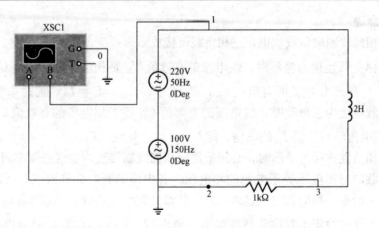

图 5-28 非正弦周期电流电路的仿真实验电路图

1. 观察电感、电容对非正弦电流波形的影响

在图 5-28 所示的实验电路中，首先在 1、2 两端接电阻 R、电感 L 串联支路，用示波器观察并记录 1、2 两端的电压波形和电阻 R 两端（即 2、3 两端）的电压波形（即电流波形）；再在 1、2 两端接电阻 R、电容 C 串联支路，用示波器观察并记录 1、2 两端的电压波形和电阻 R 两端的电压波形（即电流波形）。研究电感、电容对非正弦电流的波形影响。

2. 观察基波波形

仅在电路中接通频率为 50Hz，电压幅值为 220V 的基波电源，用示波器观察 u_1 的波形，并将波形描绘在坐标纸上。

3. 观察三次谐波波形

仅在电路中接通频率为 150Hz、电压幅值为 100V 的三次谐波电源，用示波器观察 u_3 的波形，并将波形描绘在坐标纸上。

四、注意事项

（1）注意串联电路中的电流可通过用示波器来观察电阻上的电压得到，注意电压与电流之间的参数关系以及参考方向关系。

（2）把电压与电流波形取为不同色彩，同时注意观察两者之间的相位超前与滞后关系。

（3）电压表的电阻值栏设置为"1M"，方式选为"AC"。

（4）电流表的电阻值栏设置为"1p"，方式选为"AC"。

第六节 三相电路的仿真实验

一、实验目的

（1）对三相电路的基本理论及测量方法的深入理解和掌握。

（2）学习 Multisim7.0 电路仿真软件在三相电路仿真中的应用。

（3）用 Multisim7.0 电路仿真软件中的仪器测量三相电路中的相电压、线电压、相电流和线电流的关系。

（4）观察在三相四线制供电系统中，中线的作用。

（5）观察线路故障时的情况。

二、实验原理

电源用三相四线制向负载供电，三相负载可接成星形或三角形。

当三相对称负载连接为星形时，线电压的有效值 U_L 是相电压的有效值 U_{ph} 的 $\sqrt{3}$ 倍，线电流的有效值 I_L 等于相电流的有效值 I_{ph}，即 $U_L = \sqrt{3}U_{ph}$，$I_L = I_{ph}$，流过中线的电流为 0；当三相对称负载连接为三角形时，线电压的有效值 U_L 等于相电压的有效值 U_{ph}，线电流的有效值 I_L 是相电流的有效值 I_{ph} 的 $\sqrt{3}$ 倍，即 $U_L = U_{ph}$，$I_L = \sqrt{3}I_{ph}$。

不对称三相负载连接为星形时，必须采用三相四线制接法，中线必须牢固连接，以保证三相不对称负载的每相电压等于电源的相电压。若中线断开，会导致三相负载电压的不对称，致使负载轻的那一相的相电压过高，使负载遭受损坏，负载大的那相相电压又过低，使负载不能正常工作；对于不对称负载连接为三角形时，$I_L \neq \sqrt{3}I_{ph}$，但只要电源的线电压对称，加在三相负载上的电压仍是对称的，对各相负载工作没有影响。

三、实验任务

1. 三相负载星形连接（三相四线制供电）

三相负载星形连接仿真实验电路图如图 5 - 29 所示，观察中线对三相负载电压的影响。

(1) 在有中线的情况下，测量三相负载对称和不对称时的各相电压、线电压（相电流）、中线电流，将数据记入表 5 - 7 中。

(2) 在无中线的情况下，测量三相负载对称和不对称时的各相电压、线电压和电源中性点 N 到负载中性点 N′ 的电压 $U_{NN'}$，并测量各相电流，将数据记入表 5 - 7 中。

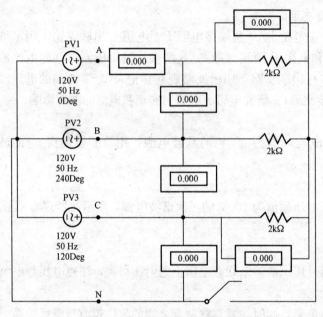

图 5 - 29 三相负载星形连接仿真实验电路图

表 5 - 7 三相负载星形连接的实验结果记录表

中线连接	每相负载（kΩ）			负载线电压（V）			负载相电压（V）			相电流（A）			中线电流	中性点间电压
	A	B	C	U_{AB}	U_{BC}	U_{CA}	U_A	U_B	U_C	I_A	I_B	I_C	$I_{NN'}$	$U_{N'N}$
有														
无														

2. 三相负载三角形连接

自拟三相负载三角形连接的实验电路，测量三相对称和不对称三角形连接时的各相电压、线电压和相电流。将测量得到的数据填入表 5-8 中。

表 5-8　　　　　三相负载三角形连接的实验结果记录表

负　　载			相电压（V）			线电流（A）			相电流（A）		
A-B	B-C	C-A	U_{AB}	U_{BC}	U_{CA}	I_A	I_B	I_C	I_{AB}	I_{BC}	I_{CA}

四、实验要求

（1）复习本实验有关的三相电路知识。

（2）注意交流电压源、交流电压表、电流表的设置。

（3）注意三相负载不对称时，在有中线和无中线两种情况下的电路现象，分析中线的作用。

第七节　二阶电路响应的仿真试验

一、实验目的

（1）利用 Multisim7.0 软件分析动态电路的特性。

（2）研究二阶 RLC 串联电路的动态响应的特点及其与电路元器件参数的关系。

（3）观察二阶 RLC 串联电路在直流电压和矩形脉冲激励下的响应波形。

（4）进一步巩固使用信号发生器及示波器测量波形的方法。

二、实验原理

1. 零状态响应

在图 5-30 所示 RLC 串联电路中，$u_C(0_-)=0$，$i_L(0_-)=0$，在 $t=0$ 时闭合开关 S，电压方程式为

$$LC\frac{\mathrm{d}^2u_C}{\mathrm{d}t} + RC\frac{\mathrm{d}u_C}{\mathrm{d}t} + u_C = U \tag{5-11}$$

微分方程式（5-11）的特征根为

$$p_{1,2} = -\frac{R}{2L} \pm \sqrt{\left(\frac{R}{2L}\right)^2 - \frac{1}{LC}} \tag{5-12}$$

（1）当 $R < 2\sqrt{\dfrac{L}{C}}$ 时，电路中 u_C 的响应过程是振荡衰减的，由于电阻 R 比较小，称为欠阻尼状态，其变化曲线如图 5-31（a）所示。

（2）当 $R > 2\sqrt{\dfrac{L}{C}}$ 时，电路中 u_C 的响应过程是非振荡衰减的，由于电阻 R 比较大，电路中的能量被电阻很快消耗掉，u_C 无法振荡，称为过阻尼状态。其变化曲线如图 5-31（b）所示。

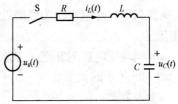

图 5-30　RLC 串联电路图

（3）当 $R = 2\sqrt{\dfrac{L}{C}}$ 时，电路中 u_C 的响应过程是临界的衰减过程，称为临界阻尼状态。其变化曲线如图 5-31（c）所示。

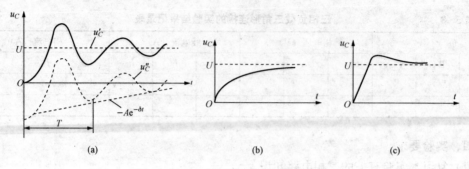

图 5-31　RLC 串联电路的动态响应特性

(a) $R < 2\sqrt{\dfrac{L}{C}}$；(b) $R > 2\sqrt{\dfrac{L}{C}}$；(c) $R = 2\sqrt{\dfrac{L}{C}}$

在欠阻尼和矩形脉冲 $u_s(t)$ 的情况下，RLC 串联电路 u_C 是振荡衰减。其衰减系数为

$$\delta = \frac{R}{2L} \qquad (5-13)$$

振荡角频率为

$$\omega = \sqrt{\frac{1}{LC} - \left(\frac{R}{2L}\right)^2} \qquad (5-14)$$

2. 零输入响应

在图 5-32 电路中，开关 S 与"1"端闭合，电路处于稳定状态，$u_C(0) = u$，在 $t = 0$ 时开关 S 与"2"闭合，输入激励为零，电压方程式为

$$LC\frac{\mathrm{d}^2 u_C}{\mathrm{d}t} + RC\frac{\mathrm{d}u_C}{\mathrm{d}t} + u_C = 0 \qquad (5-15)$$

和零状态响应一样，根据 R 与 $2\sqrt{\dfrac{L}{C}}$ 的大小关系，u_C 的变化规律分为衰减振荡（欠阻尼）、过阻尼和临界阻尼三种状态，它们的变化曲线与图 5-31 中的暂态分量 u_C'' 类似，衰减系数、衰减时间常数、振荡频率与零状态响应的完全一样。

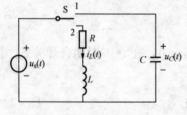

图 5-32　二阶电路的
零输入响应电路图

三、实验任务

1. 零输入、零状态响应

零输入、零状态响应的仿真实验电路图如图 5-33 所示。开关 S 先与"1"端闭合，即可观察到零状态响应。当电路处于稳定状态后，开关 S 再与"2"闭合，即可观察到零输入响应。

分别改变电阻 R 的值，观察并记录过阻尼、欠阻尼情况下的零输入响应和零状态响应 $u_C(t)$ 和 $i_L(t)$ 的波形。

参考数据：$R_0 = 10\Omega$；

欠阻尼时，$R = 100\Omega$，$C = 1.5\mu F$，$L \approx 0.35H$；

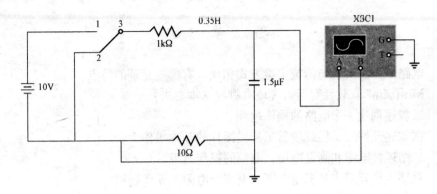

图 5-33 零输入、零状态响应的仿真实验电路图

过阻尼时，$R=1\mathrm{k}\Omega$，$C=1.5\mu\mathrm{F}$，$L\approx0.35\mathrm{H}$。

2. 矩形脉冲响应

矩形脉冲响应的仿真实验电路图如图 5-34 所示，改变回路的电阻值，分别观察并记录过阻尼、欠阻尼情况下的矩形脉冲响应。

注意选取电感 L、电容 C 的数值。为了清楚地观察到矩形脉冲响应的全过程，可选取矩形脉冲的半周期 T_1 和振荡频率周期 $T_2=2\pi\sqrt{LC}$ 大致保持 5:1 的关系。

参考数据：$u_\mathrm{s}=10\mathrm{V}$，$f=1\mathrm{Hz}$；

欠阻尼时，$R=100\Omega$，$C=0.01\mu\mathrm{F}$，$L\approx2.5\mathrm{mH}$；

过阻尼时，$R=2\mathrm{k}\Omega$，$C=0.01\mu\mathrm{F}$，$L\approx2.5\mathrm{mH}$。

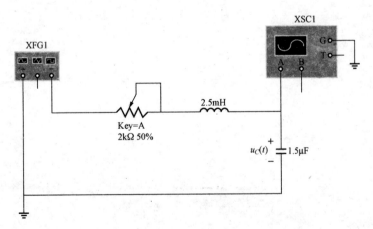

图 5-34 矩形脉冲响应的仿真实验电路图

四、实验注意事项

（1）为了观察电流 $i_L(t)$，可利用模拟示波器来观察采样电阻上的电压波形，同时要弄清楚它们之间的参数关系和参考方向关系。

（2）注意各采样量之间的公共端问题。

（3）将模拟示波器置于 Y/T 输入方式可观察过阻尼、欠阻尼的过渡过程。

（4）调节示波器的扫描时间和通道 A、B 的单位幅值，以达到最佳观察效果。

思 考 题

5 - 1　电路的仿真实验与传统实验方式相比，有哪些显著的特点？

5 - 2　Multisim7.0 软件对运行环境有哪些基本要求？

5 - 3　试叙述创建一个电路的操作过程。

5 - 4　试叙述元件工具栏或仪器工具栏图标的基本操作。

5 - 5　总结连接电路和测量电压、电流的操作过程。

5 - 6　总结连接万用表和测量电压、电流及电阻的操作过程。

5 - 7　总结连接虚拟示波器和测量电压、电流波形的操作过程。

5 - 8　试进行节点电压法的电路仿真实验。

5 - 9　试进行等效电路定理的电路仿真实验。

5 - 10　试进行二端口网络的电路仿真实验。

附录一 示 波 器

一、示波器的作用及其特点

示波器是波形测试中最常用的仪器，利用示波器除了能对电信号进行定性的观察外，还可以用来进行一些定量的测量，如电压、电流、频率、周期、相位差、幅度、脉冲宽度、上升及下降时间等的测量；若配以传感器，还能对压力、温度、声效应、光效应、磁效应等非电量进行测量。因此示波器是一种应用非常广泛的测量仪器。示波器具有良好的直观性，可直接显示信号波形，也可测量信号的瞬时值，具有波形显示速度快，使用频带宽、灵敏度高、失真小，输入阻抗高，过载能力强等优点。示波器的种类很多，按其性能与结构可分为通用示波器、采样示波器、记忆与存储示波器、专用示波器和智能示波器等。

二、示波器的基本组成

示波器通常由垂直偏转系统、水平偏转系统、Z轴电路、示波管及电源五部分组成。其基本组成框图如附图1-1所示。

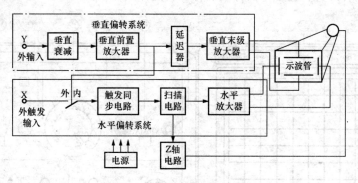

附图 1-1 示波器的组成框图

1. 垂直偏转系统

Y轴垂直偏转系统包括输入回路、垂直前置放大器、延迟器和垂直末级放大器。被测信号从输入端输入示波器，经垂直放大电路将被测信号放大后，送到示波管的垂直偏转板，使光点在垂直方向上随被测信号的变化而产生移动，形成光点运动轨迹。

2. 水平偏转系统

X轴水平偏转系统包括触发同步电路、扫描电路和水平放大器。扫描电路产生锯齿波信号，经水平放大电路的放大后，送到示波管的水平偏转板，使光点在水平方向上随着时间线性偏移，形成时间基线。

3. Z轴电路

为了在荧光屏上得到被测信号的波形，应在示波管X、Y偏转板上分别加以扫描电压和被测信号电压。在扫描期间，当电子束产生自左至右的移动，称为"扫描正程"；当电子束产生自右至左的移动，称为"扫描逆程"或"扫描回程"。Z轴电路在扫描电路输出的扫描正程时间内产生增辉信号，并加到示波管的栅极上，其作用是在扫描正程加亮示波管荧光屏上的光迹，在扫描逆程消隐光迹。

4. 示波管

示波管是显示器件，是示波器的核心部件。示波管各级加上相应的控制电压，对阴极发射的电子束进行加速和聚焦，使高速而集中的电子束轰击荧光屏形成光点。当电子束随信号偏转时，光点移动的轨迹就形成信号的波形。

5. 电源部分

示波器的电源除供电给示波管外，其直流供电分为两部分，即直流低电压和直流高电压。低压供给各个单元电路的工作电源，高压供给示波管各级的控制电压。

电工实验室使用的是 GOS-620 双踪轨迹示波器。这种示波器频宽从 DC 至 20MHz（−3dB），灵敏度最高可达 1mV/div，并具有长达 $0.2\mu s/div$ 的扫描时间，放大 10 倍时最高扫描时间为 100ns/div。采用内附红色刻度线的直角阴极射线管，可获得精确的量测值。GOS-620 双踪轨迹示波器坚固耐用，不仅易于操作，更具有高度可靠性。

三、GOS-620 双踪轨迹示波器

GOS-620 双踪轨迹示波器面板共有四个部分：CRT 显示屏（电源部分）、垂直方向控制系统、触发部分和水平方向控制系统。GOS-620 双踪轨迹示波器前面板如附图 1-2 所示。图中对应号码的各开关、旋钮等器件的名称和功能介绍如下。

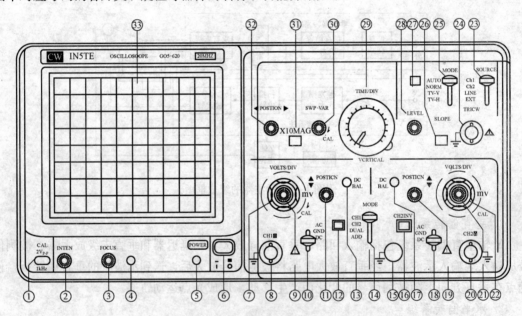

附图 1-2　GOS-620 双踪轨迹示波器前面板

1. CRT 显示屏

②INTEN：轨迹及光点亮度控制钮。

③FOCUS：轨迹聚焦调整钮。

④TRACE ROTATION：使水平轨迹与刻度线成平行的调整钮。

⑥POWER：电源主开关，压下此钮可接通电源，电源指示灯⑤会发亮；再按一次，开关凸起时，则切断电源。

㉝FILTER：滤光镜片，可使波形易于观察。

2. 垂直方向控制系统

⑦、㉒ VOLTS/DIV：垂直衰减选择钮，以此钮选择 CHI 及 CH2 的输入信号衰减幅度，范围为 5mV/div～5V/div，共 10 挡。

⑩、⑱AC-GND-DC：输入信号耦合选择按键组。

AC：垂直输入信号电容耦合，截止直流或极低频信号输入。

GND：按下此键则隔离信号输入，并将垂直衰减器输入端接地，使之产生一个零电压参考信号。

DC：垂直输入信号直流耦合，AC 与 DC 信号一齐输入放大器。

⑧CH1（X）输入：CH1 的垂直输入端；在 X-Y 模式中，为 X 轴的信号输入端。

⑳CH2（Y）输入：CH2 的垂直输入端；在 X-Y 模式中，为 Y 轴的信号输入端。

⑪、⑲↕POSITION：轨迹及光点的垂直位置调整钮。

⑭VERT MODE：CH1 及 CH2 选择垂直操作模式。

CH1：设定本示波器以 CH1 单一通道方式工作。

CH2：设定本示波器以 CH2 单一通道方式工作。

DUAL：设定本示波器以 CH1 及 CH2 双通道方式工作，此时可切换 ALT/CHOP 模式来显示两轨迹。

ADD：用以显示 CH1 及 CH2 的相加信号；当 CH2 INV 键⑯为压下状态时即可显示 CH1 及 CH2 的相减信号。

3. 触发部分

㉗TRIG. ALT：触发源交替设定键，当 VERT MODE 选择器⑭在 DUAL 或 ADD 位置，且 SOURCE 选择器㉓置于 CH1 或 CH2 位置时，按下此键，本仪器即会自动设定 CH1 与 CH2 的输入信号以交替方式轮流作为内部触发信号源。

㉓SOURCE：内部触发源信号及外部 EXT TRIG. IN 输入信号选择器。

CH1：当 VERT MODE 选择器⑭在 DUAL 或 ADD 位置时，以 CH1 输入端的信号作为内部触发信号源。

CH2：当 VERT MODE 选择器⑭在 DUAL 或 ADD 位置时，以 CH2 输入端的信号作为内部触发信号源。

LINE：将 AC 电源线频率作为触发信号。

EXT：将 TRIG. IN 端子输入的信号作为外部触发信号源。

㉕TRIGGER MODE：触发模式选择开关。

AUTO：当没有触发信号或触发信号的频率小于 25Hz 时，扫描会自动产生。

NORM：当没有触发信号时，扫描将处于预备状态，屏幕上不会显示任何轨迹。本功能主要用于观察 25Hz 的信号。

TV-V：用于观测电视信号的垂直画面信号。

TV-H：用于观测电视信号的水平画面信号。

㉘LEVEL：触发准位调整钮，旋转此钮以同步波形，并设定该波形的起始点。将旋钮向"＋"方向旋转，触发准位会向上移；将旋钮向"－"方向旋转，触发准位向下移。

4. 水平方向控制系统

㉙TIME/DIV：扫描时间选择钮，扫描范围从 0.2μs/div 到 0.5s/div 共 20 个挡位。X-

Y：设定为 X-Y 模式。

㉚SWP. VAR：扫描时间的可变控制旋钮，若按下 SWP. UNCAL 键⑲，并旋转此控制钮，扫描时间可延长至少为指示数值的 2.5 倍；该键若未压下时，则指示数值将被校准。

㉛×10 MAG：水平放大键，按下此键可将扫描放大 10 倍。

㉜◀ POSITION ▶：轨迹及光点的水平位置调整钮。

5. 其他功能

①CAL(2Vp-p)：此端子会输出一个 2Vp-p，1kHz 的方波，用以校正测试棒及检查垂直偏向的灵敏度。

⑮GND：示波器接地端子。

四、操作方法

1. 单一通道基本操作法

下面以 CH1 为范例，介绍单一通道的基本操作法。CH2 单通道的操作程序与其相同，仅需要改为设定 CH2 栏的旋钮及按键组。单一通道的操作步骤如下：

（1）按下电源开关⑥，并确认电源指示灯⑤亮起。约 20s 后 CRT 显示屏上应会出现一条轨迹。

（2）转动 INTEN②及 FOCUS③钮，以调整出适当的轨迹亮度及聚焦。

（3）调 CH1 POSITION 钮⑪及 TRACE ROTATION④，使轨迹与中央水平刻度线平行。

（4）将探棒连接至 CH1 输入端⑧，并将探棒接上 2Vp-p 校准信号端子①。

（5）将 AC-GND-DC⑩置于 AC 位置。

（6）调整 FOCUS③钮，使轨迹更清晰。

（7）欲观察细微部分，可调整 VOLTS/DIV⑦及 TIME/DIV㉙钮，以显示更清晰的波形。

（8）调整⬍POSITION⑪及◀ POSITION ▶㉜钮，以使波形与刻度线齐平，并使电压值（Vp-p）及周期（T）易于读取。

2. 双通道基本操作法

双通道操作步骤与单一通道操作步骤大致相同，仅需按照下列说明略作修改：

（1）将 VERT MODE⑭置于 DUAL 位置。此时，显示屏上应有两条扫描线，CH1 的轨迹为校准信号的方波；CH2 则因尚未连接信号，轨迹呈一条直线。

（2）将探棒连接至 CH2 输入端⑳，并将探棒接上 2Vp-p 校准信号端子①。

（3）按下 AC-GND-DC 置于 AC 位置，调⬍POSITION 钮⑪、⑲，以使两条轨迹同时显示。

在双轨迹（DUAL 或 ADD）模式中操作时，SOURCE 选择器㉓必须拨向 CH1 或 CH2 位置，选择其一作为触发源。若 CH1 及 CH2 的信号同步，两者的波形皆会是稳定的；若 CH1 及 CH2 的信号不同步，则仅有选择器所设定的触发源的波形会稳定，此时，若按下 TRIG. ALT 键㉗，则两种波形皆会同步稳定显示。

3. ADD 操作

将 VERT MODE 选择器⑭置于 ADD 位置时，可显示 CH1 及 CH2 信号相加之和；按下 CH2 INV 键⑯，则会显示 CH1 及 CH2 信号之差。为求得正确的计算结果，事前请先以

VAR. 钮⑨、㉑将两个通道的精确度调成一致。任一通道的⬥POSITION 钮⑪、⑲皆可调整波形的垂直位置，但为了维持垂直放大器的线性，最好将两个旋钮都置于中央位置。

4. 触发

(1) MODE（触发模式）功能说明。

AUTO：当设定于 AUTO 位置时，将会以自动扫描方式操作。在这种模式之下即使没有输入触发信号，扫描产生器仍会自动产生扫描线，若有输入触发信号时，则会自动进入触发扫描方式工作。一般而言，当在初次设定面板时，AUTO 模式可以轻易得到扫描线，直到其他控制旋钮设定在适当位置。一旦设定完后，时常将其再切回 NORM 模式，因为此种模式可以得到更好的灵敏度。AUTO 模式一般用于直流测量以及信号振幅非常低，低到无法触发扫描的情况下使用。

NORM：当设定于 NORM 位置时，将会以正常扫描方式操作，扫描线一般维持在待备状况，直到输入触发信号借由调整 TRIG LEVEL 控制钮越过触发准位时，将会产生一次扫描线，假如没有输入触发信号，将不会产生任何扫描线。在双轨迹操作时，若同时设定 TRIG. ALT 及 NORM 扫描模式，除非 CH1 及 CH2 均被触发，否则不会有扫描线产生。

TV-V：当设定于 TV-V 位置时，将会触发 TV 垂直同步脉波以便于观测 TV 垂直图场（field）或图框（frame）的电视复合影像信号。水平扫描时间设定于 2ms/div 时适合观测影像图场信号，而 5ms/div 适合观测一个完整的影像图框（两个交叉图场）。

TV-H：当设定于 TV-H 位置时，将会触发 TV 水平同步脉波以便于观测 TV 水平线（lines）的电视复合影像信号。水平扫描时间一般设定于 $10\mu s/div$，并可利用转动 SWP. VAR 控制钮来显示更多的水平线波形。

(2) SOURC 触发源功能说明。

CH1：CH1 内部触发。

CH2：CH2 内部触发。加入垂直输入端的信号，自前置放大器中分离出来之后，透过 SOURCE 选择 CH1 或 CH2 作为内部触发信号。因为触发信号是自动调整过的，所以 CRT 显示屏上会显示稳定触发的波形。

LINE：自交流电源中拾取触发信号，此种触发源适合用于观察与电源频率有关的波形，尤其在测量音频设备与门流体等低准位 AC 噪声方面，特别有效。

EXT：外部信号加入外部触发输入端以产生扫描，所使用的信号应与被测量的信号有周期上的关系。因为被测量的信号若不作为触发信号，那么此法将可以捕捉到想要的波形。

5. TIME/DIV 功能说明

TIME/DIV 旋钮可用来控制所要显示波形的周期数。假如所显示的波形太过于密集时，则可将此旋钮转至较快速的扫描文件位；假如所显示的波形太过于扩张，或当输入脉波信号时可能呈现一直线，则可将此旋钮转至低速挡，以显示完整的周期波形。

五、示波器使用注意事项

(1) 示波器接通电源后预热数分钟后再开始使用。

(2) 测量前要注意调节"轴线校正"，使荧光屏刻度轴线与显示波形的轴线平行。

(3) 选择合适的输入耦合方式。

（4）聚焦要合适，不宜太散或过细，辉度要适中，不宜过亮，光点不能长时间停留在一点上。避免在阳光直射或明亮的环境下使用示波器。

（5）示波器的接地端应与被测信号的接地端接在一起。

（6）示波器的两个通道的接地端是连通的，若同时使用双通道输入时应注意共地。

（7）直接测量电压和时间时，"V/DIV"和"t/DIV"旋钮必须置于"校准（CAL）"位置，否则将产生较大的测量误差。

（8）使用过程中应避免频繁开关电源，以免损坏示波器。

附录二　信号发生器

信号发生器简称信号源，它可以产生不同波形、频率和幅值的信号，是最基本、应用最广泛的电子测量仪器之一。信号发生器的种类繁多，例如有低频信号发生器、高频信号发生器、脉冲信号发生器和函数信号发生器等。

一、信号发生器的一般组成

信号发生器的组成框图如附图 2-1 所示。其中主振器是信号发生器的核心部分，它产生各种不同频率、不同波形的信号；转换器可以完成对频率信号的放大、整形、调制等任务；输出级的基本任务则是调节信号的输出幅度（电平）和信号源的输出阻抗；指示器检测输出信号的电平及频率；电源供给仪器各部分所需的工作电压。

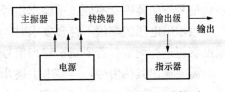

附图 2-1　信号发生器的组成框图

二、信号发生器的使用

信号发生器除了能够输出正弦波、方波、三角波、尖脉冲和单次脉冲等多种电压信号外，还可以作为频率计使用，用于测量外部输入信号的频率。信号发生器输出信号的幅值、频率可调，可通过输出端下方的幅值调节旋钮调节输出电压的大小，顺时针转动旋钮输出电压增加，逆时针转动旋钮输出电压减小。在信号源中间有一个显示屏，用于显示输出的频率。调节输出频率有两个旋钮，其中一个为波段开关，作为输出频率的粗调，另一个多圈电位器，作为输出频率的细调旋钮。

1. 信号发生器的面板

（1）幅值调节。幅值调节旋钮用于调节输出信号的电压幅值的大小。

（2）频率调节。面板上的频率波段按键作频段选择用，按下相应的按键，然后再调节频率粗调和频率细调旋钮，直至调节出所需的频率。此时"内外测"键置内测位，输出信号的频率大小由显示屏显示。

（3）波形选择。根据所需波形的种类，按下相应的波形键位进行选择。波形选择键从左至右依次是：三角波、正弦波、方波、二脉、四脉、八脉、单次。

（4）输出衰减。有 20dB、40dB 两挡，可根据需要选择。

（5）频率计。频率计可以实现频率、周期、计数测量，可以进行内测和外测，"内外测"功能键按下时为外测，弹起时为内测。

2. 信号发生器的使用步骤

（1）准备工作。正确选择符合使用要求的电源，把输出调节旋钮置于起始（最小）位置，开机预热，待仪器稳定后方可使用。

（2）选择输出波形。

（3）调节输出信号的频率。

（4）调节输出信号的幅值。

调节幅值调节旋钮，可任意地改变输出信号的大小。由于此信号发生器的显示屏只能显示频率的大小，为了测读出输出电压的大小，必须用毫伏表与信号发生器输出端相连。在使用衰减挡位时，实际输出电压应为毫伏表读数除以衰减倍数。

三、测量实例

（1）通电预热数分钟后按下波形选择键中的"～"键，输出信号即为正弦波信号。

（2）将"内外测"功能选择键置于弹起状态，频率计内测输出信号的频率。

（3）按下输出衰减"20dB"键，正弦信号衰减了 20dB 后输出。

（4）按下频率波段选择"10K"按键，输出信号频率在 1～10kHz 之间连续可调。

（5）调节频率"粗调"旋钮直到显示的频率值接近 10kHz 时，再改调频率"细调"旋钮，直到显示的频率值为 10kHz 为止。

必须说明的是，该信号发生器测频电路的显示滞后于调节，所以旋转旋钮时要求缓慢一些；信号发生器本身不能显示输出信号的电压值，所以需要另配交流毫伏表测量输出电压。

当输出电压的幅值不符合要求时，可以选择不同的衰减倍数再配合调节输出正弦信号的幅度旋钮进行调节。若要观察输出信号波形，可把信号输入示波器进行观察。

需要输出其他信号，可参考上述步骤操作。

附录三 调 压 器

调压器是一种可改变工频正弦电压大小的常用设备，有单相和三相之分。由于调压器具有波形不失真、结构简单、体积小、重量轻、效率高、使用方便、性能可靠和能长期运行等特点，因而是一种理想的交流调压设备。

一、单相调压器

单相调压器就是匝比连续可调的自耦变压器，主要由绕组、电刷、手轮、刻度盘以及底座和外罩等组成。其外形和原理电路图如附图3-1所示。当调压器电刷借助于手轮主轴和刷架的作用，沿绕组的磨光表面滑动时，就可连续地改变匝比，从而使输出电压平滑地从零调节到最大值。附图3-1（b）的中A、X是单相调压器输入端接线柱，分别与单相交流电源220V相线、零线相接；a、x是单相调压器输出接线柱，用于连接负载电路，为负载电路提供工作电源。单相调压器使用时，转动调压器手柄就可以输出不同的电压。具体输出电压的数值应以电压表测量值为依据，调压器刻度盘上指示的数值仅起参考作用。

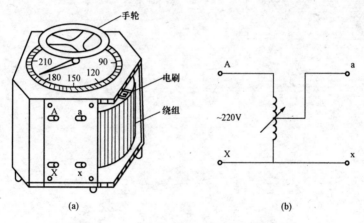

附图3-1 单相调压器外形和原理电路图
（a）外形图；（b）原理图

二、三相调压器

本实验室电工实验台配置的三相调压器是由三个相同规格的0～250V的单相调压器同轴组装而成，绕组连接成星形，同时配有三只指针式交流电压表，用来指示三相可调交流电源输出线电压的大小。

三、调压器的使用

使用调压器时应注意以下几个方面：

（1）输入电源电压应符合调压器铭牌上额定输入电压，负载电流不要超过额定值，否则易使调压器寿命降低甚至烧毁。

（2）将输入端A、X接工频正弦交流电压220V，a、x作输出端接入负载电路中。输入、输出端不可接反，X、x作为公共端接零线，切不可接错。

（3）每次使用调压器时都应该从零开始逐渐增加，直到所需的电压值。因此，接通电源前，调压器的旋转手柄位置应在零位；使用完毕后，首先把手柄位置调回到零位，然后再断开电源。

（4）从电源接到调压器以及从调压器接到负载的导线和导线端子接头应接触良好。调压器必须有良好接地，以保证安全且不准并联使用。

（5）搬动调压器时不可利用手轮将整个调压器提起移动，而应用提手提起调压器移动。

（6）调压器应经常保持清洁，不允许有水滴、油污等落入调压器内部。

（7）使用时应缓慢均匀地旋转手柄，以免引起电刷损坏或产生火花。

（8）应经常检查调压器的使用情况。保持绕组与电刷接触面的清洁，如发现电刷磨损过多或缺损，应及时更换同规格新电刷使用。

附录四　直流稳压电源

在电路实验中，经常需要使用直流稳压电源，它是电工实验的必备仪器。该仪器由左右两路独立的电源组成，既可以单独使用其中的任一路独立电源，也可以双路同时使用，具有使用灵活方便的特点。本实验室的直流稳压电源 0～30V 连续可调、最大输出电流 0.5A、数显显示、具有短路保护和自动恢复功能。

一、直流稳压电源的原理

常用的模拟直流稳压电源由电源变压器、整流电路、滤波电路和稳压电路等部分构成，其电路结构框图如附图 4 - 1 所示。

电源变压器是将电源电压变至负载所需的相应电压。因为电网提供的电压一般是 220V 的交流电压，因此需要将电网电压通过电源变压器降至负载所需的相应电压。

整流电路是由具有单相导电特性的整流元件组成，其作用是将正负交替变化的交流电压整流成单方向的脉动电压。常用的整流电路有桥式整流电路和全波整流电路。

滤波电路通常是由电感、电容和电阻等无源元件组成。滤波电路的作用是尽可能地将单方向的脉动电压中的交流成分滤掉，使输出电压成为比较平稳的直流电压。

稳压电路通常由采样、基准、比较、放大和调整等电路组成，用来调整因电网电压或负载变化引起的输出电压的变化，以保持输出电压的恒定。

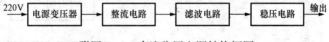

附图 4 - 1　直流稳压电源结构框图

二、直流稳压电源的使用

（1）电源开关：当打开电源开关时，表明该电源可以开始输出所需的电压。一般在要求严格的场合，稳压电源最好先预热一段时间，待其稳定后再用。

（2）输出端："＋"端表示电压输出正极性端，"－"端表示电压输出负极性端。

（3）双路输出显示：红色按钮按下显示Ⅰ路输出，弹出显示Ⅱ路输出。

（4）输出调节：调节输出电压时，先根据所需电压的大小，将稳压电源的电压按钮放在相应的挡位，然后调节"输出调节"旋钮，得到所需的电压值。注意使用前，应先将输出调节旋钮逆时针旋转调到电压最小的位置。

三、注意事项

直流稳压源输出端绝不可短路，否则会导致输出电流过大而烧坏熔丝或导致保护电路工作。

附录五 QJ23 型直流单臂电桥

QJ23 型直流单臂电桥如附图 5-1 所示。

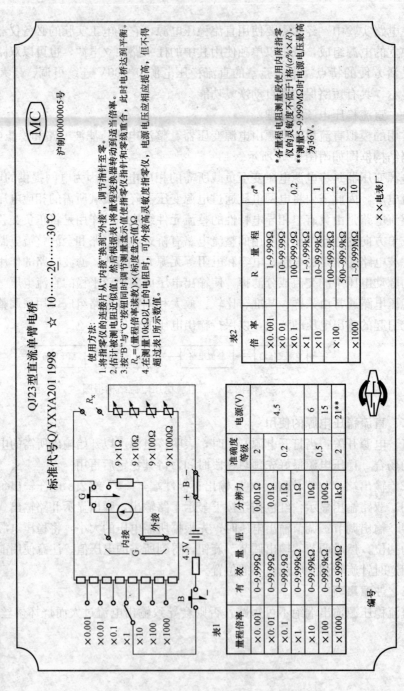

QJ23型直流单臂电桥

标准代号Q/YXYA201 1998　☆　10……20……30℃

沪制0000000005号　MC

使用方法:

1. 将指零仪的连接片从"内接"换到"外接",调节指针至零。
2. 估计被测电阻的近似值,然后根据表1将量程变换器转动到适当倍率。
3. 按"B"与"G"按钮同时调节测量盘使指零仪指针和零线相合,(标度盘示值Ω)

$R_x =$(量程倍率读数)×(标度盘示值Ω)。

4. 在测量10kΩ以上的电阻时,可外接高灵敏度指零仪,电源电压应相应提高,但不得超过表1所示数值。

* 各量程电阻测量段使用内附指零仪的灵敏度不低于1格((a%×R)。

** 测量5~9.999MΩ时电源电压最高为36V。

表2

倍　率	R　量　程	a^*
×0.001	1~9.999Ω	2
×0.01	10~99.99Ω	
×0.1	100~999.9Ω	0.2
×1	1~9.999kΩ	
×10	10~99.99kΩ	1
×100	100~499.9kΩ	2
	500~999.9kΩ	5
×1000	1~9.999MΩ	10

××电表厂

表1

量程倍率	有　效　量　程	分辨力	准确度等级	电源(V)
×0.001	0~9.999Ω	0.001Ω	2	4.5
×0.01	0~99.99Ω	0.01Ω		
×0.1	0~999.9Ω	0.1Ω	0.2	
×1	0~9.999kΩ	1Ω		
×10	0~99.99kΩ	10Ω	0.5	6
×100	0~999.9kΩ	100Ω		15
×1000	0~9.999MΩ	1kΩ	2	21**

编号

附图 5-1　QJ23 型直流电阻电桥铭牌示意图

附录六　QJ44 型携带式直流双臂电桥

QJ44 型携带式直流双臂电桥铭牌如附图 6 - 1 所示。

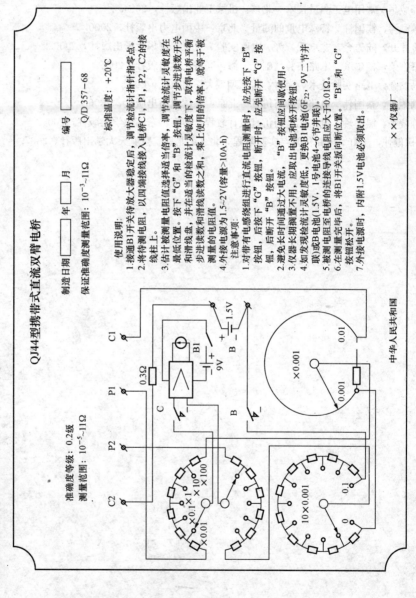

QJ44 型携带式直流双臂电桥

准确度等级：0.2级
测量范围：$10^{-5} \sim 11\Omega$

QJ44型携带式直流双臂电桥

制造日期　□ 年 □ 月　　　编号 □
保证准确度测量范围：$10^{-3} \sim 11\Omega$　　Q/D 357−68

标准温度：+20℃

使用说明：

1. 接通B1开关将放大器稳定后，调节检流计指针指零点。
2. 将待测电阻，以四端接线接入电桥C1，P1，P2，C2的接线柱上。
3. 估计被测电阻值选择适当倍率，调节检流计灵敏度在最低位置，并在适当的检流计灵敏度下，取得电桥平衡，步进读数和滑线读数之和，乘上使用的倍率，激等于被测量的电阻值。
4. 外接电源为1.5~2V(容量>10A·h)。

注意事项：
1. 对带有电感绕组进行直流电阻测量时，应先按下 "B" 按钮，后按下 "G" 按钮，断开时，应先断开 "G" 按钮，后断开 "B" 按钮。
2. 避免长时间通过大电流，应取出电流，"B" 按钮应随即断开。
3. 仪器最长期搁置不用，应取出电池。
4. 如发现检流计灵敏度低，更换B1电池(1.5V，1号电池4~6节并联)或G电池的连接导线应大于0.01Ω。
5. 被测电阻至电桥的连接导线电阻应小于0.01Ω。
6. 在测量完毕后，将B1开关扳向断位置。 "B" 和 "G" 按钮松开。
7. 外接电源时，内附1.5V电池必须取出。

××仪器厂

中华人民共和国

附图 6 - 1　QJ44 型携带式直流双臂电桥铭牌

参 考 文 献

[1] 李崇贺．电工测试基础．北京：中国电力出版社，2000．

[2] 刘青松，李巧娟．电工测试基础．北京：中国电力出版社，2004．

[3] 杨咸华．常用电工测量技术．北京：机械工业出版社，2004．

[4] 顾洪涛，钱国柱．特殊电量的测量．北京：中国电力出版社，2000．

[5] 曹才开，陆秀令，龙卓珉，等．电路实验．北京：清华大学出版社，2005．

[6] 秦杏荣，杨尔滨．电路实验基础．上海：同济大学出版社，2005．

[7] 马鑫金．电路实验技术．南京：南京理工大学出版社，2002．

[8] 刘耀年，蔡国伟．电路实验与仿真．北京：中国电力出版社，2006．

[9] 陈晓平，温军玲．电路实验与仿真设计教程．南京：东南大学出版社，2005．

[10] 田健仲，朱虹．电路仿真与实验教程．北京：北京航空航天大学出版社，2007．